OS TRANSPARENTES

ONDJAKI
OS TRANSPARENTES

Romance

7ª edição

CAMINHO
outras margens

Título: os transparentes
Autor: Ondjaki
© Editorial Caminho, SA – 2012
Capa: António Jorge Gonçalves

Pré-impressão: Leya, SA
Impressão e acabamento: Multitipo
7.ª edição
Tiragem: 2000 exemplares
Data de impressão: janeiro de 2014
Depósito legal n.º 370 203/14
ISBN: 978-972-21-2595-6

Editorial Caminho, SA
Uma editora do grupo Leya
Rua Cidade de Córdova, n.º 2
2610-038 Alfragide – Portugal
www.caminho.leya.com
www.leya.com

para a renata

e

para o michel l.

acabou o tempo de lembrar
choro no dia seguinte
as coisas que devia chorar hoje

[do bilhete amarrotado de Odonato]

    – ainda me diz qual é a cor desse fogo...

    o Cego falou em direção à mão do miúdo que lhe segurava o corpo pelo braço, os dois num medo de estarem quietos para não serem engolidos pelas enormes línguas de fogo que saíam do chão a perseguir o céu de Luanda

    – se eu soubesse explicar a cor do fogo, mais-velho, eu era um poeta desses de falar poemas

    com voz hipnotizada o VendedorDeConchas acompanhava as tendências da temperatura e guiava o Cego por entre caminhos mais ou menos seguros onde a água jorrante dos canos rebentados fazia corredor para quem se atrevia a circular por entre a selva de labaredas que o vento açoitava

    – te peço, vê você que tens vistas abertas, eu estou sentir na pele, mas quero ainda imaginar na cor desse fogo o Cego parecia implorar numa voz habituada a dar mais ordens que carícias, o VendedorDeConchas sentiu que era falta de respeito não responder àquela dúvida tão concreta que pedia, numa voz de carinho, uma simples informação cromática,

embora difícil e talvez impossível

o miúdo puxou de dentro de si umas lágrimas quentes que o levassem até à infância porque era aí, nesse reino desprevenido de pensamentos, que uma resposta florida poderia nascer, viva e fiel ao que via

— não me deixe morrer sem saber a cor dessa luz quente

as labaredas gritavam com força e mesmo quem fosse cego de ver devia sentir uma sensação amarela de invocar memórias, peixe grelhado com feijão de óleo de palma, um sol quente de praia ao meio-dia, ou o dia em que o ácido da bateria lhe roubou a animação de ver o mundo

— mais-velho, estou a esperar uma voz de criança para lhe dar uma resposta

vista de perto ou de longe, a noite era uma trança em negrume e clausura, a pele de um bicho noturno pingando lama pelo corpo, havia estrelas em brilho tímido no céu, torpor de certa maresia e as conchas na areia a estalar um calor excessivo, corpos de pessoas em cremação involuntária e a cidade, sonâmbula, chorava sem que a lua a aconchegasse

o Cego tremeu os lábios num sorriso triste

— não demora, candengue, a nossa vida está quase grelhada

as nuvens longe, o sol ausente, as mães gritando pelos filhos e os filhos cegos não viram a luz fátua dessa cidade a transpirar sob o manto encarniçado, preparando-se para receber na pele uma profunda noite escura – como só o fogo pode ensinar

as línguas e as labaredas do inferno distendido numa caminhada visceral de animal cansado, redondo e resoluto, fugindo ao caçador na vontade renovada de ir mais longe, de queimar mais, de causar mais ardor e, exausto, buscar a queima de corpos em perda de ritmia humana, harmonia respirada, mãos que acariciavam cabelos e crânios alegres numa cidade onde, durante séculos, o amor tinha descoberto, entre brumas de brutalidade

um ou outro coração para habitar

– mais-velho, qual era mesmo a pergunta?

a cidade ensanguentada, desde as suas raízes ao alto dos prédios, era forçada a inclinar-se para a morte e as flechas anunciadoras do seu passamento não eram flechas secas mas dardos flamejantes que o seu corpo, em urros, acolhia em jeito de destino adivinhado

e o velho repetiu a sua fala desesperada

– me diz só a cor desse fogo...

Odonato escutou a voz do fogo

viu-o crescer nas árvores e nas casas, lembrou-se das brincadeiras em criança, o fogo era feito com belos traçados de pólvora roubados na venda do padrasto, desenhos labirínticos em fina quantidade, no chão, um fósforo depois incendiando a perigosa brincadeira até que, um dia, por curiosidade e determinação, decidiu experimentar um pequeno carreiro na palma da mão esquerda. sem hesitar, acendeu a pele e a dor – era essa a marca que agora acariciava enquanto um fogo maior consumia a cidade numa gigantesca dança de amarelos a ecoar no céu

o fogo urrava

Odonato já não tinha força para desenhar nos lábios um gesto mínimo de espanto ou o que fosse um vulgar sorriso, a temperatura chegava-lhe à alma, os olhos ardiam por dentro

chorar afinal não tinha que ver com lágrimas, antes era o metamorfosear de movimentos internos, a alma tinha paredes – texturas porosas que vozes e memórias podiam alterar

– Xilisbaba... – olhou as suas mãos mas não as viu. – onde estás, meu amor?

no 1.º andar do prédio, Xilisbaba tinha o corpo encharcado de água para se proteger do fogo, respirava com dificuldade e tossia devagar como se não quisesse emitir ruídos

na mão apertava um pequeno pedaço de sisal, imitando aquele que o marido tinha atado ao seu tornozelo esquerdo, o suor e os movimentos de Xilisbaba desfaziam a corda em fiapos empapados que depois lhe cobriam os pés, os demais olhavam para ela guiando-se pelos ruídos e pela imagem ondulante dos seus cabelos

lá fora, gritavam vozes humanas

as mãos das mulheres atraíram-se, gesto delicado, quase secreto, mais para dividir receios que temperaturas

MariaComForça sentiu que devia invocar outras forças para aplacar as lágrimas da comadre

no rosto de Xilisbaba as lágrimas escorriam em caudais regulares, MariaComForça buscou olhar o seu rosto, adivinhou-lhe os traços – escarpas de sal –, pressentiu-lhe a tristeza pelo ar libertada, quis tomar--lhe o pulso mas o bombear do coração de Xilisbaba, pensando no marido isolado no topo do prédio, era apenas um silencioso murmúrio de veias

– Maria... quero ver o meu marido uma última vez... para lhe falar as coisas que uma pessoa cala a vida toda

a mão de MariaComForça fez pressão de conforto e Xilisbaba deixou-se escorregar encostando à parede as suas roupas, os seus sapatos, os seus cabelos e a sua alma

– calma só, comadre, o fogo é como o vento, grita muito mas tem voz pequenina.

o Prédio tinha sete andares e respirava como uma entidade viva

havia que saber os seus segredos, as características úteis ou desagradáveis das suas aragens, o funcionamento dos seus canos antigos, os degraus e as portas que não davam para lugar algum. vários bandidos haviam experimentado na pele as consequências desse maldito labirinto com passagens comunicantes de comportamentos autónomos, e mesmo os seus moradores procuravam respeitar cada canto, cada parede e cada vão de escadas

no 1.º andar, os canos rebentados e uma tremenda escuridão desencorajavam os distraídos e os intrusos

a água abundava, incessante, e servia a finalidades múltiplas, dali saía a água para o prédio todo, o negócio de venda por balde, lavagem de roupa e viaturas,

AvóKunjikise era das poucas a atravessar o alagado território sem molhar os pés nem nunca ter experimentado a tendência de escorregar

– *isto é um rio* – dizia, sempre em umbundu – *só faltam peixes e jacarés*

a velha chegou a Luanda dias depois da morte da verdadeira mãe de Xilisbaba e, não aguentando com a fome, irrompeu pela cerimónia fúnebre confessando entre lágrimas a urgência da sua necessidade, pediu desculpa pela sua atitude e, marcando o uso definitivo de um umbundu cerrado, olhou Xilisbaba no fundo dos olhos e falou

– *posso rezar pela morte de quem morreu. a minha voz chega até ao outro lado...*

16

os transparentes

Xilisbaba, que já sabia ler a vida pelo seu lado mais verdadeiro, acolheu a velha com um copo de vinho tinto, cedeu o seu lugar, pediu que trouxessem um prato de comida com o melhor calulú do comba e teve o cuidado de prevenir que não servissem funji de mistura porque a senhora era como ela, precisava de fuba de milho para aguentar as loucuras e os ritmos de Luanda

– *a tua mãe está a rir* – a velha falou

– a minha mãe agora és tu – respondeu Xilisbaba

durante o funeral, e depois das dívidas contraídas para que a senhora tivesse os merecidos comes e bebes em sua honra, Odonato emagreceu para além dos limites regulares da penúria

Xilisbaba notou que o marido se tornava mais silencioso, falava com os filhos, comentava assuntos banais com os vizinhos, procurava trabalho e ajustava as pilhas do rádio que não davam energia apesar dos banhos de sol

mas todos os seus gestos, o caminhar pela manhã, coçar a cabeça enquanto lia o jornal encontrado na rua, vestir-se ou espreguiçar-se, todos esses gestos já não produziam ruído algum

a mulher entendeu que, de certo modo, era o marido quem verdadeiramente estava de luto,

no seu olhar estava distante, Xilisbaba viu-o ainda jovem e sonhador, atrevido com as mãos e a boca, no tempo em que a surpreendia no primeiro andar alagado, ela a subir com a fruta, ele a esmagar a fruta no corpo da mulher que ria devido à surpresa sabida de fim de tarde

Odonato movia apenas os dedos, os dedos da mão direita acariciavam o anel na mão esquerda, Xilisbaba viu Odonato retirar o anel do dedo e guardá-lo no bolso, o diâmetro do dedo já não segurava o matrimonioso anel

suspirou fundo

moléculas de oxigénio inundaram o seu coração, depois as veias e a cabeça, energias renovadas viajaram até às extremidades do seu corpo mas o fenómeno já se havia desencadeado

o oculto é como um poema – chega a qualquer momento.

os seus pés estavam habituados a percorrer muitos quilómetros por dia, eram pés antigos num corpo jovem

o VendedorDeConchas apreciava pisar a areia da PraiaDaIlha e o chão brilhante dos seus pesadelos noturnos, tinha casa na vizinha província do Bengo mas apaixonara-se desde cedo por Luanda, por causa do seu mar salgado

chamava o mar de «mar salgado»

e olhava-o todos os dias com a mesma paixão, como se apenas ontem o tivesse conhecido com a pele e a língua

mergulhava devagar – tocasse uma mulher –, provava o sal e revivia o espanto de sempre mergulhava o tempo que os seus pulmões permitissem e o seu olhar aguentasse, conhecia as rochas e as canoas, os pescadores e as quitandeiras, tinha entranhado nas mãos o odor quente do peixe-seco que ajudava a arrumar e, sobretudo, conhecia as conchas

as conchas

crescera no Bengo, de rio em rio, de cacusso em cacusso, mas um dia encontrou o mar salgado com as canoas, as varas de ximbicar e as conchas

– mais-velho, ainda me faça uma dessas varas de ximbicar

– você nem tem canoa, nem vai no mar

– ... eu quero uma vara para ximbicar na terra mesmo: vou ximbicar a vida!

na PraiaDaIlha era tido como jovem esforçado e honesto

ajudava a carregar peixe, sempre com um sorriso de simpatia e inocente sedução, vendia e fazia entregas, enviava sal e dinheiro para os familiares no Bengo

os pés do VendedorDeConchas, ao longo dos anos, cristalizaram-se como o fundo externo das canoas da Ilha, cacos e pregos apenas geravam uma ligeira comichão, mas apesar disso usava os chinelos de couro oferecidos pelo primo

o fio de missangas ao pescoço

o saco de conchas às costas, os olhos semicerrados que não mostravam segredos

ouvira falar de MariaComForça, dedicada a tantas atividades financeiras, e pensara que talvez pudesse interessar-se pelas suas conchas

tinha-as de todas as cores e feitios, para uso práti-
co ou simples adoração, em tantos formatos e preços
que era impossível cruzar com este jovem sem cair na
tentação de guardar uma concha para uso imediato
ou futuro: às mulheres falava devagar para dar espaço
à imaginação e necessidade de cada uma, aos fiscais
de rua oferecia conchas de pendurar no cabelo para
ofertarem às suas amantes, aos homens fazia suges-
tões concretas para uso no escritório ou nas viaturas,
às mulheres dos embaixadores apresentava as conchas
como objetos exóticos que mais ninguém se lembrava de oferecer no natal, aos fabricantes de candeeiros
falava das vantagens das enormes conchas ocas e do
efeito da luz sob aquele material marítimo, aos padres
exemplificava a diferença que aquilo faria num altar, às
velhas recomendava como recordação, às jovens como
penduricalhos originais, às crianças como brinquedos de fazer inveja a outras crianças, às freiras vendia
conchas juntas em formato de crucifixo, aos donos de
restaurantes vendia-as como pratos de aperitivos ou
cinzeiros, às costureiras salientava o potencial criativo
do material e os seus tintilantes ruídos, às cabeleireiras
fazia ver que as missangas já haviam passado de moda
e, aos bandidos, o VendedorDeConchas desculpava-se
rapidamente pelo facto de apenas transportar um saco
cheio de coisas que não serviam para nada,
    foi num semáforo vermelho que o VendedorDe-
Conchas conheceu o Cego, fez deslizar o saco das
costas para o chão e o Cego gostou do barulho das
conchas

– você ouve bem?

– não percebo

– você ouve mesmo bem?

– escuto só normalmente. está a falar do barulho do saco? são conchas

– sei que são conchas. sou Cego mas conheço o barulho das coisas. não é isso...

– então é o quê?

– é que eu posso ouvir o barulho do sal dentro das conchas

o VendedorDeConchas não soube o que dizer, o Cego não disse nada

o sinal ficou verde mas nenhum deles se moveu.

Xilisbaba saiu do candongueiro com sacos de verduras, acompanhada da filha Amarelinha, os lábios do VendedorDeConchas ficaram sérios, não compreendia o olhar de Amarelinha que transpirava e equilibrava outros sacos

– o que foi então? – perguntou o Cego

– não sei – o VendedorDeConchas voltou a içar o saco

o barulho das conchas, ou do sal, chamou a atenção de Amarelinha

o seu corpo passou junto dos dois, mas só o Cego soube pensar quantos cheiros levava aquele corpo: manga madura, lágrimas noturnas, chá preto e chá de raiz de mamoeiro macho, dinheiro sujo, omo para a roupa, sisal antigo, jornal, poeira de carpetes, mufete

mãe e filha caminhavam rapidamente em direção ao prédio, entraram desviando as poças perto da caixa vazia do elevador, Amarelinha arregaçou um pouco o vestido e seguiu a mãe que conhecia as escadas melhor do que ela

cruzaram-se, no quarto andar, já muito ofegantes, com o vizinho Edú

– como é, Edú, estás melhor?

– melhor já não fico. pior também não tenho estado. vamos indo, dona Xilisbaba

– tá bem

– queria ajudar, mas nem tenho forças – ele abria as mãos enormes em jeito de desculpa

– não te preocupes. já só faltam dois andares

– as águas lá em baixo estão controladas?

– sim, tudo normal

Edú vivia permanentemente no quarto andar, e o trajeto mais longo que fazia era do interior do seu apartamento até ao corredor, para fumar e respirar o ar poluído de Luanda, caminhava com dificuldade e já fora visitado por especialistas internacionais interessadíssimos no seu caso

tinha uma gigantesca hérnia junto ao testículo esquerdo, aquilo que usa chamar-se mbumbi, que alterava de tamanho conforme as tendências climatéricas mas obedecendo também a fatores psicossomáticos, motivo pelo qual era visitado por variada gama de estudiosos, desde as áreas exatas às sociais, passando também pelos metafísicos, os curandeiros e até alguns curiosos. segundo se dizia, não aceitara os convites de angolanos, suecos ou cubanos para fazer a operação porque ninguém lhe oferecera ainda uma quantia que pudesse cobrir-lhe o medo

– além do mais, já estou habituado assim: cada um é como cada qual...

Amarelinha olhava para o chão, esperando que a mãe retomasse o fôlego para continuar

– a sua filha está cada vez mais bonita – comentou Edú – um dia destes vai nos apresentar o namorado dela

Amarelinha ficou atrapalhada, sorriu por gentileza, subiram o resto das escadas em silêncio

no quinto andar vivia o CamaradaMudo, prestável e silencioso, excelente cozinheiro de grelhados devido ao seu modo secreto de preparar o carvão, sobretudo no caso de haver pouco carvão

do seu apartamento saía a música «muxima» cantada por WaldemarBastos e Xilisbaba voltou a lembrar--se do marido

o CamaradaMudo estava sentado à porta a descascar batatas e cebolas, dois sacos enormes, e Amarelinha espantou-se, uma vez mais, com a paciência daquele homem para executar a tarefa

todos sabiam que em matéria de descascar o CamaradaMudo era incansável e perfeccionista

– bom dia – murmurou

– bom dia – respondeu Xilisbaba

os vizinhos recorriam à sua afiada navalha militar por hábito, as quitandeiras do rés do chão, que vendiam pinchos e sandes de pão com chouriço para os apressados também apelavam aos seus serviços domésticos para preparar a batata frita em óleo cansado

chegaram ao sexto andar

Amarelinha largou os sacos à porta de casa e bateu duas vezes, devagar

AvóKunjikise veio abrir

um antigo regador metálico esperava Amarelinha no corredor e a fileira de vasos coloridos foi cuidadosamente regada. Amarelinha tinha os mesmos gestos precisos e delicados como se fosse neta de sangue da AvóKunjikise, e estas mesmas mãos, à tarde, ocupavam-se de fios e missangas para inventar colares, anéis e pulseiras à medida das meninas que inventavam motivos para os comprar

– vamos fazer um bom negócio, minha queriducha – dizia-lhe MariaComForça, a moradora do segundo andar – tu entras com a mão das obras, eu faço a venda direta aos clientes

sob o olhar atento do marido, Xilisbaba arrumava as coisas nos armários da cozinha, Odonato observava as pessoas atentando aos modos das suas mãos, gostava de ver a AvóKunjikise cozinhar devagar, fingia ler o jornal mas admirava a rapidez e a precisão dos gestos missangueiros da filha, ele mesmo havia sido habilidoso com a madeira mas as ocupações dos tempos de funcionário público haviam desfeito parte dessa sua sensibilidade

– carimbar documentos... foi isso que matou os meus gestos redondos

Odonato observava as mãos e os alimentos: tudo oferecido ou encontrado nos restos do supermercado onde algum conhecido trabalhava

– agora comemos só aquilo que os outros já não querem – comentou

– é pecado deitar fora comida ainda boa

– é pecado não haver comida para todos – concluiu Odonato, saindo da cozinha e dirigindo-se à varanda

olhou a cidade, a azáfama caótica de carros, gente que circulava apressada, vendedores, motas chinesas, grandes jipes, um carteiro, o carro que passou com a sirene ligada e um Cego de mãos dadas a um jovem com um saco às costas

– preocupado? – Xilisbaba aproximou-se

– o Ciente não dá notícias, ninguém sabe dele

CienteDoGrã, filho mais velho de Odonato, passou a adolescência errando de bar em bar, foi sócio de uma afamada discoteca mas terminou como porteiro sempre atrasado, roubou agulhas numa farmácia chegando a costumeiro consumidor de heroína e, na sua tardia juventude, inserido num grupo rastahfari de Luanda, conseguiu ficar-se pela diamba e pelos pequenos furtos

desorientado por vocação, acordava cedo para ter mais tempo de não fazer nada, e alimentava a obsessão de vir a ter um jipe americano GrandCherokee, os amigos batizaram-no «Ciente do GrandCherokee» e rapidamente foi abreviado para CienteDoGrã

– podemos fazer alguma coisa?

– apenas esperar que ele não faça mais nada.

o Carteiro suava e usava um lenço completamente molhado para enxugar o suor, há meses que requisitara ao seu chefe, um mulato gordo de Benguela, uma moto para o seu árduo trabalho de distribuição

– uma moto? não me faças rir. se te dermos uma trotineta já vais com sorte. se não queres o emprego, tem quem queira. uma moto... olha que esta!

pensou o Carteiro que, por escrito, poderia ter mais sorte

escreveu setenta cartas à mão, em papel azul de vinte e cinco linhas, todas devidamente seladas e distribuiu-as pela clientela fina do Alvalade, Maianga e Makulusu, não esquecendo deputados, influentes empresários e o próprio MinistroDosTransportes

explicou a relação dos fatores, a quilometragem que a sua ocupação implicava, as descontinuidades geográficas e, invocando um improvisado mandamento internacional dos carteiros, requisitou, ao menos, uma bicicleta de dezoito mudanças com manutenção garantida pelos serviços competentes mas

nunca obteve uma resposta

– o teu serviço é distribuir cartas, não é escrevê-las – riu-se o chefe

o Carteiro decidiu fazer uma pausa, abriu o saco de couro e escolheu uma carta ao acaso, abriu-a cuidadosamente e certificou-se de que trazia consigo um pouco da cola branca de farinha que usava para fechar as cartas que lia

tinha uma letra bonita mas incerta e, nas margens, existiam desenhos de pássaros e nuvens, outros sinais lembravam coordenadas geográficas iguais às que havia estudado, no tempo dos portugueses, na sua cidade natal

– não vai um pincho quente, camarada Carteiro? – perguntou MariaComForça enquanto fazia dançar as brasas

– vai, se for assim de kilape, tou fraco de kwanzas

– kilape só faço com um adiantamento de cumbú – ela riu

– quer dizer, você é malandra! isso é um contrakilape. isso pode-se fazer?

– aqui em Luanda há alguma coisa que não se pode fazer?

o Carteiro engoliu a saliva da sede e a da fome juntas, MariaComForça sentiu pena, mas pena não dava dinheiro e a cidade estava demasiado cara para caridades

– a ler as cartas dos outros, camarada Carteiro?

– é só uma distração de distrair. eu faço como as crianças: esqueço tudo logo a seguir

MariaComForça mexeu nas brasas com os dedos, soprou o carvão de modo certeiro e, entre os fios da fumaça, olhou o Carteiro

– quem me dera ainda saber esquecer...

o Carteiro fez uma careta, procurando expelir um pouco do calor, pediu um copo de água, releu pedaços da carta e confirmou que havia sido entregue nos correios da cidade do Sumbe

– boas notícias?

– nem sei dizer. quem mora aqui no quinto andar?

– o CamaradaMudo

– ele vai me dar boa gorjeta se eu subir?

– isso já não sei...

o Carteiro parou no primeiro andar para habituar os olhos à escuridão

a água acontecia por corredores invisíveis, molhava os seus pés sobre sandálias gastas

primeiro sentiu uma tontura, uma tontura ao contrário, não era a cabeça que rodopiava, eram os pés que pareciam querer ensaiar minúsculos passos de dança

«talvez seja fome», pensou

a fome que traz aos humanos as mais bizarras sensações e as mais improváveis ações, a fome que inventa capacidades motoras e ilusões psicológicas, a fome que desbrava caminhos ou promove desgraças, mas não,

ele soube que era o local, porque havia ali um cheiro que não se deixava sentir e um vento que não queria circular, a água, que se pressentia sem se deixar ver, obedecia a um fluxo que não era natural, talvez uma força circular

– as coisas que uma pessoa pensa a meio do dia... ou da fome...

os olhos habituaram-se à escuridão e pareceu-lhe estar isolado do mundo externo

escutava os sons da rua como que filtrados, apenas transportando o essencial de cada conversa ou pensamentos

– ainda alguém me vai acusar masé de estar a fumar diamba na hora do expediente

a luz não tinha explicação de cor, inventava tons amarelos no branco sujo da parede, servia-se da água

para se reinventar em novos cinzas que não sabiam
ser escuros; a água devolvia aos olhos do Carteiro
pequeníssimos feixes azuis, avermelhados, cascatas
concentradas

o seu pensamento ficou mais arejado, a fome
abrandou

– se for assim, é melhor ficar aqui um pouco

quando se ia encostar à porta do que antigamente
fora um elevador, sentiu que um calor interno lhe nas-
cia nos testículos, há muito que não sentia a sensação
assim tão nítida, olhou para a entrada, depois para as
escadas, ninguém por perto

passou a mão ao de leve pela calça, sentiu o seu
pénis em quase desrepouso nas cuecas rotas, fechou os
olhos, absorveu uma vez mais aquela absurda frescura

os seus testículos acordaram

sentiu-se embaraçado, cobriu a parte frontal do seu
corpo, respirou profundamente; pensamentos húmidos
invadiam-lhe a mente, transpirava por dentro como se
lhe chegasse um medo infantil, divertido

só depois subiu

estranhando o silêncio,

não via gente nos patamares, e surpreendia-o a ausência de crianças

ouviu, quando chegou ao terceiro andar, uma voz
que cantava uma melodia seca, certamente proveniente
de um antigo gira-discos de quarenta e cinco rotações

era jazz

ajeitou o pesado saco, mudando-o de ombro, e sentiu um agradável alívio

o lugar onde o saco havia feito pressão dava lugar aos contornos normais da sua pele, fez movimentos circulares com os dedos, gostava de sentir que a pele voltava ao seu sítio, acariciou também o outro ombro, o que agora se deformava

a larga tira da sacola era feita de um material que só imitava uma corda robusta mas nunca lhe havia deixado mal durante todos estes anos, só os seus ombros sabiam dos segredos daquela textura, uma espécie de cicatriz provisória, resolvida com a alternância de ombro e as carícias circulares

– ao menos uma bicicleta, já não digo uma motorizada

aproximou-se devagar, ajeitando o cartão antiquado e poeirento que o identificava como trabalhador do ServiçoNacionalDosCorreios, pegou novamente na carta e, com uma mirada certeira, confirmou que tinha voltado a fechá-la, fingiu reler um endereço

quinto andar, prédio da Maianga, ao portador. ps: prédio com um buraco enorme no rés do chão. não haja dúvidas

o CamaradaMudo descascava batatas sem sorrir, afagava ocasionalmente o bigode farto, deixava os chinelos por perto mas era comum deslocar-se descalço, mesmo na presença dos vizinhos

o Carteiro tossiu

algures em Luanda, longe dali, um jacó assobiou a mesma melodia que o gira-discos emitia, o Carteiro olhou para o CamaradaMudo com a faca afiada na mão esquerda. a batata pingava uma água já barrenta

– desculpe não chegar aos chinelos – falou, finalmente, o CamaradaMudo

– fique à vontade, sou um simples Carteiro, venho
trazer uma carta para o quinto andar

– deve ser engano, ninguém nunca me escreveu
uma carta

– não há engano possível. quer ver?

– vejo muito mal – o CamaradaMudo secou a faca
no pano sobre a perna esquerda

– amigo, aceite só esta carta! o meu chefe refila-me
bué se eu levo cartas assim devolvidas

– está bem, deixe em cima da mesa

– qual mesa?

– a que está lá dentro

o CamaradaMudo seguiu descascando batatas
a um ritmo feminino, o seu olhar fugiu para tão
longe que o Carteiro não pôde mais duvidar de
que o homem ali sentado, com a faca na mão e um
montão de batatas por descascar, de facto, não via
muito bem

e já não o via

ficasse ele ali especado, desatasse ele a correr ou a
gritar, entrasse ele em casa ou não

– com a sua licença – balbuciou o Carteiro, entrando no apartamento

metade do ruído era da música, a outra metade,
encantadoramente cadenciada, era o tumulto da velha
agulha do gira-discos

o Carteiro pousou o saco à entrada e chegou à berma da pequena mesa

dois fios encarnados atravessavam a sala como um duplo estendal de roupa, possibilitando às colunas de som repousarem nas pequenas janelas que davam para o corredor

o som do trompete massajou-lhe o ombro, assobiou--lhe delicadamente nos ouvidos suados, fê-lo sentar-se e encontrar outro copo cheio de água, olhou para a porta, vislumbrou os gestos resolutos, treinados e cortantes do CamaradaMudo, viu que o seu joelho se movia para o lado a um ritmo compassado que não era o da música

— posso atacar este copo de água?

o silêncio dizia que sim, o disco chegou ao fim do lado A, a agulha insistia em buscar mais notas de jazz

— ponha do lado B, esse trompetista só fica mesmo bom nos lados bês — o CamaradaMudo falou

o Carteiro bebeu a água e desejou mais, mas ficou-se pelo desejo, nas paredes da sala estranhas figuras repousavam em fotografias e pósters escritos em letras estrangeiras, algumas eram fotos de cantores, outras tinham detalhes de mãos em pianos, saxofones e microfones gordos, reconheceu um deles, na parede, como um rosto que conhecia de algum lugar, aproximou-se, limpou o suor que lhe escorria das sobrancelhas e leu o nome, era o mesmo do disco que agora tocava no lado B,

ouviu vozes do lado de fora, pousou o copo, aproximou-se do seu saco cheio de cartas, uma velha de cabelos brancos aproximou-se do CamaradaMudo, falaram

— *na quarta-feira já lhe trago a raiz, hoje não havia. está melhor?*

– se estou melhor? nem sei. também não estou pior, isso é que me vale. mas tenho dores de corpo. nos ossos de dentro...

a velha despediu-se com um gesto fraco, subiu as escadas, o Carteiro aproveitou e saiu do apartamento

– encontrei ali um copo de água

– fez bem, desculpe nem me levantar, ando com poucas forças

o CamaradaMudo desviou o balde, pegou num antigo abano de grelhados, vasto e gasto, abanou-se três vezes, o homem tinha uma espécie de pacto secreto com o «catolotolo», modalidade de febres e incómodos que, sem tratamento, acompanham o paciente durante anos, desaparecendo e trazendo de volta os sintomas

– catolotolo teimoso – sorriu devagar o CamaradaMudo – diagnosticado já pelos médicos..., é maka crónica

o Carteiro coçou a cabeça enquanto pensava em algo para dizer, ajeitou o seu saco, limpou as mãos na lateral das calças

– bem, qualquer coisa que precise é só avisar

– obrigado. a gasosa fica para a próxima, tou fraco de cumbú

– sim, kota – despediu-se o Carteiro

na escada, AvóKunjikise olhou para os olhos do Carteiro, este desviou o olhar

sentiu-se bem, não tinha muito a esconder e nunca nutriu desconfiança pelos velhos, sobretudo os de cabeça já esbranquiçada

AvóKunjikise sorriu, emitiu um som que quase não se escutou e prosseguiu a sua caminhada em direção ao sexto andar

onde encontrou Odonato que olhava para longe,

AvóKunjikise viu-o de costas, com o sol diluído, e tremeu como não tremia há muito, fechou os olhos, fez força, queria chorar duas ou três lágrimas para purgar rapidamente a visão

mas a verdade é límpida e conhece veredas secretas para chegar ao seu destino

– *Nato...* – AvóKunjikise chamou, baixinho

Odonato virou-se devagar, não deixando à velha espaço ou sombra para dúvidas

o sol, dividido em porções de intensidade, quente e perpendicular àquela hora, o sol, os seus feixes de luz viajantes de distância e imensidão sideral, atravessavam o corpo daquele homem sem obedecer aos limites lógicos da sua anatomia

havia luz que o contornava e luz que já não o contornava

– *Nato... o teu corpo...* – a velha pôs as duas mãos sobre o peito, como fazia desde menina, quando se queria acalmar

acanhados raios solares, de magreza extremada, fiapos tristes da cor amarela, atravessavam Odonato nas zonas periféricas do seu corpo esguio, nos rebordos da cintura, nos joelhos, também nas costas das mãos e nos ombros, a luz longínqua passava como se um corpo humano, real e sanguíneo, pudesse assemelhar-se a uma peneira ambulante *os transparentes*

– tenha calma, mãe – Odonato aproximou-se

– *não é isso* – a AvóKunjikise falou –, *estou a pensar na tua família, nos da tua casa... coitada da minha filha!*

Odonato foi buscar um sumo aguado de maracujá que a velha adorava

– já não temos açúcar, mas beba

o som do quinto andar chegava ali, a velha batia com o pé e sorria para Odonato, ajeitava os panos que lhe cobriam os ombros e parte do pescoço

as mãos secas, a pele pendurada, os gestos decididos

– também viu, mãe?

AvóKunjikise olhou-o nos olhos, que era um modo de falar com aqueles que não entendiam bem o seu umbundu, disse-lhe muitas coisas, coisas adivinhadas e sabidas há muito, mas só agora, naquele instante quente, finalmente entendidas

– *eu vi o futuro* – murmurou a velha.

o som da sirene chegou ao sexto andar

dentro da viatura, o Ministro disse ao motorista que parasse ali, que fosse dar uma volta demorada, ele telefonaria quando quisesse ser apanhado

mas o Ministro não queria era ser apanhado

– tens a certeza de que é este prédio? – perguntou antes de sair

– é este mesmo, não está a ver o buraco ali, camarada Ministro?

– sim

– então, é este o prédio da Maianga com o buraco no rés do chão, esse buraco é mesmo antigo, chefe, posso lhe contar a estória...

– agora não – interrompeu o Ministro, que saiu da viatura

o seu GuardaAsCostas ia sair mas o Ministro mandou-o entrar novamente

– mas, chefe...

– é um ordem, desapareçam-me das vistas

o GuardaAsCostas entrou apressado na viatura sem olhar para trás, as vendedoras olharam com estranheza para a roupa do Ministro

o motorista desligou a sirene, o trânsito estava impossível, as viaturas quase não se deslocavam. uma volta ao quarteirão, ou duas, poderia demorar mais de quarenta e cinco minutos. um agente da polícia reconheceu, pela matrícula do veículo, que se tratava de uma viatura do governo e fez sinal ao motorista sabendo se queria passar

o motorista fez sinal negativo com o olhar, o polícia mostrou-se confuso

o Ministro alcançou o prédio enxugando o suor da testa, guardando no bolso esquerdo o seu lenço amarelo, entrou na escuridão, subiu os primeiros degraus e escutou o som das águas pingantes, deixou os olhos conhecerem o escuro e as mãos absorverem a frescura

– você está aí?

uma espécie de silêncio respondeu à voz grave do Ministro, o homem progrediu, ensopando os sapatos

– ainda dizem que Jesus caminhava sobre as águas!, caminhava é o caralho! – irritou-se

ao ouvir ruídos na escadaria, procurou esconder-se na lateral de uma coluna gigantesca, um assobio demasiado afinado precedia a pessoa que descia

a sua própria respiração assustava-o, sabia-se escondido e num lugar impróprio, era um ministro trajando um fato caro, uma fina gravata de seda e sapatos comprados em Paris

resolveu agir, saindo do esconderijo, observou, pela acinzentada penumbra, o vulto que se aproximava e decidiu falar com tom autoritário

– quem vem lá que se identifique imediatamente

ouviu o som do outro corpo cessar o movimento, e esperou

o tal corpo pousava algo no chão

– estou de saída, sou o Carteiro sem bicicleta nem motorizada, apenas das cartas

– que cartas? – indagou o Ministro

– as cartas que escrevi

– você escreve ou distribui as cartas?

o Carteiro aproximou-se, descendo os restantes degraus, sentiu o cheiro enjoativo do perfume caro do Ministro, adivinhou-lhe as roupas mas não soube quem era

– o camarada ainda desculpe de perguntar, mas o senhor é quem então?

– você não sabe quem eu sou? – começou a mover-se em direção à saída

– até não sei

– e é melhor nem saber

o Ministro voltou à luz do dia, apressado, tropeçou numa panela abandonada que MariaComForça deixara nesse espaço que não era usado para sair do prédio, as crianças que brincavam no passeio gozaram com ele, imitando o seu jeito de ajeitar a roupa e os óculos escuros

com os olhos, o Ministro procurava a sua ausente viatura

o trânsito mantinha-se intenso e o seu telefone tinha ficado esquecido na viatura ministerial, começou a sentir novamente o suor nascer-lhe no pescoço e nos sovacos

– você não me empresta o seu telemóvel? – falou para MariaComForça

– bom dia, camarada

– sim, bom dia, mas empresta ou não?

MariaComForça, num gesto banhado pelo seu sorriso, retirou o telemóvel, também suado, do interior do seu soutiã

o Ministro hesitou deixando a mão da senhora pendurada no ar, o Carteiro apareceu, com os olhos fechados, habituando-se à intensa claridade da cidade, o Ministro retirou o lenço do bolso, limpou o telemóvel e fez a chamada

– estou-lhe a fazer ideia – disse, pensativo, o Carteiro

– um momento, uma coisa de cada vez

a fila de mulheres sentadas parou toda a atividade para observar o homem de fato e gravata segurar o telefone da quitandeira com o lenço amarelo

– mas o telefone tá sem saldo, minha senhora!

– o senhor pediu o telemóvel. também quer saldo? posso pedir aos miúdos para irem comprar

– já sei – interrompeu o Carteiro – o senhor é um camarada Ministro!, não sei se recebeu a minha carta...

– mas qual carta?

– a falar da ausência de meios de transporte nos serviços centrais dos Correios

– ó homem – o Ministro transpirava e exibia um ar preocupado – você não tem um telemóvel?

– tenho, mas é idêntico ao desta senhora

– como assim?

– assim mesmo, sem saldo

– foda-se!

as crianças haviam feito uma roda à volta do Carteiro e do Ministro

– pode me devolver o telefone, camarada Ministro? – MariaComForça falou devagar

– claro, não serve para nada

– mas voltando ao caso, senhor Ministro, por favor deferencie a minha petição do veículo de duas rodas

– eu tenho mais que fazer, homem, fale com os seus superiores

– mas o senhor, sendo superior assim no Ministério, e também superior do meu chefe, não é meu superior também?

– você já viu algum Carteiro em Angola a circular de motorizada durante o expediente?

– há sempre uma primeira vez, senhor Ministro, o senhor vai lembrar da minha carta, está escrita em papel de vinte e cinco linhas, com selo, cola branca e caligrafia de antigamente

o Ministro buscava a viatura com o olhar, suava muito, o Carteiro revistava a bolsa convencido de que encontraria uma cópia das cartas enviadas

– e vocês, miúdos, não viram um carro azul, do Ministério? se calhar até está estacionado aqui perto, não querem ir ver ali naquela curva?

os miúdos sorriram, entreolhando-se

– nós até nem podemos afastar daqui, camarada Ministro, as nossas mães não gostam

– estas senhoras são vossas mamãs?

as mulheres acenaram negativamente

– por isso mesmo é que não podemos afastar, camarada Ministro – falou um com os braços cruzados, em tom de troça – estas senhoras são as que queixam nas nossas mães logo à noite

o carro chegou, buzinando para afastar os carros civis que não pertenciam aos ministérios

– camarada Ministro – o Carteiro tocou o Ministro no braço que o sacudiu e retomou a marcha – só queria lhe entregar a carta, pode ser que esteja aqui

o Carteiro seguia o Ministro em direção ao carro, falando e revistando o seu saco, o GuardaAsCostas surgiu veloz e, mesmo tendo antes aberto a porta ao Ministro, aplicou ao Carteiro uma queda tão rápida que as crianças não conseguiram mais tarde repeti-la em teatro de imitação

– fica aí quieto até o carro começar a não ser mais visto, tás a entender? – falou o GuardaAsCostas enquanto aplicava uma forte bofetada na face do já estável Carteiro

a viatura moveu-se e parou uns metros à frente

o Carteiro, já de pé, limpando a calça, voltou a sentar-se rapidamente, uma das crianças foi chamada pelo condutor, aproximou-se da janela e foi o próprio Ministro quem lhe entregou um pequeno envelope

– dá isto àquela senhora que guarda o telefone nas mamas

o miúdo, de regresso, ajudou o Carteiro com as cartas e outros papéis espalhados numa poça de água lamacenta, ensopada, e apanhou uma folha azul de vinte e cinco linhas

– bonita a tua letra – disse MariaComForça

– estudei no tempo de antigamente – sorria o Carteiro com o lábio inchado – levei muita porrada na escola para desenhar bem as letras

MariaComForça abriu o envelope entregue pelo miúdo, tinha dentro um cartão da companhia telefónica com saldo de 10 dólares

ela rasgou o cartão, apanhou de seguida a carta borrada de tinta azul e selos empapados

– quer uma gasosa, camarada Carteiro?

o Carteiro olhou para a rua onde o carro do Ministro havia desaparecido

– não, obrigado, ainda tenho muito que fazer

– posso guardar esta carta?

– pode sim, tenho muitas. até amanhã a todos

ajeitando o saco sobre o ombro, o Carteiro pôs-se a caminhar no sentido contrário ao da viatura ministerial.

Nelucha desceu do candongueiro no LargoDa-Maianga e não olhou para o Carteiro que esperava a sua vez de atravessar, no meio da multidão que aguardava uma brecha para poder seguir a sua vida,

a vida é feita na cidade, no asfalto, pelas horas quentes do dia

com os pés empoeirados, a testa suada, as mãos carregadas de sacos de plástico com fruta e legumes frescos, Nelucha parou junto à entrada do prédio e pediu a MariaComForça uma gasosa bem gelada

– isto é que é mesmo calor – comentou enquanto MariaComForça lhe passava uma coca-cola de fabrico nacional que, segundo crença generalizada, era melhor que a internacional

– antigamente as pessoas até usavam sombrinhas na rua, para fazerem sombra mesmo, agora é só quando chove

– é verdade, também me lembro

– não lembras nada, não inventes, você é miúda, não fala à toa

Nelucha riu, tinha um sorriso aberto de dentes bonitos e lábios carnudos a desenharem a vida ao som de cada gargalhada, os olhos com o que de manhã fora

uma tinta forte, agora manchados de um rosa escorre-
gadio sobre a pele escura

— madrinha, não assistiu a confusão? — perguntou,
de corpo alegre e molhado de água fresca, o moço a
quem chamavam de Paizinho

— qual confusão foi essa mais?

— um ministro que veio dar bofa num Carteiro

— vocês inventam... — MariaComForça ajeitava o
gelo dentro das suas enormes arcas de plástico — você
mesmo viu o Ministro dar bofa em alguém?

— Ministro? Carteiro? — Nelucha parecia confusa

— sim, madrinha — concordou Paizinho — foi o
guarda do Ministro, mas também o Ministro nem reclamou nem mandou parar

— aquele Carteiro bem simpático?, coitado

— esse mesmo — confirmou MariaComForça — e tudo
por causa da mota que ele quer para entregar as cartas dele

— mas bateram-lhe mesmo?

— foi só um safanão assim de sacudir o pó

— isso é porque não foi a madrinha a sentir — Paizinho
ria, lavava os seus enormes baldes —, bofa de segurança é
que dói mesmo, você de longe até nem imagina, mas aquelas mãos têm peso mesmo de bater, dói male, madrinha

— tás a vir de longe, Nelucha? — MariaComForça
quis mudar de assunto, pois outras pessoas se aproxi-
mavam para escutar a conversa

— até não, do mercado do Prenda, fui comprar uns
legumes e também fruta que a Xilisbaba vai precisar

— vamos ter festa, madrinha? — Paizinho perguntava, preparando-se para subir novamente

– «vamos» com quem? já foste convidado?

– eu tipo já sou de casa, madrinha – riu Paizi-nho, pegando nos sacos de Nelucha para ajudar na subida

Paizinho aparecera há anos, sorrateiro, no prédio, com modos mansos e delicadezas desconfiáveis, mas cedo se revelou uma criança de olhos atentos e mãos ágeis, corpo oblongo como uma palmeira desajeitada sorrindo a qualquer ventania

– se não lavasse tantos carros, ainda ia ser masé jogador de basquete

quando chegaram ao quarto andar, Nelucha trans-pirava de cansaço. Paizinho, pelo contrário, vinha fres-co, molhado de uma água recente da passagem pelos canos rebentados do primeiro andar

– nada como um banho... tudo bem, senhor Eduar-do? – cumprimentou

Edú regressava lentamente do quinto andar, trazia na mão o termómetro emprestado do CamaradaMu-do, arrastava os pés movimentando-se em câmara len-ta como um desenho animado que, de tão lento, não conseguisse divertir as crianças

– outra vez com febre, Edú?

– até não

– então foste buscar o termómetro para quê?

– para depois o Mudo ter que vir cá buscar, se não ele fica lá em cima sozinho e eu também, assim temos uma desculpa de conversa

em casa, Nelucha, em direção à cozinha, pediu a Paizinho que pousasse tudo no chão, folhas de salsa,

jimboa, múcua um pouco mirrada, abacates antigos
e alfaces ornamentavam a bancada perto do fogão
— madrinha, posso beber água gelada?
— tira uma gasosa para ti, e obrigado pela ajuda
— de nada, madrinha
Paizinho serviu-se da gasosa e saiu, cumprimen-
tando novamente Edú e perguntando se precisava de
ajuda para caminhar
— pensas que sou velho ou quê?
Paizinho verteu uma expressão de tristeza no sorriso desajeitado,
chegado a Luanda vindo do Sul, há anos percorria a
vã busca do paradeiro da sua mãe. respeitado no prédio
pelo dom da honestidade e da pontualidade, ambos raros
em gente de Luanda, Paizinho era um espetador assíduo
do programa televisivo «PontoDeEncontro», criado justamente para que os angolanos desencontrados soubessem
da localização das pessoas que a guerra havia separado
Paizinho saiu triste, consolando-se com o sabor da
coca-cola fresca, e brincou
— kota Edú, essa coca-cola feita aqui em Angola é
que bate mais!
Edú muxoxou longamente, fechou a porta e seguiu
para a cozinha
— esses miúdos de agora, numa de que querem ajudar, estão só a estigar os mais velhos. só porque tenho
as partes inchadas, já num posso caminhar?
— deixa-te disso, filho — Nelucha parecia bem-
-disposta mexendo na comida — ele só quis ajudar, o
Paizinho é muito prestável

sob o som da RádioNacional que ensaiava um brinde de CarlosBurity

e apesar da dificuldade com a perna, Edú mostrava que era ainda um potente dançarino à moda caluanda, o casal sorriu e bailou, Edú comandava passes de uma kizomba jingada em manobras lentas, sem pisar a fruta acabada de chegar nem roçar nos sacos plásticos, sob o olhar atento e preocupado de Nelucha, que aos poucos deixou a sua boca embebida num sorriso de espanto pelas passadas do mais--velho

– pensas que mbumbi é leão? eu agora estou a viver adaptativamente! o mbumbi vai me trazer novas passadas, não vês que já afasto o joelho numa lateral de revienga? sempre a subir...

Nelucha riu, deixou a mão de Edú apertar a sua cintura, a outra desceu às vastas margens da sua bunda, um suor quente invadia a cozinha e a música prosseguia suave fazendo o casal fechar os olhos sem perder a geografia do lugar

– já nem lembras do fatal episódio? ai uê...

no tempo do recolher obrigatório, as festas ficavam cheias de uma gente que queria beber, comer e dançar e estava literalmente proibida, pelo recolher obrigatório, de abandonar o recinto

quem ficasse na festa depois da meia-noite só poderia voltar a casa depois das cinco e meia da manhã, hora em que, pressentindo o nascer do sol, os corpos deliciosamente cansados pedem uma cadeira, uma última cerveja gelada e um prato de muzonguê era normal, nesse tempo, depois do caldo, haver um reacender da festa que se arrastaria, para alguns, até às dez horas da manhã e, para os mais insistentes, se transformaria na chamada «continuação», onde os homens iriam comprar alguma coisa, pescado ou carne, batata, funji, mandioca, mas sobretudo mantimentos líquidos, garrafas, latas ou barris de cerveja para, junto das catorze horas, o ritmo ser retomado, sob o cheiro dos temperos femininos, numa tarde que se esticaria até à nova noite

– ai, nossos recolheres bem obrigatórios... – Edú sorriu de olhos fechados recordando a derradeira noite em que a conquistara

– a menina, desculpe, qual é a sua graça? – ele aproximou-se de Nelucha, fato branco de linho amarrotado, blusa aberta e um crucifixo a dourar-se no escuro da sua pele molhada

– Nelucha – ela sorriu, tímida

– a Nelucha dança? – jogou a mão e o sorriso em jeito de pedido mais que irrecusável

assim, no modo como a dama deixava o corpo do damo aproximar-se, se dava o jogo entre as energias corporais, a proximidade da boca no pescoço dela, o acomodar das mãos no corpo um do outro, a cumplicidade do sorriso, e as passadas que evoluíam em contacto cada vez mais íntimo, pernas que se roçavam a ver se era possível, cinturas que denunciavam intenções

e Nelucha, sem se denunciar, já havia acedido antes mesmo da derradeira dica

– mas é Nelucha com «x» ou com «ch»?

– porquê, moço? – Nelucha afastou-se do pescoço dele e perguntou séria

– diga, moça

– é com «ch»

– então vamos rabiscar o seu nome, preste atenção agora

o desafio de Edú não era escrever o nome no chão, habilidade de que se julgava capaz, mesmo com o desafio de ser com o «ch», a questão é que a música poderia não lhe dar tempo para executar a façanha com a charmosa lentidão que pretendia

Nelucha, entremirando o chão e o rosto calmo de Edú, ficou visivelmente impressionada, o homem dominava a técnica kizombística a ponto de não tocar nos outros casais que bailavam perto, tendo mesmo evitado o glacê de bolo já derramado na pista e as crianças que passavam a correr

– se não se importa, o «cha» escrevemos na próxima música – rematou Edú, quando a música terminou

– não sei o que dizer – sorriu Nelucha, dizendo agora na cozinha a mesma frase que havia dito anos antes

– então não diga nada – brincou Edú, abrindo os olhos

Nelucha olhou para o chão da cozinha, a vassoura intacta e mesmo as frutas que haviam rolado dos sacos não tinham sofrido danos

– continuas muito bom dançarino

– faz-se o que se pode, o mbumbi dá um certo ritmo nas curvas – Edú riu

Nelucha pegava nas coisas, distribuía os sacos pela bancada, arrumava a loiça, abria a torneira para lavar os legumes

– temos de falar, Edú

– outra vez? – Edú pressentiu que se tratava de um assunto sério de mais para aquela hora do dia

– estive a pensar outra vez nessa coisa do mbumbi, isso é um assunto sério, Edú

– e eu mesmo que lhe transporto e ando com ele, não sei disso?

– mas então porquê que não te decides de uma vez por todas? podias aceitar a oferta de um desses médicos, é gente importante, com conhecimentos, facilmente resolvem o problema

– ah, resolvem, né? e se correr mal? – Edú ficava facilmente irritado quando o abordavam sobre a eventual cirurgia que lhe permitiria livrar-se do gigantesco caroço – não sabes que esse mbumbi está mesmo relacionado com a zona testicular? eu sei lá o que pode acontecer aqui nas partes baixas...

– não sabes, nem eu sei, nenhum de nós é médico, mas tu tens visitas de médicos de tantos países, um deles poderia te explicar melhor, tu nem sequer deixas eles falarem

– falar, falar... se eu já te disse que um kimbanda amigo meu é que está a ver o assunto. enquanto ele não se pronunciar, ninguém mexe aqui. pensam que esta merda aqui é do povo, ou quê?

– Edú, fica calmo, filho, no outro dia estive a falar com a minha irmã, e ela até é que falou bem da questão

– falou quê mais?

– tu já disseste que queres esperar, acho bem. deves ouvir as opiniões todas, dos kimbandas mas também dos médicos. vem aqui tanta gente, jornalistas, a televisão americana... já pensaste nisso?

– o quê?

– hoje em dia todas as pessoas fazem digressões. há tantos acontecimentos, torneios desportivos, exposições, expo disto e daquilo, os artistas todos fazem tournés

– tournés?

– sim, tu podias fazer uma tourné, em vez de os médicos virem cá, nós é que íamos lá... visitar clínicas, jornais, televisões, e assim íamos conhecer outros países

– não sei, Nelucha... para me deslocar... ainda dançar é uma coisa, agora escadas, aviões, não sei. e ainda nos mandam pagar as contas...

– não íamos pagar nada, a minha irmã já me disse, eles é que pagam as despesas e se te quiserem operar, tu dizes que gostarias de ver outro médico e lá vamos nós para outro país. a minha irmã tem experiência de organização de eventos, ela pode ser a nossa agente

– agente? isso já parece uma excursão dos Kassav – Edú criticou, mas não lhe desagradou a ideia

– ela pode vir cá um dia destes, explicar-nos o plano. já imaginaste? primeiro os circuitos habituais, portugal, áfrica do sul, namíbia. depois a europa, com as franças e as espanhas italianas. e se tudo correr bem, a américa, nova iorque e miami

– depois, quem sabe, o japão e a china, agora os chineses estão a chegar aqui, eles nem devem conhecer mbumbi deste tamanho... – Edú sentou-se no minúsculo banco que lhe estava reservado por ser resistente – diz à tua irmã para vir cá, parece que temos bizno!

no sexto andar, Xilisbaba entrou em casa e sentiu uma frescura que lhe desagradou

o silêncio intenso era apenas perturbado pelas notas de jazz vindas do quinto andar, as janelas semicerradas, o pingo da torneira da cozinha em ritmo certo e uma luz bonita feita pelos furos da velha cortina da sala

– Odonato? mamã?

pousou na cozinha os sacos magros, Amarelinha já se havia sentado na sala a conferir os fios e as missangas que havia trazido para novas pulseiras, surgiu, do quarto, AvóKunjikise vestida nos seus lindos panos

– pano branco, avó? – sorriu Amarelinha – dia de festa?

– *dia de desgraça, isso sim*

seguiu caminhando no seu passo silencioso até à cozinha, beijou a neta na testa

– bom dia, mamã – Xilisbaba cumprimentou

– *bom dia, minha filha*

– o Odonato saiu? foi procurar trabalho?

– *acho que ele foi procurar outra coisa, está lá em cima*

lá em cima, na linguagem do prédio, era no terraço, lugar aberto e desarrumado, frequentado por quem lá quisesse ir, pátio a céu aberto para cadeiras abandonadas e tanques de água, vazios, uma vez que a água não faltava no prédio, isto é, faltava muitas vezes nas torneiras mas nunca na canalização rebentada do primeiro andar

ali dormiam quietas ou bailavam ao vento as inúmeras antenas, as de antigamente, envelhecidas, tortas ou mesmo cambaleantes, e as mais recentes, pequenas e grandes, parabólicas, dessas que apanham notícias e vozes de outros lugares mais internacionais, estas antenas eram também fonte de alguma renda para o prédio, uma vez que a vizinhança se valia da altura do edifício para colocar ali algumas das antenas que serviam às casas circundantes

Odonato estava na berma do terraço, olhando a cidade, a sua poeira antiga, as suas árvores, a escola MutuYaKevela, outrora conhecida como liceu SalvadorCorreia

— não gosto que estejas aí, na berma

— eu também não gosto de muita coisa — Odonato não estava de bom humor

— apetece-te cozinhar? trouxe legumes, fruta e peixe para grelhar

— Baba — Odonato respirou fundo, como se inspirasse toda a poeira da cidade de Luanda — decidi que já não vou comer!

— não tens fome? não queres almoçar?

— não entendeste. não vou comer mais, estou farto de sobras e de coisas dos outros. vou fazer um jejum social

— ó filho... — Xilisbaba não sabia o que dizer

aproximou-se do marido, sem olhar para ele

a cidade era mais simples vista dali. sentia-se menos na pele e nos olhos o peso doloroso dos seus problemas, dos seus dramas

— o que é bonito nesta cidade, Odonato... são as pessoas. as festas, o ritmo, até os enterros

— passámos muitos anos, Xilisbaba, em busca do que é bonito para suportarmos o que é feio. e não estou a falar dos prédios, dos buracos na estrada, dos canos rebentados. já é hora de encararmos o que não está bem

— os mais-velhos diziam na minha terra que é bom olhar para longe. atravessar o rio já a pensar na outra margem

— na minha terra os mais-velhos diziam que para atravessar o rio é bom conhecer as horas do jacaré

o sol fazia brilhos metálicos dançarem de antena em antena, o vento cessara, buzinas e sirenes atravessavam a cidade em direção à vastidão do mar, as andorinhas estavam de repouso, à sombra, alimentando os mais pequeninos

Xilisbaba tocou a mão fria do marido, levou-a aos lábios para dar um beijo suave, gesto seu, antigo, de ternura acalmante, a sua respiração alterou-se, o seu olhar assumiu o susto dos que olham para aquilo que não podem compreender

— não te assustes, por favor — Odonato também tinha carinho na sua voz

— Odonato...

— eu sei

a luz vibrava de modo distinto na sua mão

uma translucidez brincava de reflexos nas suas veias, Xilisbaba olhava atentamente para que os minutos lhe dessem a certeza

mirando com atenção, Xilisbaba via, sem ver, o sangue correr nas veias do marido, a mão bonita, cansada, os calos nos dedos mais usados, e aquela espécie de visão que era um pressentimento incerto, como se entendesse os caminhos do seu sangue e desenhasse, com o olhar, a movimentação óssea dos seus dedos

– eu sei, Baba: estou a ficar transparente!

CienteDoGrã, o filho mais velho de Odonato, há já alguns dias que dormia na casa do seu amigo Zé-Mesmo, lá iniciavam o dia com um longo cigarro de liamba dividido entre sorrisos e café

não ficava longe do prédio o anexo que ZéMesmo alugava do outro lado do LargoDaMaianga, perto do PalácioPresidencial

era num outro prédio, mais baixo, habitado sobretudo por pessoas da comunidade rasta de Luanda, ZéMesmo já havia pertencido a essa comunidade, no tempo em que ainda não era delinquente profissional

– meu – começou ZéMesmo – viver aqui ao pé do chefe é que cuia, nunca falta água nem luz, qual gerador é esse?, nem precisamos! é só a luz bazar, toda a cidade às escuras, e nós nada!, tamos se bem mesmo. quando o kota veio morar aqui no palácio, batemos palmas, nossa fezada

– ya, ouvi dizer... – CienteDoGrã abria os olhos com dificuldade

– maka só, que estou com ela, é o azar, num sei se é de nascença ou quê, o azar anda a me acompanhar, os biznos num andam a dar certo. gamo, sou apanhado, tento gamar, me dão porrada. gamo, num consigo despachar o material. ara chiça, omé!

– ya, tou a ver

– num tás a ver merda nenhuma, porque você num sabe fumar, fica logo liambado, mas num tem maka, agora eu vou te orientar num mambo que tenho aí... puro bizno, mas tu é que vais comandar as operações

– pode ser

– mambo duma loja... tenho lá os putos que lavam os carros, já me passaram as informações, o dono da loja vai passar fim de semana a Benguela, dois guardas boelos, a malta faz o golpe nas calmas

– gamar comida?

– qual comida, não fica boelo também... a loja é só dum coro, o gajo lá dentro faz câmbio de dólares, e agora o euro é que tá a ficar doce, tás a ver a coisa?

– ya, tou a ver

– num tás a ver merda nenhuma, mas não tem maka. dou-te as orientações, e ficas doze horas sem fumar, para estares nos conformes da «Operação Cardoso»

– ah, mas já são doze horas?

– epá, tás muito grosso, depois falamos, mas vais ter de conseguir uma baba

– ya, num tem maka, falo com uns primos

CienteDoGrã há meses que não aparecia em casa

55

antes, num período um pouco mais equilibrado, pontuado aqui e ali por pequenos furtos, telemóveis, pneus, grelhas de jipe, roubos na praia, era comum aparecer na casa do pai aos domingos para fazer uma boa refeição, aos poucos a situação piorou e os membros da comunidade rasta, que sabiam da existência do pai, preveniram Odonato da degradação de Ciente

foi expulso da comunidade por não cumprir grande parte das regras e por ter desviado fundos destinados às comemorações anuais, ninguém lhe tocou, apenas foi expulso sob fortes ameaças, por respeito, sobretudo a Odonato

– o kota sabe, nós temos respeito pelo kota, mas ele não pode mais aparecer lá

Odonato juntou algum dinheiro e foi entregá-lo aos rastas, para limpar o nome do filho, Ciente desapareceu por meses, familiares em Benguela haviam-no visto lá pelo Sul, foi depois avistado em contrabandeamentos no Cunene, junto à fronteira

conseguiu amealhar algum dinheiro nos negócios, incluindo a participação desajeitada em algumas excursões à foz do rio Cunene em busca de diamantes, mas nunca foi além de diversos acampamentos onde aconteciam discussões ocas, se tomava banho de rio e se consumiam doses generosas de liamba,

quando Ciente voltou a Luanda, desorientado como havia partido, conheceu o famoso ZéMesmo, bandido, gingão e bom dançarino, malfeitor conhecido pela sua fama de ter, inerente a si, uma incrível sorte à qual ele mesmo chamava de azar

– quer dizer, chamam de sorte porque não são vocês a levar nos cornos...

é verdade que era comum ser apanhado e normalmente não saía ileso das suas aventuras noturnas

o que a população chamava de «sorte» era a quantidade de vezes que ZéMesmo se havia envolvido em confrontos físicos, com a população ou com a polícia, e dos quais, após períodos de recuperação, voltava ao estado normal, sorrindo e planificando o próximo golpe, como que invadido por uma dose de total esquecimento das dores implicadas em ações prévias,

havia sido baleado sete vezes sem nunca ter entrado em coma, sendo que a sétima foi uma bala perdida que o apanhou desprevenido, numa motorizada, quando voltava de uma discoteca às seis da manhã

parado, no semáforo, sentiu demasiada humidade na barriga e viu nas calças uma enorme mancha de sangue, seguiu para casa, pediu à irmã que o fosse visitar ao HospitalMilitar com roupa limpa, em duas horas

– HospitalMilitar? tás maluco ou quê? – quis argumentar a irmã

– epá, você cala só a boca, eu estou aqui baleado às seis da manhã e você quer discutir, porra? tou ta dizer, vai me procurar no HospitalMilitar, diz o meu nome. se perguntarem se é o quem, diz que é o GuardaAsCostas do coronel, só assim

chegou enfraquecido à portaria do HospitalMilitar, saiu da mota, estacionou-a perto da casota onde os guardas abriam a cancela

– camarada, por favor, chama só um médico, diga que fui baleado do estômago

– mas você é militar? sem farda?

– camaradas, o meu chefe é que foi para casa, estávamos a sair da discoteca, saiu tiro, para lhe proteger é que me balearam

os militares, confusos, confirmaram o buraco da bala e o sangue no estômago do suposto GuardaAsCostas

– mas quem é o teu chefe?

– camaradas – começou ZéMesmo a fechar os olhos – vou desmaiar agora, se alguém perguntar, falem que sou GuardaAsCostas do CoronelHoffman!

a cirurgia correu bem, o médico cubano que o operou mostrava-se fascinado não tanto pela façanha de o militar ter chegado por seus próprios pés, isto é, por suas próprias rodas, mas pelo trajeto difícil que a bala havia feito no seu corpo evitando milimetricamente todo e qualquer órgão que fosse vitalmente comprometedor

– usted es un hombre de suerte, compañero – sorriu o médico ao vê-lo acordado – no es desta que se vá

– obrigado, doutor, sabe se a minha irmã já chegou? não gosto destas roupas de hospital

– su hermana, si. y un hombre, muy grande, dijo que es su coronel, el tal de Hoffman

ZéMesmo tremeu

os seus intestinos foram invadidos por uma cólica torrencial que levou à barriga ambas as mãos

– está bien? – perguntou o médico

– é que não estou pronto para visitas – ZéMesmo suava

– hombre, que nada. su hermana, su jefe, no pasa nada, que entren – avisou o médico

a irmã aproximou-se com um olhar de preocupação como se, olhando para a frente, fizesse com os olhos sinais que apontavam para trás. devagar, após a irmã, um homem alto, grande, de barbas esbranquiçadas, entrou também e quedou-se junto à porta

a irmã pousou a roupa e perguntou baixinho

– e agora?

– tem só calma... – ZéMesmo recuperava o ritmo da sua respiração – tá tudo bem, prepara só uma retirada estratégica. avisaste o Ciente?

– sim, ele está a caminho

a irmã retirou-se sem olhar para o CoronelHoffman, a porta fechou-se num silêncio duro, hospitalar, o saco de soro pingava gotas a um ritmo pausado que quase podia ser escutado pelos dois homens presentes

– você sabe quem sou eu? – soou a voz grave do Coronel

– amigo, você deve ser...

– amigo d'aonde? – Hoffman interrompeu – andámos juntos na creche ou quê? eu cresci no Moxico. quem é você?

– chamo-me José, mais conhecido por ZéMesmo

– mais conhecido? conhecido aonde?

– aqui na cidade de Luanda

– vocês de Luanda têm a mania de fazer banga... não é? – disse Hoffman em tom ameaçador

– tem razão, senhor Coronel

– você manda me chamar a esta hora de manhã cedo? você sabe com quem está a falar?

– eu não mandei chamar, senhor Coronel

– mas ligaram para mim, da portaria, a dizer que o meu GuardaAsCostas tava aqui. pensa que eu ando com GuardaAsCostas?, já viu bem o tamanho das minhas costas?

só o silêncio parecia invadir a sala

– quando o seu amigo chegar, você vai se retirar destas instalações sem dizer um pio, tá a entender?

– sim, senhor Coronel

– você nunca me encontrou, eu nunca estive aqui

– sim, senhor Coronel

o tal CoronelHoffman retirou-se, murmurando apenas um ameaçador «hum!»

ZéMesmo vestiu-se e preparou-se para abandonar o hospital, apesar das dores. quando a irmã entrou, ZéMesmo estava pronto

– já podes sair?

– não é que posso ou não posso, é que tenho de sair

CienteDoGrã havia conseguido emprestada uma viatura funerária e entrou no HospitalMilitar com a desculpa de retirar um morto em acelerado estado de decomposição, ZéMesmo saiu deitadinho, na parte traseira, tapado por um cobertor e os guardas não quiseram revistar o carro à saída

momentos antes, a irmã, sentada no banco da frente, foi forçada a verter algumas lágrimas

– ou choras agora ou choras em casa, quando eu te enfiar umas boas galhetas passados alguns dias, riram da estória, a Ciente foi dada a missão de ir recuperar a motorizada junto dos guardas do HospitalMilitar

ZéMesmo estava convencidíssimo do insucesso da missão e foi surpreendido pela chegada ruidosa de CienteDoGrã com a motorizada, lavadíssima, como se saísse da fábrica

– como é que conseguiste?

– disse que eu era o outro GuardaAsCostas do CoronelHoffman, e eles ainda lavaram a mota

ZéMesmo deu duas fortes bofetadas a CienteDoGrã

– tás a brincar com esta merda ou quê? eu num te contei o que houve lá?

– mas...

– cala masé a boca, nunca mais ninguém pode usar esse nome, aquele homem é perigoso, vocês não viram a cara dele. acabou essa estória do Coronel do Moxico!

apesar da zanga, foi naquele dia que a amizade começou

mas

nunca mais mencionaram o nome do estranhíssimo CoronelHoffman.

o Cego sentia saudades das cores, de todas as cores

isso de algum dia ter visto o mundo era uma lembrança confusa – neblina de um sonho recentemente esquecido –, sentia dentro de si uma sólida saudade das cores, sabia imaginá-las, a quentura de um amarelo avermelhado, a tranquilidade de um azul céu, o rosa fresco da parte interna de um mamão, a brandura de um verde seco e até mesmo a simplicidade implacável do branco

– NganaZambi podia ainda me emprestar uma luz, de vez em quando só, nem que eu sempre tivesse a fingir que era ainda cego

– está a falar mesmo sozinho, camarada Cego? – disse MariaComForça com simpatia na voz

– estava aqui com um pensamento, a senhora me escutou?

– nem entendi nada mesmo

– não era de entender, eu estava a lembrar cores

– então você já viu as cores

– sabe, as cores não são só de ver. há cores que eu sei na minha pele, nas minhas mãos. a vida tem muitos lugares... camarada?

– MariaComForça

– gostei do seu nome

o VendedorDeConchas acenou com a cabeça para MariaComForça, tomou o Cego pelo braço e saíram caminhando. havia muito que fazer, o saco estava cheio de conchas lindas ainda com o cheiro salgado das suas profundas origens

– cheiram da cor do mar, essas tuas conchas – o Cego falou

caminhavam pelos passeios esburacados da cidade e, salvo alguns alertas do vendedor, o Cego parecia ver, digamos assim, cada armadilha que as vias apresentavam

– você vem calado de triste ou calado de pensar no coração?

– desculpe, mais-velho, estou só a pensar no caminho, me falaram na casa de uma mulher com dinheiro, que vai me comprar conchas, estou ainda a lembrar

– eu sei que você está a lembrar, acaba de falar com aquela moça com nome de cores

– como é que você sabe?

– porque as pessoas todas têm cheiros. conheço a pele dessa menina. como é o nome dela?

– Amarelinha...

seguiram calados, o VendedorDeConchas não parecia disposto a falar e o Cego não parecia disposto a forçar o outro a falar. passaram no bar do Noé, cumprimentaram de longe

– bom dia, Noé, tudo bem com a arca? – o Cego adorava esta piada

– tudo bem, veja lá onde pisa – Noé respondia em igual provocação

após alguns cruzamentos, chegaram a um largo pacato com casas vastas, casas de muatas, com guardas à porta, algumas com dois e três militares, outras com guardas dessas empresas de proteção

procuraram saber da casa de uma senhora que atendia pelo nome de Pomposa

– epá, cuidado com os guardas – o Cego falou

– se já escolhi uma casa sem guarda para perguntar

bateram novamente e uma voz estranha, numa língua estranha, falou algo com o tom de mandar esperar

apareceu, na janelinha do portão, um chinês baixinho, de pele muito esbranquiçada e olhar curioso
como o dos piriquitos

— camarada, estamos a procurar a casa de uma
senhora Pomposa

— famóza? — falou o chinês

— não, parece é Pomposa, mulher assim de um
senhor Ministro

— carro dela, vôrvo açúl?

— nem sei, camarada

— é sim — gritou o Cego — até eu que sou cego sei
que carro de Ministro é vorvo

— casa com guardas. vuçé vende péxe?

— não. vendo conchas

— vende qué?

— concha

— con já?

— vamos só embora — riu o Cego. — esse BruceLi já
tá a misturar kimbundu com chinês!

— concha, camarada, assim de enfeitar em casa — o
vendedor mostrou-lhe uma pequena concha, linda, cor
de rosa, que trazia na mão

— chinês sempre de pouco dinheiro, ná compra

— mas fica com esta, de oferta

— oferta gosta. vuçé ná tem péxe?

— não

o chinês recolheu a concha e fechou a janela, o
VendedorDeConchas mais o Cego dirigiram-se vagarosamente à enorme casa, cheia de guardas, que tinha
o volvo parado à porta

– eh, tunda masé daqui, num vale a pena virem aqui pedir nada

– camarada, desculpe só, venho até oferecer

– oferecer quê?

– disseram que a dona dessa casa é que anda a procurar as minhas conchas

– conchas dessas do mar? tem a certeza?

– uma amiga dela, minha cliente, é que falou

– você vende conchas?

– vendo, sim

– então você faz negócio de uma coisa que você apanha só assim no mar?

– camarada, desculpe, mas eu não apanho «só assim» no mar. eu mergulho de ir buscar as mais bonitas, por isso é que todo mundo gosta

– você mergulha e apanha bué de conchas, sem pagar nada. e depois vem aqui vender na casa dos muatas? você é muito esperto

– você também pode ir lá mergulhar – falou o Cego

o guarda fez um gesto ameaçador mas entendeu que o velho, além de velho, era cego

– a tua sorte é que não posso dar bofa num mais-velho Cego, senão ias dançar bungula

– desculpe, camarada, estamos só assim na fome desta hora, a dona num está?

– está, sim

– e então?

– então o quê?

– não pode ir chamar?

– posso

– e não vai chamar? – resmungou de novo o Cego

– posso ir, mas se sair negócio, quero lá a minha parte

– está bem – concordou o VendedorDeConchas, pousando o saco – se sair negócio você escolhe três conchas para a sua dama

– combinado

o guarda pousou a arma, ia entrar quando o Cego pediu um copo de água

– não – falou o guarda – bebes água lá no mar onde vocês apanham as conchas – e saiu a rir

pela porta aberta viam-se o jardim da casa, a relva cortada com desenhos lindos que o vendedor apreciava por fazerem conjunto com as flores, rosas, cravos, lindas trepadeiras que saíam do jardim e invadiam a varanda, catos, enormes rosas de porcelana e fetos de um verde escuro que lhe lembrava o mar

– mais-velho, se você ainda pudesse espreitar esse jardim... até dá alegria de uma pessoa olhar

– eu estou a sentir o cheiro. tem muitas flores, né?

o olhar do vendedor viajou pelos móveis brilhantes da varanda, uma pequena garrafeira com whisky, gin e martini, garrafas que ele conhecia dos bares onde fornecia conchas como cinzeiros e, já lá dentro, volumosos cortinados

o guarda voltou, encostando o portão, cessando a visão

– a dona vem já. no fim não esquece do nosso combinado

– eu nunca esqueço

o guarda trazia na mão uma garrafa de plástico,

com água gelada, abriu vagarosamente e ficou a beber mirando as mínimas reações do Cego

– sabe o que estou a fazer, mais-velho? – falou depois

– hum, sei... – o Cego murmurou – e você, sabe o que está a fazer com os outros?

um outro carro chegou, rápido, e buzinou

o Cego e o vendedor afastaram-se rapidamente, os portões foram abertos, o carro entrou, do lado direito, um GuardaAsCostas saiu veloz, foi abrir a porta traseira, de onde saiu o Ministro

– bom dia a todos – o Ministro dirigiu a voz aos do portão

– bom dia, sim – responderam os guardas

– não feche o portão – ouviu-se a voz de Pomposa. – tudo bem, querido? já entro, vou só aqui ver umas coisas

não fosse a sua crença já interiorizada no poder persuasivo das conchas, o Vendedor teria desistido da visita e virado as costas naquele momento, a madama vinha repleta de ouros desde os dedos dos pés às orelhas, umas vestes largas de tipo indiano num tecido bonito e de transparências sugestivas que os seus olhos preferiram não olhar, o Cego também mudou a expressão do rosto devido aos inúmeros cheiros que precederam Pomposa, unhas recém-pintadas, sapatos engraxadíssimos, creme de mão, creme de rosto, perfume no pescoço e forte desodorizante sob as axilas, «um carnaval», pensou o Cego

– isto é um carnaval de conchas – brincou Pomposa ao ver o saco abrir-se

– boa tarde, dona

67

– boas! então tu é que vendes as conchas que as
amigas andam a levar para a europa?

– sou eu sim. são conchas mesmo aqui de Luanda.
depende o que a dona quer

– eu quero ver

– para ver não se paga – exclamou o Cego – só que
eu, mesmo que tivesse dinheiro, não podia nem pagar
para ver

– seu pai?

– não, meu amigo. andamos juntos a zungar

– és o primeiro zungueiro de conchas que conheço,
mostra lá o material

havia de tudo e, sabendo da casa que se tratava, o
vendedor adaptara já o saco à ocasião, não havia trazido as conchas mais simples e belas, nem os cinzeiros
rasos de quase nenhuma cor, nem os brincos pendula-
res e esguios que prendia ao arame, nem o colar feito
de minúsculos anzóis enfiados em conchas rosa suave

apenas o exuberante, o grande, o que se podia ver e
comprar para depois exibir

– acho que a dona vai gostar – começou ele a expôr
as coisas no chão do passeio

Pomposa era rápida nas suas escolhas e não tocou
nos objetos, foi apontando o que o guarda foi sepa-
rando, cinzeiros, conchas largas para o centro da mesa,
conchas esverdeadas para saboneteira e um objeto lin-
do que ela imaginou ser um castiçal

– assim é quanto?

– vai ficar com tudo isso?

– diz lá que estou com pressa

– cento e cinquenta dólares por ser aqui na casa do nosso Ministro

– tou mesmo a ver, já te informaram demasiado. pensas que isto aqui é banco, né?

– não, dona

– se quiseres dou-te 60 dólares e uma gasosa

– obrigado, dona. mas então podíamos fazer 100 e um copo de água que nem gosto muito de gasosa

– armado em fino?

– eu não sou armado, dona, pode vir a gasosa para mim – exclamou o Cego

– cem dólares e uma garrafa de água gelada. para não se armarem em espertinhos

tirou da carteira, no meio de muitas outras, a nota de cem dólares

– cabeça grande, para não reclamares – concluiu Pomposa

– obrigado, sim

enquanto o guarda juntava as coisas, depois de arrumado o saco, ninguém se moveu

Pomposa olhava o movimento da rua, mais por antigo hábito, e esperava que estes se retirassem, o outro guarda voltou com uma garrafa grande, de marca francesa, de água gelada, ninguém se moveu

– não têm mais que fazer?

– estamos só a descansar, dona

– e não podem ir descansar noutro lado? ali na casa do chinês há mais sombra

o VendedorDeConchas olhou o guarda nos olhos, o guarda tossiu

– não estão a ouvir, ó vocês? saem dali – resmungou o guarda

– tem certeza? – perguntou o vendedor

– tunda!

foram saindo mirando para trás, esperando que Pomposa entrasse em casa mas a madama não se retirava, intrigada com a lenta movimentação, na janela do portão, espreitava o chinês, o guarda fingiu que pegava a arma do chão e o chinês apressou-se a desaparecer

– vamos só em frente, aqui não nos querem mais – falou baixinho o Cego

afastaram-se, dobraram a primeira esquina, esperaram um pouco, nem sinal do guarda

na avenida o trânsito era intenso, motas de fabrico chinês circulavam por entre os carros enormes, jipes de marca americana, japonesa e coreana, muitos hiace na candonga de transportar o povo que realmente só se podia deslocar de candongueiro, muitos toyota starlet, também conhecidos como gira-bairro, também no serviço de candonga mas este ilegal e mais arriscado

– cuidado a atravessar, agora já ninguém respeita o trânsito nem os cegos. não vens?

– calma só, estou a ver aqui uma coisa – o vendedor havia parado para ler uma enorme placa – isto está em todo lado

– o quê?

– esta placa. deve ser um serviço novo

– diz quê?

– CIPEL

– cipel? nunca ouvi falar. algum serviço, banco, ou coisa mesmo do Partido?

– não. é... comissão instaladora do petróleo encontrável em Luanda...

– nunca ouvi falar

– mas Luanda também tem petróleo?

– qual petróleo, você não leu bem?

– então, ali diz petróleo... encontrável... em Luanda. Luanda é aqui

– mas antes não dizia da «comissão»?

– sim, comissão instaladora

– então, até eu que sou cego costumo ouvir notícias na rádio. comissão instaladora é aquela que vai instalando..., e você fica à espera que ela instale

– e não instala?

– instala, só que você não vê a instalação. é uma comissão para alguém se instalar mesmo

– como assim, mais-velho?

– epá, é muito complicado, a esta hora, com a fome, vamos só tentar comer qualquer coisa, depois te explico

– isso aqui é sério, você é que não está a ver a placa – insistiu o VendedorDeConchas

– você é que não está a ver como é essa comissão..., um grupo de alguns alguéns que vão se instalar! você é miúdo, você!...

passando o dedo trémulo pelos olhos

Odonato retirou das pálpebras uma poeira grossa, irregular, que magoava por não ser redonda, a sensação de incómodo cedia lugar ao conforto de ver melhor e uma branda tristeza aparecia causando desconforto nos olhos e no coração

«as lágrimas é que limpam a tristeza...», pensou

Luanda fervia com a sua gente que vendia, que comprava para vender, que se vendia para ir depois comprar e gente que se vendia sem voltar a conseguir comprar

– serei feliz quando as lágrimas regressarem de verdade. estou cansado de falsas sensações

os seus olhos brilharam, hesitavam entre o tom da maresia e uma frescura que imitava os céus de agosto a fingir que é frio

os olhos de Odonato já não sabiam chorar como antigamente

sonhava muitas vezes que descia a escadaria daquele mesmo prédio, vindo do terraço, ganhando balanço, aumentando a velocidade em cada lance de escadas, sorrindo e gritando para que o vento assobiasse alto e os pássaros afastassem as imaginárias nuvens que sabem inventar lágrimas, descia com pés flutuantes e um sorriso de magia sabida, praticando mesmo uma adivinha fácil, ali, no primeiro andar do seu sonho, onde depois da água lenta o seu corpo escorregava num susto fingido e o grito também, as suas mãos brincavam de agarrar um corredor inexistente e o seu equilíbrio falhava – acordamento bom – os seus joelhos indicavam o caminho da queda e a roupa se ensopava, o joelho esquerdo içava uma bandeira de sangue, final de corrida veloz, e agora sim, a garganta podia orquestrar um choro e os olhos, ai tempo de molhada meninice!, os olhos podiam então chorar

do sonho, acontecia trazer apenas o suor debaixo dos braços, a respiração incerta de quem já havia pressentido que as lágrimas eram um privilégio dos que podiam chorar por dentro e por fora

Odonato passava a mão pelo rosto, agredia as vistas, provava a ponta dos dedos e intensificava a sua tristeza:

há muito que os seus olhos não sabiam produzir sal.

era um prédio, talvez um mundo,

para haver um mundo basta haver pessoas e emoções. as emoções, chovendo internamente no corpo das pessoas, desaguam em sonhos. as pessoas talvez não sejam mais do que sonhos ambulantes de emoções derretidas no sangue contido pelas peles dos nossos corpos tão humanos. a esse mundo pode chamar-se «vida».

...

nós somos a continuidade do que nos cabe ser. a espécie avança, mata, progride, desencanta, perma- nece. a humanidade está feia – de aspeto sofrido e cheiro fétido, mas permanece

porque tem bom fundo.

[das anotações do autor]

no quinto andar sem elevador resistia um agradável cheiro de peixe grelhado – no corredor do primeiro andar uma família tinha por costume grelhar peixe ali fora, num cantinho do corredor, e usar o espaço restante para fazer as alegres almoçaradas regadas a vinho tinto gelado

– é servido, camarada Carteiro?

– ainda não, muito obrigado, talvez quando descer

o homem conhecia bem este prédio mas não se havia lembrado, ainda, de deixar com o jornalista Paulo-Pausado uma das suas oficiais cartas com o pedido do meio de transporte

o Carteiro trazia para o jornalista uma pequena caixa de considerável peso, nunca antes havia acontecido, usual era Paulo receber envelopes com revistas, livros ou material publicitário de outros países que muitas vezes, de imediato, oferecia ao Carteiro para futura leitura ou venda tocou à campainha duas vezes

– dom Paulo, sou eu

– eu quem?

– o Carteiro. toco sempre duas vezes, ainda não tinha reparado?

PauloPausado, de rosto ensonado, toalha na cintura e cabelos húmidos, convidou-o a entrar

o Carteiro adorava entrar naquele apartamento com cheiros de incensos, algumas vezes até com um conjunto deles ainda aceso a fazer desenhos na manhã como fumos esguios a imitar bailarinas orientais

– dom Paulo, isso é só de cheiro ou ainda tem assim uns feitiços internacionais?

– só de cheiros, dom Carteiro, o feitiço é coisa de cada um

– como assim?

– o feitiço é a crença de cada um. se você acreditar que o incenso tem feitiço, pode ser que tenha

– só assim? tipo de inventar mesmo?

– ya, tipo de inventar, como a vida. você quer ver, acaba por acontecer

– ah, mas não é bem assim, dom Paulo, eu ando a querer ver e até ando a querer uma mota, e ainda não apareceu

– tudo demora

– por falar nisso – mexeu na bolsa – queria lhe pedir um favor

– de dinheiro tou fraco, amigo

– nem era isso. vou lhe deixar duas cartas dessas de papel de vinte e cinco linhas. pedidos oficiais, ando

sem meio de transporte, nem subsídio para candongueiro, nem mesmo já machimbombo. se você sabe a
quem entregar, por favor, veja lá se faz esse favor. no
outro dia encontrei um Ministro mas tive pouca sorte

– você devia era falar com o seu chefe

– aqui em Luanda todos são chefes, é só depois
quererem ajudar. por isso é que eu ando a distribuir
cartas, a ver se algum desses tantos chefes me pode
então dar uma mão, ou seja, uma moto

– tá bem, podes deixar aí. vieste trazer cartas além
dessas?

– não. é uma caixa, nem sei como chegou. vem da
China, é mesmo pequena mas é pesada

– obrigado, podes deixar em cima da mesa

– é peça de carro?

– é, sim... o carro da minha namorada tá com
makas no motor

– e na China fica mais barato?

– sim

– tá certo

o jornalista serviu um copo de sumo fresco, de maracujá com açúcar e gelo

– muito obrigado. você mesmo é uma simpatia de
poucas pessoas aqui em Luanda. nas casas onde vou
nem já me oferecem um copo de água, ou um cumbu-
zito, quer dizer, sei que não é obrigação de ninguém,
mas um gesto assim fica bem. uma pessoa anda nesse
sol, nas distâncias, na poeira, para afinal fazer chegar
uma informação que é importante para as pessoas, ou
não é assim, dom Paulo?

– é, sim

– alguns até se negam de dar água num Carteiro a suar de cansaço. você já viu isso? antigamente diziam que era pecado negar água. uma pessoa de andar na rua, parava em qualquer quintal, batias as palmas, podia pedir água. era normal. hoje é logo desconfiado de gatuno ou pedinte

– os tempos mudam – o jornalista parecia impaciente

– é verdade, o tempo passou e não nos levou com ele

– como?

– o tempo passou e houve coisas que ficaram perdidas, respeito, moral, os bons costumes. enfim, vou andando. obrigado por esse sumo sempre tão bom

– de nada. havendo outras coisas, já sabes, avisa-me

– claro, sem makas. cumprimentos na madama

– obrigado

quando Clara chegou à sala, já o Carteiro tinha ido, o corpo seminu com cuequinhas reduzidas ao ponto de uma pessoa pensar se aquele tecido era capaz de conter tamanha cintura

– achas que tou gorda? – apontou para as ancas

– sabes que adoro ancas largas...

– largas é uma coisa, intermináveis é outra

– deixa-te disso

– temos café? pensei que tava tudo pronto já

– atrasei-me, veio cá o Carteiro

– e como sempre tiveste que lhe preparar um cafezinho e bolinhos e uma sanduíche para o resto do dia, não?

– não, não foi isso. servi um sumo de maracujá para uma pessoa que trabalha neste sol, sem condições de trabalho

Clara viu as duas cartas sobre a mesa, leu por alto

– não estão dirigidas a ti, estas cartas

– essas não são para mim. são para quem eu encontrar

– eu bem digo que esse Carteiro não bate bem

– não é isso, ele anda a tentar conseguir um meio de transporte

– ele quer um BMW para entregar as cartas?

– não, Clara – Paulo começava a perder a paciência – ele quer uma mota para poder percorrer as distâncias que a profissão dele exige

– ahn – seguiu no tom irónico. viu a caixa, sentiu-lhe o peso – e isto, é o quê?

– uma peça para o carro da minha mãe

– veio da... China?

– sim. queres comer o quê? apetece-te ovo estrelado, rabanadas, torradas... fruta, café?

– hum, boas coisas. apetece-me comer e fazer amor, ou vice-versa, conforme o senhor jornalista decidir...

Paulo pegou na caixa, foi pô-la no cimo do armário, depois arrumou as cartas azuladas do Carteiro

– segundo a lei da medicina tradicional chinesa, talvez seja bom recuperarmos algumas energias e depois passarmos então a essa interessante atividade física

– segundo a lei da tesão – Clara fazia uma voz sensual – também é possível gastarmos agora as energias, por exemplo... nesta mesa, ou aqui mesmo no sofá, e depois então recuperar com a prometida refeição...

Clara tirou a minúscula cueca preta, devagar, recebendo de Paulo um sorriso de dúvida e aceitação, ela adorava fazer amor assim, com uma blusa justa na parte de cima do corpo, sem sutiã, deixando os seios aflitos por respirarem, ela mesmo punha a mão do namorado por dentro, como se fosse a sua, buscando o prazer do toque brusco com a ponta dura dos mamilos, Paulo respirava em progressiva aceleração, transpirava das mãos e ficava louco quando Clara enfiava dois dedos na boca dele

— vai ser aqui na mesa...

— vai

— posso te virar de costas?

— já devias ter virado

enquanto ela gemia, a sua mão perseguia uma jarra baixa que a cada movimento se precipitava para a borda da mesa

deixou o corpo cair todo sobre a mesa e alcançou a jarra, relaxou a barriga, afastou mais as pernas, levantou ligeiramente o rabo e ambos sabiam que era o sinal, o seu gemido diminuía, a sua voz se eriçava como a de uma pássaro em sufoco, as suas sobrancelhas arqueavam-se e os lábios molhados contorciam-se em prazer e morna latência

perdeu a força no braço direito, a jarra voou da sua mão até ao chão

absorta na sua quente sensação, apenas sentiu a es-

tranheza de não ter ouvido o ruído da jarra a quebrar-
-se em mil pedacinhos

o telefone tocou

o corpo de Paulo estremecia, suava pelo queixo, pelas sobrancelhas, pela ponta dos dedos

o telefone não estava longe mas era como se o corpo dela ainda o estivesse puxando para dentro

– não atendas – ela pediu

e ele atendeu.

o chefe convocara uma reunião que não convi-
nha recusar, as coisas não andavam bem no trabalho,
demasiadas reclamações e ausências, para não men-
cionar as divergências ideológicas que orientavam o
trabalho de cada um deles, se por vezes o chefe assu-
mia ares de liberal que queria dar bom exemplo no
seio da comunicação nacional, outras vezes eram evi-
dentes os seus compromissos com membros da alta
esfera do Partido

inúmeras questões se haviam levantado no cenário
político luandense nas últimas semanas, mas o intrigante era tratar-se de assuntos que nasciam de bocas
fidedignas no seio do poder mas sem a validação de
qualquer órgão oficial, os boatos reproduziam-se sem
que se entendesse a sua origem

habituados às constantes e mesmo radicais faltas de
água, nunca Luanda sofrera, assim em silêncio geral,

tanta e tão desordenada ausência do precioso líquido, já não era a questão haver dias e bairros com um
mapa conhecido, na semana, dos dias e horas em que a
água viria, alguns postos de abastecimento de cisterna
também começavam a falhar e a imprensa da oposição,
mesmo sem dados concretos, já se referia à evidência
como um assunto a ser esclarecido pelos governantes e
perscrutado pela comunicação social

– a maka é que ninguém diz nada. eu não consigo
nada junto das fontes oficiais e vocês, que são uns bons
palermas, não conseguem nada das fontes não oficiais.
parecemos uns idiotas que só sabemos o que lemos nos
jornais... isso parece-vos bem?

os dez primeiros minutos da reunião tinham o ritual do monólogo desabafante do chefe

– não bastasse isso, um monte de escavações na cidade, com placas dessa estória que tão a chamar de CI-
PEL, já há pinturas na rua a dizer que isso é «Cambada
de Idiotas a Pastar Em Luanda», e outras brincadeiras

– chefe, desculpe interromper..., ouvi rumores na
BBC

– quais rumores?

– que já começaram estas escavações porque é evidente que há petróleo em Luanda

– sempre se soube disso, mas eu achava que era
pouco e que não se podia mexer

– pois agora, chefe – PauloPausado falou – parece
que alguém acha que se pode mexer e que não será tão
pouco, são muitos os buracos já abertos na cidade. perto mesmo da minha casa, às vezes até de madrugada,

vejo gente junto desses buracos com folhas e instrumentos de medição

– bom, chega de papo, quero todo mundo a investigar essa estória como deve ser – concluiu o chefe

PauloPausado aproveitou estar no escritório para fazer umas chamadas

ligou primeiro ao seu amigo, jornalista da Rádio-Nacional, técnico frequentemente requisitado para fazer gravações de eventos ou reuniões importantes, mesmo quando fossem reservadas assembleias da alta esfera do Partido

– ManRiscas, comé, a vida?

– tudo bem, meu irmão, fala

– comé, há rumores?

– rumores há sempre... não sei do que estás a falar

– esta linha tá limpa?

– positivo

– primeiro a maka da água... ninguém sabe o que se passa, a água não vem, quando vem também não vem, e quando dizem que vem depois avisam que não pôde vir...

– isso quase é um poema – ManRiscas riu, do outro lado da linha

– um poema complicado... e o chefe aqui quer saber dos versos todos

– tou a ver. é maka grossa

– já desconfiava... maka no rio grande

– positivo. andas à procura de uma tartaruga, mas é maka de jacaré. dois jacarés grandes

– então a água é a ponta do icebergue

– tás a fazer poesia outra vez, não confirmo nem desminto, tás a galar a cena? – ManRiscas parecia ter alguém por perto

– tudo bem, sem makas. hoje à noite podes passar lá no meu cubico?

– há patrocínio da nocal?

– positivo

– passo lá. oito ou nove horas. câmbio e desligo

– grande abraço.

quando ManRiscas chegou à casa de PauloPausado, a mesa já havia sido posta

Clara estava bem-disposta, coisa rara, sobretudo no momento de receber os amigos do namorado. havia aperitivos sobre a mesa, meia garrafa de chivas que Paulo mandou trocar pela de jb, pois sabia da incapacidade de ManRiscas para abandonar um local sem derrubar até à ultima gota os líquidos de teor alcoólico que a casa tivesse

– e as cervejas?

– tão a gelar

– quantas?

– vinte e tal. devem chegar, não? – perguntou Clara

– chegar, nunca chegam, mas é o que há

ManRiscas era a alcunha usada em círculos amistosos, o seu verdadeiro nome era ArturArriscado, homem dotado de um inconfundível bom humor que nunca havia sido abalado nem pelas mais ariscas condições de vida, fosse em momentos de guerra civil, de tensão política ou no cumprimento das suas inúmeras missões internacionais ao serviço da RádioNacional. havia coberto grande parte do território nacional angolano, logo após a independência, com uma equipa que gravou um vasto acervo musical de música tradicional, e conhecia bem alguns dos mais profundos recantos do país, sobretudo os da sua província natal, Moxico. homem também de estórias, de causos luandenses e de extenso currículo feminino

poucos amigos e familiares conheciam no entanto o famoso segredo militar de ArturArriscado, e a sua origem

certo final de ano, ainda nos idos tempos do recolher obrigatoríssimo, Artur circulava munido de um salvo conduto de veracidade duvidosa mas que o salvara de inúmeras situações noturnas complicadas, quando encontrasse a polícia ou militares em horas não autorizadas para movimentações casuais. fazia uso do documento, da sua condição de radialista mas sobretudo era um homem poderoso no manejo da delicada arte da prosápia, mais conhecida por lábia urbana,

nessa noite derradeira, onde o fim do ano, sob o intenso calor noturno, anuncia a chegada do ano novo, ArturArriscado encontrava-se junto da meia-noite, num pequeno barco, fazendo a travessia do embarcadouro para a pacata IlhaDoMussulo. a luz e o som dos tiros anunciavam que a hora zero havia sido transposta sob a bênção do ruído do motor, as águas calmas do mar, o vento triste e o brilho sereno das estrelas a milhares de quilómetros de distância. o barco parou, os presentes abraçaram-se como era costume fazer-se à meia noite. chegaram ao Mussulo embalados pela ondulação do álcool ingerido e deixaram-se tombar ali mesmo, à beira de uma qualquer praia

ArturArriscado, mais conhecido por ManRiscas, acordou com os sapatos molhados pelos beijos da maré cheia. além do incómodo da luz, vozes alteradas discutiam cedo demais no primeiro dia do ano. abriu os olhos, olhou com agrado o azul calmo e iluminado das águas do mar. ao longe, Luanda parecia não ter ainda acordado do torpor das festas da noite anterior,

identificou os elementos do seu grupo de amigos, exaltados e amedrontados por dois guardas que apontavam as suas luzidias AK47, a decisão foi tomada num breve instante e, enquanto caminhava em gesto resoluto, ArturArriscado foi sacudindo a areia do corpo e do cabelo, ajeitou as vastas barbas e chegou fazendo um estranho ruído na garganta

— mas o quê que se passa aqui? — disse em tom arrogante piscando o olho a um dos amigos e dando a mão à única mulher presente

— os camaradas sabem que estão aqui num terreno de particulares? sabem mesmo onde estão a pisar?

— ó seu macaco — começou Artur com a sua voz grave — você está-me a ver assim sem farda, vem com esses arranques. sabe com quem está a falar?

o guarda hesitou

o outro recuou de imediato alguns passos mas manteve a arma apontada para o grupo

– baixa já essa merda! – Arriscado gritou em direção ao que estava mais longe. o que estava mais perto aproveitou, tirou o dedo da zona do gatilho, baixou também a arma. – você não me conhece?

– não, camarada... – respondeu aquele que parecia ser o mais novo

– só porque estou sem farda! e sem patentes. vocês num conhecem a minha casa que é ali? – falou sem apontar com o dedo nem com o olhar

os outros do grupo aproveitavam-se do medo para parecer que era respeito pelo militar irritado que acabava de ser incomodado

– tem calma, filho – a mulher entrou no jogo

– sou o coronel Hoffman, tão a ouvir? hum! – ameaçou ArturArriscado

– desculpe, camarada coronel, até não estávamos informados...

– tundem já daqui. e se aparecer mais gente daquele barco que nos trouxe ontem, são meus amigos. não quero aqui chatices, tão a ouvir?

– sim, coronel – bateram ambos a continência

– retirem-se consecutivamente!

– sim, chefe

era este o grupo de amigos, no qual se incluía Paulo-Pausado, na altura um mero adolescente, que sabia da existência do tal Hoffman, o «coronel do Mussulo»

– rimos muito nesse dia, ó comadre – Artur falava para Clara, passando-lhe o copo vazio para ela o abastecer

– vocês tinham coragem, imagina que ele sabia que não havia nenhum coronel Hoffman...

– e sabia como? só o arranque que eu lhes dei!, não tinha hipótese. havias de ver a cara desses miúdos, todos aterrorizados à espera de sermos vuzumunados ali mesmo

– o melhor foi aquela cena duas semanas depois... do outro coronel

– é verdade – confirmou ArturArriscado – o que corria

– houve uma situação idêntica – explicava Paulo – e quando alguns desses jovens militares, enfim, duvidaram um pouco da afirmação aqui do coronel, passa um outro coronel a correr, não para e grita de longe «bom dia, meu coronel»

– ahahah!, pois foi – Artur bebia a cerveja em largos goles – ai!, boa vida, bons tempos...

comeram e beberam ao sabor dessas lembranças e de outras

ArturArriscado era da geração dos grandes dançarinos de Luanda, amigo de LadislauSilva, também temido nas farras luandenses pelas suas passadas de pausas difíceis, sendo que Ladislau era cambaia e tinha passadas que só as suas pernas arqueadas permitiam, Artur fora também contemporâneo de Edú, em festas e fugas de festas onde haviam penetrado na qualidade de patos profissionais, sem nunca terem sido convidados

– kota Riscas, aqui podemos falar à vontade

– e a blái? – Artur referia-se à namorada de Paulo

– tá seguro

– bom, parece que há maka grossa. estive no outro dia numa reunião do Partido

– mas como é que pode haver maka grossa com a água? essa maka já estamos com ela desde a independência

– a maka da água é um afluente, mô miúdo. a verdadeira maka é o «petróil»

– o petróleo?

– yá, os «cipelinos»

– quem? – Paulo pensava que era efeito da décima quinta cerveja

– cipelinos é o código que eu lhes dei, são os tipos da CIPEL: Comissão Instaladora do Petróleo Encontrável em Luanda, estão a montar tudo nos subterrâneos para sacarem petróleo

– aqui de Luanda?

– aonde mais...? ó comadre, vê lá se a próxima cerveja está bem gelada

– lembras-te daquele estudo dos anos 80? não se pode fazer isso. aquela maka das placas tectónicas

– mas a tecnologia está mais avançada. inventam-se placas. a coisa parece que dá para aguentar

– vou precisar de mais informações, ManRiscas

– não posso. todos que estivemos nessa reunião fomos ameaçados. qualquer coisa que saia nos jornais, fomos nós. eu nunca te disse nada. só te falei do que já está na boataria geral

Clara voltou com outra cerveja e pires cheios de kitaba picante

– cipelinos?

– yá, foram batizados assim

ManRiscas só saiu, de facto, quando conseguiu derrubar as últimas gotas de whisky da garrafa de chivas, despediu-se alegando estar em perfeitas condições para conduzir até casa

– fica bem, mô puto. cuidado com a divulgação

– não te preocupes, tá seguro.

a chamada LojaDoCardoso ficava perto da casa de Odonato

CienteDoGrã havia ficado, por recomendação de ZéMesmo, doze horas sem consumir liamba nem álcool, para estar minimamente pronto para a missão. era simples: outros dois homens de ZéMesmo fariam a entrada, neutralizando sem ferir os guardas que faziam o turno da noite, quando os visse sair com chapéus do éme na cabeça, CienteDoGrã devia entrar, procurar o cofre, usar a combinação previamente decorada e trazer na mochila tudo o que lá encontrasse, simplesmente isso

deviam ser duas da manhã quando os guardas foram apaziguados

CienteDoGrã entrou munido de uma lanterna e de uma faca, dirigiu-se ao minúsculo escritório no primeiro andar. sobre a mesa repousava uma caixa de papelão com alguns euros e dólares que guardou de imediato. por detrás da estante estava o cofre, aberto, com mais caixas no seu interior. Ciente sorriu, pois na realidade nem se lembrava já da combinação que Zé-Mesmo lhe havia passado por telefone

um jipe parou lá fora e Ciente assustou-se, já tinha a mão na porta do cofre e fechou-o abruptamente quando se virou para ir até à janela espreitar, um tipo baixo, de barriga pendente saía de um carro

puxou pela memória, podia tratar-se perfeitamente do velho Cardoso, dono do estabelecimento, atrapalhado, Ciente deixou cair a faca na escuridão, queria procurá-la, mas não sabia que ordem de prioridades estabelecer, tirou do bolso um telemóvel, marcou rapidamente o número de ZéMesmo

ocupado!

por sorte o homem voltou ao carro, mexeu freneticamente no tabliê até encontrar algo, saiu do carro, trancou a viatura e a Ciente pareceu-lhe ver que o homem trazia na mão uma pistola

fez a ligação, ZéMesmo atendeu

– comé, tudo bem? alô? Ciente? Ciente?

Ciente escondera-se atrás de uma geleira baixa no canto do escritório, Cardoso avançava com prudência, num silêncio que escondia o ruído dos seus passos mas não o da sua respiração

o velho Cardoso, antes mesmo de entrar no escritório, anunciou

– estou armado, quem está aí é melhor sair

Ciente tentou manter-se calado, deixou cair o telefone

93

– é melhor sair – ouviu-se o som de uma bala a ser posta na câmara

– eu também tou armado... – Ciente disse com pouca convicção

Cardoso entendeu de onde vinha a voz, na penumbra conseguiu vislumbrar o corpo do assaltante por detrás da geleira

– sai daí que já te vi, sai devagar

– se já me viste, diz então onde é q'eu estou!

– saí daí, porra, vais é levar com um tiro no traseiro

Ciente tentou correr para surpreender o velho Cardoso e foi feliz na sua repentina movimentação, o velho quase tombou quando Ciente passou por ele a correr, deu dois pulos e venceu a escadaria, saindo a correr pela loja, desajeitadamente, deixando cair no caminho caixas e estantes

Cardoso levantou-se rapidamente, dirigiu-se à janela e fez dois disparos

conseguiu correr alguns metros, mas Ciente percebia que os músculos lhe falhavam e as forças lhe traíam o intento de alcançar o prédio onde vivia o seu pai

os últimos metros foram feitos com dificuldade, de joelhos, e finalmente tombou no primeiro andar, deitando-se sobre as águas permanentes

arrastou-se até ao elevador ausente e numa esquina escondida encontrou uma torneira antiga, rodou-a duas vezes, fez-se sentir um ruído na canalização, era um chamamento para quem soubesse usar este sistema de alerta

Paizinho, no terceiro andar, escutou o ruído. levantou-se rapidamente, foi buscar uma faca grande que al-

guém lhe havia ofertado há anos dizendo tratar-se do
objeto usado por Rambo na gravação de um dos seus
filmes, pôs a fita vermelha na cabeça, apanhou uma lanterna ridícula incapaz de iluminar qualquer escuridão
   assobiou forte, duas vezes
   Nelucha, no quarto andar, acordou Edú
   – Edú, não ouviste?
   – ouvir quê?
   – o Paizinho assobiou duas vezes
   Edú retirou prontamente de baixo da cama um pau
de vassoura mais comprido que o habitual, bateu forte
no teto do quarto, tossiu com a poeira que caiu em
cima da cama, esperou um pouco e bateu outras duas
vezes, com mais força
   no quinto andar o CamaradaMudo vestiu os seus
antigos calções castanhos, apertou o cinto e pegou na
makarov que dormia debaixo da segunda almofada, ao
passar pela sala ligou o gira-discos a tocar alto, uma
música estridente com uma voz que, mesmo nesse ruído, não deixava de ser afinada
   no sexto andar todos acordaram em simultâneo,
Xilisbaba falou para Odonato
   – não vais ver o que se passa?
   – calma. há que respeitar a ordem, primeiro é o
Paizinho que vai fazer reconhecimento, depois o Edú
assume posição na escada para não deixar ninguém
subir, e o Mudo é que desce com a arma, não deve ser
nada, calma só
   Xilisbaba dirigiu-se à cozinha e voltou com o ma-
chadinho da carne e o pau de bater o funji

– mas vai lá ver o que se passa, vou pôr todo mundo na casa de banho

– está bem

reuniram-se na casa de banho AvóKunjikise, Amarelinha e Abum, que sempre caminhava obedecendo ao que lhe fosse sugerido, sem chegar a despertar

no caminho da descida, o CamaradaMudo, de arma na mão, encontrou Edú também com um pau de funji a controlar as escadas

– foi quê? gatuno?

– acho que não. não sei. o Paizinho é que ativou o alarme

– assobiou quantas vezes?

– duas

– agarra a calma, vou descer

quando o Mudo se juntou a Paizinho, desceram cuidadosamente por um sub-corredor perigoso com degraus ausentes e escorregadios que era necessário saber pisar

ouviram gemidos, reconheceram o corpo caído

– Ciente, é você? – Paizinho falou guardando a faca do Rambo

– me deram tiro do rabo...

– a esta hora? – falou o Mudo

– e tiro tem hora? me levem só no meu pai

o CamaradaMudo assustou-se quando viu a quantidade de sangue que se havia misturado com as águas ali. o miúdo estava fraco, era evidente, e havia que subi-lo o mais rapidamente possível

– ajuda aí – pegou nos braços

– já está – Paizinho fazia uma força descomunal para aguentar o peso das pernas sem escorregar no meio da água e do sangue –, mas este gajo, bem magrinho, pesa assim?

– epá, segue só

– cuidado – gemeu CienteDoGrã – me doem as bundas

– maka já é tua, não podias ser baleado noutro lugar? ainda quero ver quem vai tirar daí a munição – resmungou o Mudo

subiram com o corpo já desanimado do filho mais velho de Odonato.

no dia seguinte, após falar com a secretária de SantosPrancha, o assessor do Ministro, PauloPausado conseguiu uma pré-audiência com vista a investigar, junto de fontes mais oficiais, a questão da água

eventualmente, com um pouco de sorte, conseguiria extrair de Prancha alguns detalhes menos sabidos sobre o outro lado da questão

SantosPrancha era dado à arte do levantamento de copo mesmo durante o horário de expediente e isso por vezes facilitava a vida dos jornalistas, complicando um pouco o sigilo que a sua ocupação recomendava

– camarada Paulo, como está?

– bem, obrigado, senhor Santos, e por aqui tudo indo?

Prancha movia-se lentamente, fazia dos gestos e dos assuntos de trabalho motivo de arrastamento da vida, encenando uma importância que nunca havia tido

abria a janela, cheirava a manhã, voltava a fechá-la, aumentava o frio do aparelho de ar condicionado mas o seu corpo seguia transpirando como que por missão vital, aproximava-se então do seu mini-bar, retirava dele um chivas, servia-se

– senhor Assessor, o motivo...

– só um momento, Paulito – pegou no telefone – DonaCreusa, traga mais gelo por favor, já sabe que não gosto de ver este balde de gelo pela metade, não é assim? hum... não quero saber. mande alguém comprar... o quê? mas você acha que eu tenho verba pessoal para o gelo do Ministério? faça-se cumprir, DonaCreusa, e não me aborreça o juízo, faça-se cumprir! – desligou o telefone, insatisfeito

– tudo calmo por aqui? – Paulo tentou começar

– tudo calmo... tudo sob controlo, este Ministério não é como os outros, aqui tudo funciona mesmo, só me irrita esta questão do gelo, já viste a gaja da minha secretária a perguntar quem é que paga pelo gelo? essa é boa! – fez uma das suas pausas, mas não conseguiu causar a Paulo nenhum desconforto – então tu andas a querer ver o senhor Ministro?

– se fosse possível... o meu chefe gostaria de poder contar com uma entrevista com ele, algo grande, primeira página e tal

– tou a ver... tou a ver – mexia o copo de whisky, bebericava

– mas disse-me a secretária que seria melhor falar consigo primeiro

– claro... claro... para acertarmos as coisas, de certeza que já tens assuntos em mente, és um bom jornalista... pode ser que o Ministro queira dar uma oportunidade

– claro, estamos dispostos a colaborar

– tem muita coisa de política, essa entrevista que o teu chefe quer?

– olhe, nem tanto, seriam mais uns assuntos óbvios que andam a circular por aí

– assuntos óbvios e que circulam por aí? já tou a ficar preocupado e com mais sede...

– a maka da água, falta de água, pouco abastecimento. não se fala de outra coisa, e eu justamente pensei que, para não dar mais voz ao mujimbo, talvez fosse bom o governo assumir uma posição oficial

– tou a ver, tou a ver... a maka da água?

– a maka da água

DonaCreusa bateu à porta e entrou

– DonaCreusa, stop! – o assessor SantosPrancha pousou o copo com violência – o que é isto?

– como assim, senhor Assessor?

– então você entra assim?

– eu bati à porta, senhor Assessor

– mas eu não respondi, pois estou aqui numa importantíssima reunião jornalística

– mas não pediu...?

– a senhora vai-se retirar

– senhor Assessor, mas o gelo...

– a senhora vai se retirar, bater à porta e aguardar calmamente

– sim, senhor Assessor – DonaCreusa retirou-se

– você falava da maka da água?

– sim, não se fala de outra coisa, até mesmo os jornais da oposição já começam a especular

DonaCreusa bateu à porta novamente

– entre! – gritou SantosPrancha

DonaCreusa abriu a porta devagar

– vim trazer o gelo, senhor Assessor, posso entrar?

– já disse que sim, você é surda?

DonaCreusa dirigiu-se ao mini-bar mas não conseguia executar a missão com as mãos ocupadas, pousou o saco de gelo na pequena mesa de centro

– DonaCreusa, por favor!

– diga, senhor Assessor

– então você acha que esse saco encontra-se em condições de frequentar o meu gabinete? por favor, retire-se e volte quando encontrar outra solução

– mas, senhor Assessor, o gelo vem nestes sacos

– então leve o balde e molhe lá a sua mesa quando mudar o gelo, vamos, rápido, faça-se cumprir, que neste país tempo é dinheiro, e estamos aqui a trabalhar

– com licença – retirou-se DonaCreusa

– é por isso que o país às vezes não avança, estamos aqui a tentar trabalhar e somos constantemente interrompidos por funcionários mal preparados, haja paciência! – suspirou – mas diga

– a maka da água

– sim, a maka da água..., mas qual é a maka?

– falta água em Luanda, demasiadas vezes, o abastecimento está completamente irregular

– a sério? não tinha sentido nada

– mas a população já sente há algum tempo, senhor Assessor. é como lhe disse, a oposição começa a falar

– a falar?

– essa é a proposta do meu chefe, que se faça uma longa entrevista com alguém responsável, para esclarecer as coisas e diminuir a boataria

– bem – sorriu o assessor SantosPrancha – eu entendo pouco de água – abanou o copo de whisky na direção do jornalista – estou só a brincar... vou ver o que se pode fazer

– então aguardo uma resposta sua?

– quanto a quê?

– quanto à entrevista. quando é que poderemos entrevistar o senhor Ministro?

– ah, sim... vou ter de ver as agendas, ele anda ocupado, e agora mais com a chegada do americano

– do americano?

– sim, esse do grupo dos... ai, como é... até deram um nome... dos cipelinos

– ouvi falar

– ouviu falar? de quê?

– não, quer dizer, li nalgum lado

– o quê?

– essa questão da cipel, estão placards em todo o lado

bateram de novo à porta

– sim?

– senhor Assessor, chegaram os irmãos para falar consigo

– deve ser engano, sou filho único

– não, senhor Assessor, os irmãos DestaVez e DaOutra, que o senhor chamou

– ah sim, DestaVez... tudo bem, aqui o amigo jornalista já está de saída. meu amigo, estamos em contacto

– obrigado, senhor Assessor

– não tem de quê, cumprimentos ao pai e à mãe

– obrigado

– DonaCreusa, faça-me uma ligação para o terminal do senhor Ministro...

quando recebeu o telefonema de SantosPrancha o Ministro disse que depois falariam disso, que estava inteirado do assunto e sabia perfeitamente que já circulavam demasiados boatos mas que a situação estava sob controlo

– sobretudo, esteja calado. você fala de mais! – avisou o Ministro

– sim, senhor Ministro

– acho bem. à tarde falamos

– com licença, senhor Ministro

– pode desligar

– não, pode desligar o senhor, senhor Ministro. faça o favor

– desliga essa merda, pá, tás a gozar?

– desculpe, senhor Ministro, desligo já, com a devida licença.

JoãoDevagar limpou o suor da testa, ajeitou nas mãos um bloco onde anotava as dívidas e os acertos financeiros das kínguilas que tinham assento no passeio exterior do prédio, não eram controladas por ele, como ele mesmo fazia questão de sublinhar, «apenasmente aconselhadas, neste complicado mundo das globalizações económicas»

na realidade, JoãoDevagar era um homem pouco brilhante para as matemáticas e as economias, apenasmente fazia uso do seu poder palavroso e uma ou outra vez recorria à superficial violência física para convencer o grupo de mulheres a manter um vínculo profissional com a sua pessoa

– maneiger!, hoje em dia todo mundo tem maneiger. desde jogador de futebol, sapateiro e até o camarada Presidente. como é que vocês querem biznar na Maianga sem terem maneiger? na realidade – fazia as suas pausas discursivas – são vocês que precisam de mim, não é o inversamente, como se faz constar por aqui. camaradas, a revolução é um ato constante: fim de citação!

subiu devagar as escadas, refrescou as ideias passando pela zona aquosa do primeiro andar, entrou em casa e chamou a sua esposa MariaComForça

– vieram hoje te procurar – disse a mulher

– assim foi quem?

– uns tais de fiscais. disseram que sabes do que se trata

– esses filhos da puta outra vez? gingongos de merda, um gajo nem sabe se são gémeos de verdade...

– João, é melhor pagar só, eles então trabalham mesmo junto do Ministério, são fiscais desses com documentos de fechar negócios

– e como é que vão me fechar o negócio? fecham a rua? esses gajos pensam que são vijús, mas eu já lhes tirei a picture

– não fica só armado em bom. você não sabe, esses fiscais são aqueles que andam sempre bem vestidos, nome deles é DestaVez e DaOutra, são quase aparentados do tal camarada assistente

– pensas que eu tenho medo? eu então andei a combater na província do KuandoKubango, sulafricano para mim era formiga, são esses dois agora que vão me sustar?

– você é que sabe, às vezes é só melhor fazer as coisas a bem

– mas qual bem mais? você pensa que a situação tá para brincadeiras? Luanda então está a ficar uma cidade cara

– você é que sabe, vou descer

quando ia a sair, os fiscais voltaram

– podemos penetrar, dona ComForça?

– é o quê? – ela parecia espantada

– se podemos entrar? viemos falar com o camarada seu marido

e entraram, JoãoDevagar foi à cozinha, trouxe água para todos

– esta água é fervida, camarada JoãoDevagar?

– não

– então?

– então quê?

– como é que mata os micróbios?

– rezando

– como?

– eu rezo, peço a deus para lhes matar. ferver água já não está a adiantar, até vi na televisão, aqui os nossos micróbios agora gostam da fervura, lixívia também estava a matar mais as crianças que os micróbios, então rezo

– você é crente? – perguntaram os gémeos ao mesmo tempo

– ainda

– ainda quê?

– ainda não sou

– mas como «ainda»?

– como as coisas vão, acho que vou ter de ser crente... mas qual é o dikelengo que vos traz aqui?

– sabemos que o kota tem bizno lá em baixo com as kínguilas. anda a fazer nota com as notas, câmbios e tal

– e depois?

– se não tem licença para casa de câmbio, é negócio ilegal

– e depois?

– podemos ajudar o camarada a legalizar o negócio

– abro casa de câmbio na rua, com os buracos, as moscas, os fritos da minha mulher e a poeira também?

– não precisa de abrir. só precisa de começar a abrir

– como assim?

– nós podemos ajudar, mas só ajudamos a começar – disse DestaVez

– e também ajudamos a não acabar – concluiu DaOutra

– é o quê?

– sim. basta começar e depois tem licença em como está à espera de uma resposta. nós também podemos ajudar com isso

– com a resposta?

– com a não chegada da resposta

– afinale?

– sim, sai mais barato que obter mesmo a autorização, está interessado?

– claro, meus filhos, se é para ficar tudo igual, vamos brindar

– desculpe, não bebemos água com micróbios rezados

– maka vossa, ficam com sede

JoãoDevagar acompanhou os fiscais até à esquina mais próxima, onde foram incomodar outros pequenos empresários, apanhou um candongueiro e, de longe, despediu-se da esposa, fazendo sinal de que tudo estava bem encaminhado

– vais aonde? – gritou MariaComForça

– vou comprar pão, volto já

comprar pão, sabia-se no prédio, podia querer dizer muita coisa, até porque, pão mesmo, desse de se fazer à noite com o forno e sal, havia em toda a parte, ir buscar pão era outra coisa, matéria de profunda filosofia, ocupação de teor ocioso ou criativo, justificação tanto profissional quanto humana para erráticas movimentações urbanas

o candongueiro levou-o à berma do famoso BairroOperário, o céu arrastara para cima de Luanda nuvens gordas que aplacavam a intensidade da luz solar mas não quebravam de todo o incómodo da sua temperatura

entrou no BairroOperário, alegrou-se vendo as crianças brincarem nas ruas de terra batida com brinquedos de antigamente, jantes abandonadas, carros de lata, papagaios e ainda carros danificados servindo de refúgio a adolescentes drogados, gente de cerveja na mão sobretudo a ver quem passava

era gente capaz de memorizar gestos e roupas, trejeitos e sons, gente que horas ou dias mais tarde, por razões que a lógica não convoca, iria refazer a ordem dos acontecimentos, ou as suas características mais verosímeis, para transformar o real em matéria de ficção social, importante, crucial até, para o normal funcionamento da cidade

– kota Devagar, faz favor de entrar – disse uma voz meiga – seja bem-vindo. à hora do almoço já?

– o amor não tem hora

– e tesão também não – as meninas riram, aumentaram a música do rádio, foram buscar cerveja bem gelada

– pelo menos este precioso líquido é abençoado por deus já lá na fábrica, os micróbios é que se fodem

– ê!, menino, aqui não se diz disparate – do quintal veio a voz da AvóTeta

– desculpe, mãezinha, tem razão, foi só através da sede

minúsculos quartos, fechados apenas por uma leve cortina escura, faziam a divisória entre os habitáculos,

107

aquela era uma hora morta, por isso mesmo preferida por alguns frequentadores mais discretos

JoãoDevagar sentou-se no quintal, sob o imbondeiro, na companhia da AvóTeta

piscou o olho às manas Ninon e Rosalí e elas se retiraram para o interior da casa, o ritual era quase sempre o mesmo: a chegada com voz anunciada, a cerveja guardada para si e os dedos de conversa que travava com a mais-velha antes da função

João esperava em silêncio pela voz de AvóTeta

– antigamente as pessoas não apareciam na luz do dia

– os tempos estão mudados, mãezinha, a cidade cresceu já muito, agora toda a hora é hora, mesmo o dia aqui em Luanda não dá descanso nas horas

– é verdade, Luanda está mudada, só quero viver mesmo para ver ainda as obras aqui no meu BêÔ

– vai ver sim, mãezinha, a mãe ainda vai viver muitos anos, a árvore entorta mas não parte, não é?

– vocês mesmo que mijam nas árvores? não têm vergonha? – a velha muxoxou e cuspiu

– não diga isso, mãezinha – JoãoDevagar sorriu – os cães é que gostam assim do em baixo das árvores

– mentira, os cães com a guerra ficaram com medo, já não encostam mais em nada. vocês homens é que mijam em todo lado, falta de respeito

– tem razão... – JoãoDevagar procurava decifrar com o olhar a janela do cubículo onde as manas já o esperavam

– ouve inda, você que anda sempre na baixa a ler o jornal

– diga, mãe

– essa conversa que andam a falar aqui no bairro, parece já ouvi na rádio também, do «enquipe-se» ou quê... isso é como então? estão a falar é para comprar mais óculos, mas eu inda vejo bem

– não se preocupe, mãezinha, eclipse é coisa lá dos céus, tudo o que vemos à noite, planetas com estrelas e não sei quê mais duma poeira brilhante, é só que parece assim que é de susto, o sol vai ficar escuro mesmo a esta hora do almoço, mas não tem que preocupar, só não deve olhar. mas se a mãe quiser, posso conseguir os óculos

– mas isso é mais coisa de deus ou feitiço dos americanos?

Rosalí veio cá fora, pegou carinhosamente na mão de JoãoDevagar

– dá licença, mãe – João pousou a cerveja

– vai, sim – AvóTeta consentiu, pegando na cerveja, entornando no chão o pedaço reservado aos mortos e tragando o restante líquido de uma assentada só.

– DonaCreusa – gritou o Assessor do interior do seu gabinete – ó DonaCreusa, não está a ouvir? –, insistiu, desligando o computador, pegando em papéis desalinhados e jogando-os para dentro da sua diplomática roxa, imagem de marca

«o roxo fica-me bem, devo ter alguma veia francesa», usava dizer o Assessor que era um homem de estilo, estilo duvidoso, pode dizer-se, mas nutria uma constante preocupação com o brilho dos sapatos e o bom estado das meias

a sua ascensão política dera-se rapidamente devido aos seus laços com o camarada Ministro, mudou da cerveja para o whisky e ganhou o hábito de ralhar a sua secretária

— desculpe, senhor Assessor

— então você demora-me assim?, não sabe que o Ministério tem compromissos inadiáveis?

— sei sim, senhor Assessor

— estou aqui a berrar como se fosse um cabrito, parece-lhe bem? um Assessor da minha categoria a berrar nos corredores do Ministério?

— não me parece bem, senhor Assessor, tive que me ausentar

— eu também tenho que me ausentar, e é para ir trabalhar. a senhora lembrou-se de me avisar para eu não me esquecer da chegada do americano?

— sim, senhor Assessor, deixei um memorando na sua secretária

— aonde?

— é aquele papel que o senhor fez de base para o copo de whisky, senhor Assessor

— ainda quer gozar? onde é que a senhora esteve? se calhar anda aí de namoricos com os motoristas do Ministério, a senhora não sabe que os motoristas estão todos controlados? já para não falar no «bichinho»... ahn? o bichinho... – falou mais baixo – o bichinho... da sida... – e tossiu – onde é que a senhora estava?

– tive que ir ao banheiro, senhor Assessor

– bom, tudo bem, mas não é preciso dizer «banheiro», que isso são brasileirices da telenovela... chame o meu motorista, temos que ir ao aeroporto apanhar o americano, a reserva do hotel foi tratada?

– foi sim, senhor Assessor, mas há um problema

– qual problema mais? vai outra vez ao wc?

– não, senhor Assessor, é que o motorista não veio

– não veio, como assim? ligue para ele

– já liguei

– e então?

– funeral! morreu-lhe um familiar da Gabela

– da Gabela... ou da Kibala?

– acho que foi da Gabela

– esse gajo do motorista vai ter que ser dispensado ou mesmo despedido por injusta causa

– «injusta», senhor Assessor?

– sim, vou despedir esse satanhoco: é injusto que ele mate familiares todas as semanas para não vir trabalhar, é um desrespeito à tradição. uma coisa é morrer de verdade, outra é estarmos a morrer na boca dum familiar preguiçoso. ou não é assim, DonaCreusa?

– é sim, senhor Assessor

– então como é que ficamos?

– quanto a quê, senhor Assessor?

– quanto à ida ao aeroporto – o Assessor sentou-se, serviu-se de mais um whisky

– quer gelo?

– não, deixe estar, o assunto exige um engasga-gato assim de improviso. não há outro motorista por aí?

Ondjaki

– acho que não, senhor Assessor

– pois eu acho, DonaCreusa – serviu-se pela segunda vez – que a senhora vai ter de se desenrascar, tem cinco minutos para me conseguir um motorista com poucos familiares mortos ou por morrer

DonaCreusa foi pelos corredores e pátios do Ministério desenrascar um substituto, suava, pensava nas possíveis retaliações do chefe

com motorista improvisado ali mesmo no LargoDosMinistérios, o Assessor dirigiu-se, já atrasado, ao aeroporto

a cidade estava um caos com obras novas e antigas a acontecer ao mesmo tempo, mais as tais escavações da CIPEL, mais os buracos para instalação de televisão a cabo, mais os buracos da chuva e os buracos abertos que nunca ninguém se lembrara de pavimentar e os dos miúdos que viviam no subsolo da cidade e que agora, coitados, deveriam ser expulsos pela vinda da nova canalização ou mesmo pela instalação da perigosa maquinaria que deveria extrair o petróleo,

no aeroporto, a habitual algazarra de gente que espera outra gente que vem chegando, zona de oportunidades, de contactos, de negócios inadiáveis, de faturação fácil, palco de conversas e de reencontros, onde ministros se misturam com carregadores de bagagens e os mais altos funcionários públicos, ou mesmo intelectuais, convivem por breves instantes com gatunos de carteira ou vendedores de cartões com saldo de telemóvel, os trocadores de dinheiro, os polícias que controlam o trânsito dos carros mal estacionados, os mendigos, os esperançosos, os transpirados pelo ar quente da cidade e os constipados pelo ar frio do ar condicionado potente dos seus jipes importados

— camarada, ainda desculpe, mas não pode estacionar aqui

— como assim? — indagou o motorista

— assim mesmo, aqui é lugar de circular, não é lugar de ficar assim parado

— você não está a ver que esta viatura é ministerial?

— então não pode pôr no parque? — sugeriu o polícia

— mas é o quê? — interessou-se finalmente o Assessor

— o camarada agente diz que não podemos estacionar aqui

— diga a esse agente que nós não estamos estacionados

— o senhor Assessor diz que não estamos estacionados

— como assim?

— como assim, senhor Assessor?

— a viatura não se encontra desligada nem tão-somente estacionada

— é que a viatura está ligada

— mas não está a circular — tentou o polícia

— senhor Assessor?

— diga

— ele diz que a viatura não está a circular

— epá, diga lá a esse agente para não me chatear os cornos

— camarada agente

113

– diga lá

– o senhor Assessor diz... para não lhe chatear os cornos

– é o quê? você está a gozar ou quê?

– eu não, tou só a dar mesmo o recado que me deram

– baixe lá o vidro

o motorista baixou o vidro do senhor Assessor

– boa tarde, sua excelência

– eu não sou sua, nem excelência

– então como devo te nominar?

– primeiro, não é como devo «te nominar», mas sim «como devo tratá-lo»

– e como devo?

– como deve o quê?

– tratá-lo

– sou o Assessor da nossa excelência, o Ministro

– então, senhor Assessor da nossa excelência, a viatura está mal parqueada

– ó camarada agente, já lhe disse, pela pessoa do meu motorista improvisado, que não me chateie os cornos, esta viatura é do Ministério e nós estamos aqui a aguardar um passageiro

– mas o camarada Assessor da nossa excelência não pode aguardar no parque das viaturas?

– não! eu estou aqui à espera de um senhor também importante, um americano! você já viu americano ir a caminhar até ao parque lá longe?

– ainda não vi

– nem vai ver, porque a viatura vai mesmo ficar aqui

– então se o meu chefe vier me falar, digo o quê?

– diga que o Assessor da nossa excelência está aqui à espera de um americano, e agora deixe-me fechar a janela que o ar condicionado assim está só a gastar gasolina

– senhor Assessor da nossa excelência, ainda desculpe...

– diga

– posso só pedir na ajuda dum cigarro ou mesmo cem kwanzas para combater a sede?

– podes – mas o Assessor não se mexia, permanecia com o olhar estático numa atitude misteriosamente calma

– então?

– então quê?

– o cumbú?

– quem tem o cumbú é o motorista – fechou a janela, o senhor Assessor

o motorista havia já sido designado para a missão de identificar o americano à saída do aeroporto, e mesmo insistindo com o senhor Assessor para que lhe fornecesse uma descrição, ainda que aproximada, este mantinha-se calado a fumar dentro da viatura, o motorista resolveu sair, aproximando-se da multidão que cercava a principal saída dos passageiros

– comé? – insistiu o agente

– comé, quê? se você nem conseguiu convencer o bósse, eu mesmo aqui que nem tenho ainda salário bem declarado é que vou te passar cumbú? ganha masé juízo

– vou vos queixar no meu chefe – afastou-se o desolado agente

115

saía gente cheia de malas, bagagens de dimensões inacreditáveis, dignas de viajarem em porão de navio, e outros mais contidos, de mochila

era gente de todas as cores, com cabelos e olhos de todos os tons, o motorista viu-se verdadeiramente atrapalhado para tentar adivinhar quem seria o americano, perguntava a algum mais claro, mas falhava, por azar era mesmo angolano, perguntou a outro, bléque muito alto, que até falava inglês, mas era nigeriano e de seguida observou com espanto o numeroso grupo de chineses que sorria e abraçava um outro grupo de chineses que os esperava

e nada do tal americano

— mô kota, num vai um desses óculos espaciais? — o miúdo, um vendedor, tentava dar vazão ao enorme saco de óculos que trazia nas costas

— quem te disse que eu vejo mal?

— esses óculos não são de ver, mô kota, são de olhar

— tás a gozar ou quê?

— nada, kota, esses são óculos espaciais, vai chegar então um enclipse desses que o sol vai ficar mulato, e não falta muito

— é quando?

— o Partido ainda não anunciou, ficaram mesmo de avisar na rádio, mas esses são óculos carcamanos da ÁfricaDoSul, aguentam sol de enclipse e tudo

— tás a fazer quanto? — quis desconversar o desorientado motorista

— é quinhentos, mô kota

— tás a gozar...?, quinhentos nuns óculos todos

plastificados parece é de criança, todos coloridos à toa, ainda por cima num enclipse que nem sabes quando é

— mas esses óculos então, kota, de noite vêm bem nas garinas, nas minissaias e colãs também

— afinale?

— ya, são vantagens, mô kota, assim o kota avalia já a dama antes de avançar numa paquera só aventurada, agora então com os transvestidos

— mas quinhentos não... ouve ainda, não viste aí um americano assim com ar bem desorientado, vim apanhar o gajo e nem lhe conheço nem nada

— americano assim tipo que fala inglês?

— yá, ou então fala mesmo americano

— não vi, kota, mas tava ali um kota meio desorien-tado, ficou ali sentado dentro mesmo do aero

— vou lá ainda ver

— e os óculos, mô kota?

— vou esperar o enclipse

o americano era um jovem, negro, igual a tantos jovens angolanos, não fosse pela língua inglesa, pelo olhar suado e desesperado, nunca seria identificado pela sua verdadeira nacionalidade

— you, américan, saientíst?

— yes, my name is Raago, oil engeneering... nice to meet you

— petróil? yes, aqui petróil good, gasóile baratóvsky. ai, mi, Kakuarta, Ka-kuar-ta. good pleine, taag flaite? lets go que o boss está a waitare!

— ok, lets go

— uátz name iú mesmo?

– Raago

– rabo?!

– no, Raago

– ok, ok

ao americano soube-lhe bem entrar na ministerial viatura com as gélidas temperaturas do ar condicionado, incomodava-o, contudo, o cheiro do fumo do tabaco

– you not smoke? – o Assessor quis ser simpático

– no, thanks – o americano sorriu, aproveitou para abrir a janela – i really dont smoke

– oh, shit! – o Assessor desatou a rir numa forte gargalhada, fingindo que ia apagar o cigarro – so, you come work with us?

– yes, it's going to be complicated though

– no complicated, here – gesticulava o Assessor – here évri ting is very simples, simples!, capiche? good friends, good money!

o americano deixou os seus olhos passearem-se pela cidade, as cores das mulheres que carregavam o mundo sobre as suas cabeças para alimentar as crianças, os filhos e os sobrinhos, os afilhados e os parentes afastados que haviam chegado de guerras longínquas em busca do pouso caro, difícil mas seguro da capital angolana

– the women are so beautiful – o americano comentou

– yes, very biutiful, naice, bonitas... Angola, all hot, cláima uórm, uórm chiks..., very naice dence, kizomba, you know?

– kizomba?

– yes, nexonal dence, kaizombah!

assim acabado de chegar, o americano julgou ter uma visão, no meio da multidão de pessoas atravessando as ruas, vendendo e bebendo água, sacudindo poeira, enxugando a testa, o americano Raago julgou reconhecer um rosto

tentou assobiar mas nenhum som lhe saiu dos lábios, demasiadas horas de voo ressecavam-lhe os lábios

– hey! – o americano abriu a janela automática – hey you

o *you* tinha um ar despreocupado, óculos a escorregar pelo cano do nariz devido ao calor e o ar perdido que sempre veste o olhar dos demasiado inteligentes

– Raago? – DavideAirosa, um jovem cientista angolano, nunca se esquecia de nomes ou páginas de livros

o Assessor deu ordens ao motorista para parar a viatura, encostaram ao passeio

há já alguns anos que não se viam, Raago conheceu DavideAirosa quando este fez o mestrado na américa, antes de ser chamado, literalmente, para juntar o seu desvairado contributo ao departamento de física da universidade de Oxford

– long time no see – Raago parecia espantado por encontrar ali DavideAirosa

– yeah, long time... what's up?

– tudo bem – Raago arriscou o pouco que lembrava do seu português

– nice, e ficas quanto tempo?

– não sabe, vem trabalhar...

distraídos estiveram, ambos, por algum tempo, olhando um para o outro como que indagando, após tantos anos, quantas experiências teriam ambos atravessado, quantas aventuras, quantas aprendizagens e desafios

– a viatura tem de ser identificada mesmo assim – ouviu-se a magra voz do agente que reclamava do mau estacionamento

– você está a gozar ou quê? ainda me faz sair da viatura para vir apanhar todo esse calor?

– meu senhor, cada um faz o seu trabalho, esta viatura está indevidamente parqueada

– parqueada? você regula bem ou o sol já lhe fritou a miolagem?

– camarada, é preciso cuidado para não atingirmos o limite da infração! vocês já cometeram, e agora querem também cometer verbalmente

– você é que vai ser bem cometido, você viu a matrícula da viatura?

– vi sim

– sabe o meu posto?

– até não sei, mas é que agora estamos com ordens assim mesmo de identificar as viaturas, chefe, não me leve a mal...

– fique descansado, que eu vou levá-lo a bem. se quiser tire a matrícula, mas ainda hoje você vai ficar sem emprego

– porquê, chefe?

– porque isso deve agora ser uma mania nacional, vocês estiveram nalgum curso que vos faz pensar que todas as viaturas estão estacionadas? esta viatura está provisoriamente parada para efeitos de confraternização internacional

— como? — o polícia coçava a cabeça, transpirava

— este cidadão é uma americano desses da américa mesmo

— esse, com cara de malanjinho?!

— mas que falta de respeito é essa? esse camarada é um cientista desses que só acabam de estudar quando lhes dão bengala. e chega de conversa que isto aqui tá um calor impossível, senhor rabo, digo, senhor Raago, vamos lá dar sequência

Davide tentou pedir um endereço mas o americano não sabia onde ficaria nem que contactos dar-lhe, e a habitual indisponibilidade do senhor Assessor não permitiu que trocassem contactos

— i can find you — prometeu DavideAirosa, fazendo adeus e comendo a poeira que o carro levantou

— mas então como é que isto fica, não entendi nada — comentou o polícia

— como assim? — perguntou DavideAirosa

— param, cometem, bazam... e eu não vejo nada?

— eu aqui também só vi poeira.

apesar do calor, da poeira, da sujidade colada ao corpo, Davide seguia satisfeito, deambulando dentro de si

e assim como em NovaIorque tantas vezes Davide
faltou às aulas por aquilo a que chamava caminhada
exagerada, também em Luanda era usual começar a
caminhar e a sua mente ser invadida por uma estranha sequência de pensamentos que ora se destinavam
a fazê-lo viajar ao passado como tantas outras vezes
lhe davam o espaço necessário para o surgimento de
mais alguma ideia brilhante, o problema de Davide
era justamente esse, era invadido, desde a infância, por
ideias mais brilhantes que concretas, mais sonháveis
que fazíveis, mais belas que práticas

foi a ausência do amarelo que chamou a sua atenção

o sol tinha descido tanto que os restos de amarelo
agora eram uma mentira que a água do mar contava
ao céu e que o céu refletia em outros tons de rosa e
roxo, anunciando a Luanda que não contasse mais
com a luz forte do sol que todos os dias a banhava,
pois era hora de a noite chegar, de as pessoas acen-
derem as luzes fluorescentes nas suas varandas, não
só para iluminar as brincadeiras das crianças, mas
para deixar, aos poucos, que as cigarras viessem fazer
do silêncio da noite um lugar de cantorias vibran-
tes, despertando os sapos, provocando os pirilampos,
adormecendo a temperatura das pedras quentes, fazendo com que os mais-velhos da IlhaDeLuanda,
tanto os pescadores como as suas antigas esposas,
ajustassem os panos ao corpo e acendessem cigarros
e cachimbos, desses que alimentam sonhos e deli-
ciam os pulmões com uma calma que usa ser maravilhosa para quem dela gosta,

o jovem cientista, escutando o ruído dos carros, sentiu que os óculos já não escorregavam no seu rosto e que os seus pés tinham areia

areia da praia

sentiu o cheiro de carne preparada para ser grelhada, ouviu o ganir dos cães enxotados pelas senhoras que preparavam a carne, o riso dos meninos com pedras na mão que perseguiam os mesmos cães na sua magreza pendurada e salgada, pôde escutar ao longe, do outro lado das enormes pedras, vozes infantis que se divertiam em mergulhos tardios, saboreando a temperatura morna da água e preparando os corpos, as costas e as bochechas, para as bofetadas que as mães ou irmãs mais-velhas lhes dariam por chegarem a casa demasiado tarde depois dos mergulhos na escuridão do mar,

vinham de regresso à praia o Cego e o VendedorDeConchas, ambos cansados e satisfeitos com o resultado do dia, ansioso, o VendedorDeConchas, porque pelos cheiros sentiu que a água estaria boa e lhe apetecia mergulhar, e o Cego que, de cansaço e fome, queria era chegar perto de alguém que lhe desse um prato de comida seguido de um cigarro com ou sem liamba incluída

– vocês não sabem como falam os cheiros – sorriu o Cego

– alguns até que nem sabem, mais-velho, mas eu então também sou amigo dos cheiros

– mas para vocês é só coisa de vez em quando. e cheiros fortes. pra mim os cheiros têm todas as vozes,

123

assim podes imaginar, grito de mais-velho ou voz de criança a rir... vejo muita coisa mesmo assim de olhos fechados

— eu sei, mais-velho, isso já entendi

— deixa, filho... é que eu não estou a falar coisas de entender...

pode ser então que o Cego tenha, no seu mundo sensorial de tons e sentires, notado a presença, ao longe, de DavideAirosa que, sorrindo para si, confirmando que havia caminhado em exagero, sacudiu os pés, libertando-os da areia e das pedrinhas que incomodam quem se preparava, de novo, para caminhar

mas ver, o Cego não viu

— eu também só pesco conchas e ainda por cima tenho que falar bué só para convencer outros a comprarem...

— estás a falar assim de se ouvir, ou quê? — o Cego indagou

— ou quê! — respondeu o VendedorDeConchas, guardando para si o sorriso que não chegou a sorrir.

quando Airosa chegou à casa de Paulo, foi bem recebido

naquela noite, Clara estava simpática, com os olhos brilhantes — e assim ficava mais bela, Airosa não a mirava frontalmente pois tinha medo que o seu olhar denunciasse as fantasias que vinha acumulando há anos, nas quais a protagonista principal era precisamente a namorada do amigo

– Davide, o mais maluco dos nossos cientistas – cumprimentou Paulo, abraçando-o

– boa noite... – disse DavideAirosa

havia quitetas com molho de limão e jindungo para entrada, uma garrafa de gin, muito gelo e muita água tónica, a bebida preferida de Davide

– ouve lá, já bebes outras coisas ou continuas com a mania de que és sobrinho da rainha de Inglaterra?

– sobrinho, não diria... mas de certo modo, somos aparentados nos gostos alcoólicos – sentou-se Davide, cruzando as pernas, timidamente

abriram as janelas

o vento trouxe à casa uma simpática aragem, talvez fosse chover pois o cheiro já vinha carregado de murmúrios de plantas e animais, uma certa maresia da baía de Luanda fazia-se sentir e a densidade era outra. ficaram um pouco em silêncio, degustando as quitetas

– preparadas em vinho branco ou quê?

– segredos da casa – sorriu Clara – o senhor simplesmente diga se está bom ou não

– acho que está otimamentessíssimo ótimo, como diria o malogrado Odorico Paraguaçu

– para lá com essas dicas de AdolfoDido... – sorriu Paulo, enquanto lhe servia uma segunda dose

o álcool e a noite embalaram a conversa, depois dos temas vulgares e mundanos, para chegar ao tema que de facto preocupava Paulo

– como é essa maka do petróleo? vai mesmo avançar?

– só sei que nada sei

– mas do pouco que nada sabes? eu sei que é possível, que o petróleo existe, mas estão a preparar-se para explorar esse petróleo?

– mas não viste as placas «cipelinas»? achas que aqui há algo que não seja possível? se o boss falou, tá falado

– e tá falado?

– tá mais que falado, Paulo, vê lá se acordas. tá tudo troikado

– como assim?

– a mesma troika de sempre, Angola, EUA e Rússia

– e os tugas, coitados?

– ficam com as sobras, mas como agora há aí uns casamentos e uns bilhetes de identidade tirados à pressão, pode ser que a tuga coma um pouco mais

– puta que os pariu... e a cidade? as consequências?

– posso te mandar o relatório detalhado de três conferências que fiz sobre isso, não há como a cidade aguentar, nem é possível tirar o petróleo que há debaixo de Luanda. é simplesmente não concretizável

– e como é que vão fazer? – perguntou Paulo

– vão tentar fazer. haveria algo muito, muito sofisticado, arriscado e caro: substituir o vácuo que vão deixar por um qualquer tipo de material, mas é praticamente impossível retirar o petróleo e fazer esse enxerto ao mesmo tempo

– e então?

– então que vocês têm que se preparar – sorriu Davide

– nós, quem?

– vocês que vivem em prédios. e aqui a Maianga deve ser dos primeiros lugares a sentir as consequências

– tás a falar a sério? – Clara servia mais comida

– tou, fiz vários trabalhos sobre isso, a cidade não tem sustentação, se lhe retirarem o seu chão, as consequências são imprevisíveis, mas no mínimo haverá desabamentos

– e ninguém se preocupa com isso? – Clara parecia escandalizada

– talvez se preocupem – supôs Paulo

– sim, talvez – Davide terminou o seu gin ruidosamente –, talvez se preocupem daquele jeito angolano, tipo depois logo se vê o que acontece, primeiro vamos ainda encher os bolsos. sabes quem é que eu vi hoje mesmo, nesta cidade que os incêndios hão de comer?

– quem?

– aquele cientista americano, acho que já te falei dele uma vez... o Raago, é um dos mais craques do petróleo, descobre petróleo onde nem as baratas imaginam, foi ele que disse aos timorenses onde estava o precioso líquido

– a sério?

– sim. e aos são-tomenses, e todos os novos lençóis do Brasil foram detetados com base nas técnicas dele

– ele está cá? em Luanda?

– se acabo de o ver! e acompanhado de sua excelência, o senhor Assessor do Ministro... bem, vamos lá
atacar este caril de gambas que não tem nada a ver com
a maka petrolífera!

Paulo abriu uma garrafa de vinho

– alea jacta, petrolium est! – riu DavideAirosa ao
brindar com o casal amigo. – este caril está um manjar
dos deuses – elogiou –, temos que aproveitar agora que
o vosso prédio ainda está de pé

o cientista, alegre pelo torpor da bebida, fazia estas
piadas sem notar que preocupava os donos da casa

tocava jazz na aparelhagem e um agradável cheiro de peixe grelhado invadia a casa vindo do corredor,
prática comum dos vizinhos de Paulo, sentados a horas
tardias no corredor do terceiro andar, a grelhar peixe
e a confraternizar com a família, chegando mesmo a
convidar quem estivesse de passagem a juntar-se a eles
num delicioso mufete das vinte e três horas e muitas
cervejas

– tou farta de dizer que temos de mudar de prédio,
não suporto este hábito dos caluandas – reclamou Clara – de grelharem peixe no corredor do prédio

– mas vocês em Benguela se não grelham é porque
não têm prédios com corredores amplos – riu Paulo,
deixando Clara ainda mais irritada – ou então, o que é
pior, é porque ainda não tiveram essa ideia... sabes que
os caluandas estão sempre a ter ideias

– isso ninguém pode negar, só não se sabe que tipo
de ideias são, convencidos!

Clara retirou-se, irritada

bom whisky fez companhia aos homens na sala, Paulo trocou o disco e tocava agora «blue miles», um dos seus preferidos

– eu acho que se um gajo tiver que morrer, pode ser na companhia desta música... acho que um gajo vai suavemente e nem reclama

– também acho – sorriu DavideAirosa

ao som da música, ora bebericavam a chamada bebida nacional angolana, o whisky, ora exercitavam o antigo hábito de deixarem as palavras sair soltas e lentas, sem grande relação entre elas, como era hábito antigo daqueles dois companheiros, o esquema era idêntico, de todas as vezes, Airosa ia ficando bêbado e triste, melancólico e risível, de olhos acesos, húmidos

– um dos maiores problemas da humanidade – começou Davide – a par de outros, obviamente... é não quererem, os homens, dar o devido lugar à imaginação... nos nossos dias, no nosso quotidiano. querem dinheiro, sim, mas nem sequer com esse dinheiro vão comprar diversão, conhecimento... e deixar a imaginação fluir nem sequer custa dinheiro... entendes do que falo?

– mais ou menos

– imaginar. imaginar... fazer uso dessa faculdade que nos separa de outros seres. a pedra não imagina, espera. a flor não imagina, desabrocha. o pássaro migra, a baleia nada, o cavalo corre. nós imaginamos antes de migrar, podemos imaginar enquanto nadamos, e podemos descobrir novas e inúmeras maneiras de correr, imaginando. mesmo até para dominarmos o ca-

valo e fazê-lo correr connosco, tivemos que imaginar
tudo antes. e isso faz parte da condição, bela, de sermos
humanos, faz parte da nossa condição de seres livres.
presos, reclusos, aflitos, no último instante dos nossos
dias, imaginamos... e é disso que a ciência e a humanidade precisam: imaginação

Paulo serviu-se de whisky, não disse nada

Davide tirou da bolsa um grosso caderno de capa
castanha, anotou algumas frases e números e serviu-
-se de outro whisky, no silêncio, só o peso da noite, as notas musicais e os discretos cheiros do carvão
exaurido sobre o qual haviam caído gotas espessas de
jindungo, limão e a gordura do peixe ao queimar-se
para ser grelhado.

quando Davide se retirou, Paulo deixou-se estar à
janela, fumando o seu último cigarro da noite, depois
de acomodar a louça na cozinha e de dar uma breve
arrumação à sala

a cidade parecia-lhe sempre ser outra, à noite

não apenas devido ao novo jogo de luzes que nela
se configurava, entre zonas mal iluminadas e zonas
mesmo nada iluminadas, mas também

porque o vento e as temperaturas pareciam com-
portar-se de outro modo, e assim também as gentes,
os seus olhares e modos de caminhar, as suas vestes, os
seus trajetos, as suas necessidades a cumprir, o modo

como se relacionavam com os gatos e cães perdidos, o modo como receavam o voo rasante dos morcegos, ou mesmo, mais tarde – mais adiante na madrugada – o modo como os malucos e os bêbados se espantavam com os galos anunciando a chegada do dia

Paulo viu o fim da noite dos miúdos que cheiravam gasolina, recolhendo os seus corpos para dentro dos seus casebres improvisados em papelão e sacos plásticos, ou em viaturas abandonadas e agora decoradas com arrojo e imaginação para formarem os possíveis lares que os protegem da geada, do mosquito, do vento e da chuva, mas sobretudo lugares que imitam a ternura de um lar

numa zona escura do céu, tão alta que custava saber da razão matemática dessa distância, uma estrela cadente riscou de luz a noite madrugadora de Paulo e ele

por dentro
sorriu.

Odonato esfregava os olhos, irritado

há anos que alimentava a crença de que a noite havia sido feita para dormir, para permitir ao corpo estar quieto e calado, recuperando forças, sim, mas também dando-lhe por algumas horas o prazer de permanecer, por via do sono, num saboroso estado de simples sossego desperto e até preocupado, Odonato viu o corpo ensanguentado do filho ser depositado no chão da co-zinha

– lhe encontramos lá em baixo, junto da lagoinha, com um tiro nas bundas – explicou Paizinho, suando e pedindo um copo de água

– o tiro não parece grave, Odonato, mas pode já ter perdido muito sangue – sentenciou o CamaradaMudo

quem primeiro tocou o corpo de Ciente foi Avó-Kunjikise

tinha os olhos quase cerrados, fosse do sono ou do adiantando da hora, ou da escuridão penumbrosa que se vivia na cozinha

– vinha alguém atrás dele? – indagou Odonato

– parece que não, mas eu já tinha ouvido dois tiros, agora não posso garantir que seja o tiro da bunda

– para lá com essa conversa da bunda, Paizinho – criticou CamaradaMudo, irritado, enquanto procurava um assento – para mais essas palavras da novela, você não sabe dizer rabo ou matako?

– mas, então, vou mais dizer matako na presença da mais-velha

AvóKunjikise, que preparava algumas folhas, sorriu apenas na sua direção, abriu um pouco mais os olhos, fez sinal para que virassem CienteDoGrã

Xilisbaba não dizia nada

havia olhado para a mãe dela e já estava a aquecer a panela de água onde seriam fervidas as folhas para o preparo que a velha ia necessitar dentro de momen-tos, resolvia tudo com unguentos fervidos em qualquer água, sendo mais uma medida imediata do que uma solução definitiva

– camaradas vizinhos, vamos dispersar! muito obrigado pela colaboração – disse Odonato

fora do apartamento estavam JoãoDevagar e Edú, com a expressão de dor no rosto e uns largos calções brancos que lembravam uma fralda gigante. visualmente indagado pelos outros, sentiu-se na necessidade de dar uma explicação

– em noites de lua cheia o mbumbi incha mais, convém dormir assim mais arejado... comé, o miúdo tá bem?

– parece que sim – respondeu o Mudo – é melhor todos recolherem, amanhã de manhã vimos cá saber se é preciso ajuda ou quê

– foi tiro mesmo? – quis saber JoãoDevagar

– foi mesmo – respondeu entusiasmado Paizinho, logo censurado pelo olhar do CamaradaMudo

– aonde? – JoãoDevagar perguntou curioso

– posso falar, tio Mudo? – Paizinho fez uma cara de riso

– no matako – o Mudo falou

todos pararam de caminhar, no meio da escada, entreolharam-se

tiro na zona matakal, digamos assim, era, naquele bairro, um sinal premonitório de algo não muito bom, soldados amigos e mesmo mais-velhos daquela rua, atingidos intencional ou semquerermente na zona traseira, haviam tido finais pouco felizes ao fim de alguns dias. vizinhos atingidos na cabeça e até mesmo no peito, após cirurgia ou tempo de espera, era gente que se mantinha viva até aos presentes dias para contar como havia sido. mas dos outros, os atingidos em zonas menos fáceis de descrever, não havia sobrado um

– esse miúdo também não tem juízo... – comentou Edú

e cada um dispersou para o seu leito.

no prédio vizinho e bem antes da hora

o galo cantador estava decidido a estrear a sua voz

sacudiu as penas, as patas, debicou partes do seu corpo e caminhou no fio fino de um arame farpado que, com o passar do tempo e dos gatunos, já não tinha farpas, executou repentinos movimentos com o pescoço, como que aquecendo a musculatura cantante, piscou os olhos e mirou os céus como quem busca ou anuncia um rasgo de luz solar, abriu o bico e quase emitiu o seu grito cantado, não fosse, é preciso dizer, a repentina chegada da pedra que veio veloz da janela do apartamento onde vivia Paizinho

uma poderosa fisga, feita com borracha de pneu, havia arremessado a pedra

o galo não pôde crer na dor que sentiu, um composto frio desaguava do seu olho pingando sobre a pata esquerda e, não estando munido de um espelho, o galo não pôde ver que o seu olho já não estava no respetivo orifício, o que sentia não era dor, era, antes, um gélido incómodo que se espalhava pelo corpo

fosse como fosse, já o sol havia nascido quando o animal recobrou forças e ânimos para cantar, anunciando aos do prédio, pelo seu cântico, a chegada dos estranhos fiscais DestaVez e DaOutra

– bom dia – cumprimentaram Paizinho, fora do prédio, quando este cartava água para começar a lavagem de carros da vizinhança

– bom dia, sim

– sabe se o camarada JoãoDevagar está em casa?

– hoje ainda não dei encontro com ninguém, camaradas, mas de qualquer modo a esta hora ainda é muito cedo de acordar pessoas

– a esta hora é que começa o trabalho, você mesmo não está a trabalhar já?

– eu acordo cedo para lavar carros

– fazes muito bem! – foram entrando no prédio

Paizinho tentou avisar, àquela hora iniciática do dia a água jorrava ali no primeiro andar com mais força e para se atravessar aquelas águas era necessária uma destreza ainda mais afinada, os fiscais caíram e molharam-se

– quis avisar os camaradas...

– mas você está a brincar ou quê? isto aqui é uma armadilha, este prédio vai ser denunciado pelas nossas pessoas

– não, é assim mesmo, é só que de manhã a água fica mais categórica – escondia o riso, Paizinho

– eu já vos dou a categoria

Edú, no quarto andar, veio à janela

– que gritaria é esssa logo de manhã?

– então o senhor não vê que este prédio anda a deixar cair os camaradas fiscais aqui do bairro?

– o prédio anda «a deixar cair»? o senhor tem certeza que esse português tá bem formulado? um prédio é um imóvel que, por natureza própria não se mexe

– o camarada está a gozar? nós vamos subir para lhe identificar. ó jovem – dirigiram-se a Paizinho num tom menos simpático – demonstre lá o caminho da passagem das águas

Edú apressou-se, antes que os fiscais lá conseguissem chegar, a ir prevenir Odonato de que os fiscais estavam no edifício, pois não seria boa ideia descobrirem o seu filho com o exposto ferimento no matako

– temos que distrair os homens – disse Odonato – mas qual é a maka deles?

– acho que vieram mesmo só chatear, ou querem qualquer cumbú, mas eu tou fraco

– distrai só os homens que eu vou aqui pensar numa solução de evacuar o Ciente

Edú voltou a descer para receber os fiscais

como não tinha em casa bebida nem comida para oferecer, mandou a sua companheira NgaNelucha fazer um breve peditório pelo prédio de modo a acomodar os fiscais na sua casa durante algum tempo

– mas vou pedir a quem? – segredou NgaNelucha ainda ensonada

– vai pedir aos vizinhos, porra, e não demores que o Odonato não quer que eles subam os fiscais foram convidados a entrar no pobre lar de Edú e ficaram admirados com a estranha arrumação de objetos, a mesa, os móveis, bancos e uma série de acessórios que o ajudavam a caminhar, estavam desalinhados de um modo que escondia, certamente, alguma lógica, pois a distribuição sugeria algo como que uma pista, um trajeto, ou mesmo um desenho de interior absolutamente intencional que, agora entendiam, dava passagem aos principais corredores da cozinha e casa de banho, e também para uma espécie de assento feito à base de sacos de serapilheira, junto da janela, onde certamente Edú passava muito tempo

os fiscais detiveram-se algum tempo a olhar para o seu calção com o formato de fralda gigante

– os camaradas não reparem, a comida vem já, façam o favor de sentar

– também posso sentar? – perguntou Paizinho

– vai masé trabalhar que já tás atrasado, neste país os lavadores de carro são dos primeiros funcionários da nação – dizia num tom de discurso, para espanto dos fiscais – são mesmo dos poucos que trabalham em dia de domingo e feriado também, incluindo feriados de domingo que são arrastados para segunda-feira... vai já

Paizinho retirou-se

– os camaradas não reparem, é uma casa simples, para mais que eu sou um adoentado de quase estado camal, só que faço por continuar a fazer algum exercício – apontou para a estranha desarrumação da sala – porque senão seria a minha completa ruína de saúde, que arruinado já estou um pouco... mas sentem-se, camaradas

137

sentaram-se os fiscais, habituando os olhos à penumbra da casa

– pode abrir um pouco mais as janelas?

– com certeza, aliás, o senhor até me pode ajudar que agora já estou sentado – disse Edú, sentando-se nesse momento – tenho dificuldades motoras

enquanto DestaVez abria mais as janelas, DaOutra sentou-se perto dele demonstrando uma convicta curiosidade

– e essa roupa especial?

– isto foi há muitos anos... – começou Edú, logo de seguida gritando para a cozinha como se a mulher estivesse lá – ó Nelucha, traz lá uns aperitivos para os senhores fiscais... – acomodou-se numa vasta cadeira e esperou que o fiscal DestaVez se sentasse também – é uma longa estória

– temos tempo

– mbumbi crónico, de origem suspeita, dizem os médicos

– de origem suspeita?

– não há explicação, amigos, não há explicação, este mbumbi, além de ser mais enorme que os demais mbumbis nacionais, não tem razão de aparecimento nem mesmo de desaparecimento

– como assim?

– é o chamado mbumbi autónomo, já foi visto e catalogado por médicos suecos e cubanos, para não falar dos angolanos, portugueses e coreanos – foi levantando as vestes e deixando que os fiscais apreciassem o esférico inchaço

– sim senhor, vai aí um grande exemplar – comentou o fiscal DaOutra

– muito obrigado

– você desculpe, ó camarada Edú, mas você tem que rentabilizar essa situação

– também ando a pensar no mesmo...

– anda a pensar e a demorar, não leve a mal nem se ofenda, você tem que agir

– mal posso caminhar, quanto mais agir

– agir imaginativamente, amigo, imaginativamente... vivemos num país de imaginação... de coisas criativas, não sei se me faço entender...

– já me visitaram algumas entidades, a igreja, a televisão, etc.

– há que rentabilizar, passar ao plano internacional, você não é menos do que outros, está a entender?

– acho que sim

– pois eu acho que não, você tem aí um potencial muito forte – observava o fiscal DaOutra, acenando afirmativamente com a cabeça para o irmão ver também – você tem que passar às CêÉneÉnes... globo e rtp para você já é brincadeira... você tem que pensar em grande

– um cumbú? pedir cumbú?

– cumbú você tem que pedir ao governo, um subsídio de saúde – os olhos do fiscal brilhavam – mas em termos de marketing, temos que voar mais alto, meu amigo

– aquele programa da ÁfricaDoSul que tem câmeras na casa de banho? eu ia ter vergonha

– esse programa até que daria, mas tem que sonhar ainda mais alto: Opra!

– ópera?

– Opra! OpraShow, um programa americano que ninguém nunca mais ia se esquecer do seu mbumbi, Edú...

depois de falar com MariaComForça e JoãoDevagar, Nelucha voltou com cafeteiras de leite e café, sandes de pão com manteiga e um pouco de queijo, e fatias já cortadas de um bolo duro

– camaradas fiscais, a minha companheira, NgaNelucha

– muito prazer, camarada. desculpe estar entrar em casa a esta hora matinal, mas é que a nossa função começa cedo

– compreendo, não tem problema – foi servindo, NgaNelucha

comidos, bebidos e conversados, a conversa voltou a azedar quando Edú disse que queria pensar melhor nessa estória de divulgar mundialmente o seu mbumbi, porque já há alguns anos atrás tivera sérias chatices com o tipo e o número de pessoas que lhe tinham aparecido em casa, incluindo os que pretendiam, à semelhança do que ali mesmo se estava a configurar, retirar dividendos económicos da sua inchada condição

– mas você precisa de um agente cultural, com os artistas é assim mesmo!

– eu não sou um artista – reclamou Edú –, sou um doente

– mas é uma doença artística, digamos assim... – fez uma pausa – bom, vamos continuar a nossa missão de avaliação

– qual é a vossa avaliação, se mal pergunte? – quis saber NgaNelucha

– a nossa avaliação... – gaguejou o fiscal DestaVez olhando para DaOutra

– a nossa avaliação é de avaliar as condições dos prédios da Maianga... e nomeadamente!

– nomeadamente o quê?

– nomeadamente o resto, os condicionantes

– quais condicionantes?

– o entorno e o recheio

– de quê?

– do mesmo edifício!, e a senhora está a indagar inadvertidamente as autoridades

– quais autoridades? – NgaNelucha riu o seu riso aberto e folgado, que era mais uma diversão que um desacato – vocês nem têm papéis de fiscal

– camarada Tetucha!...

– Nelucha, mais respeito, tão a ouvir? – reclamou Edú

– camarada Nelucha, nós temos uma condicionante de sobrinhagem!

– o quê?

– é isso mesmo – riram os dois, saindo do apartamento. – não é preciso dizer que ambos os dois somos sobrinhos do senhor Assessor do camarada Ministro!

Edú e NgaNelucha permaneceram calados

a verdade era tão evidente que os silenciava, os fiscais puseram-se a caminhar pelo prédio, com cautela,

não fosse haver outra queda de água igual à do primeiro andar, batiam em portas fechadas, espreitavam por
corredores que não conseguiam compreender, e sem
quererem confessar um ao outro, não sabiam muito
bem o que fazer ou por onde começar

Nelucha desceu e foi pedir a Paizinho para prevenir Odonato, o mais rapidamente possível, de que os
fiscais andavam à solta pelo prédio

em boa hora chegaram ao prédio o VendedorDe-
Conchas e o Cego, que juntos subiram ao quinto andar
quando os fiscais se preparavam para bater à porta do
CamaradaMudo

– os camaradas não compram conchas?

– você tá a vender conchas? conchas d'aonde?

– conchas do mar – respondeu o Vendedor – mergulho, encontro, lavo e vendo, mas são conchas que dão
para tudo, para mais ainda trazem sorte nas pessoas

sabendo da questão do ferimento de CienteDo-
Grã, o CamaradaMudo permitiu que entrasse toda a
gente em sua casa e, como não gostava de falar, pôs um
disco de jazz a tocar, ofereceu água

a sua sala fazia lembrar algum corredor de um mercado marroquino, o VendedorDeConchas havia exposto no chão o brilho e os mil formatos das suas conchas
a cheirar a mar, os fiscais distraidamente deixaram-se
hipnotizar pelas formas e cores, o Vendedor aproveitou
a sombra e a água para descansar o corpo e as costas,
e o Cego deixou-se estar a um canto com a bengala
batendo de leve na parede acompanhando as notas do
disco que tocava meio riscado sob o calor da manhã

o cenário, pois, de uma manobra estudada

enquanto Marrocos acontecia na sala, o corpo de CienteDoGrã foi transferido da casa do seu pai para o apartamento de Edú e NgaNelucha no quarto andar

interrompendo a reunião, Odonato, desafiando os mais avançados conceitos de magreza, entrou no apartamento do Mudo dirigindo-se aos fiscais

— meus senhores, sou morador do sexto andar e vim buscá-los para que possam ver o resto do prédio, e para que depois abandonem o mesmo, pois conhecemos os nossos direitos

— o camarada sabe com quem está a falar? — começou o fiscal DestaVez

— sabe de quem somos aparentados? — indagou DaOutra

o CamaradaMudo teve que segurar Odonato pelo braço, pois um qualquer ímpeto invisível moveu o magríssimo homem na direção dos outros dois

— os camaradas deem-se ao respeito!... — a frase foi dita com um tal peso de verdade que ninguém teve coragem de falar depois de Odonato — saibam que isto é um prédio de gente honesta

os fiscais olharam-se entre si, o Cego tossiu e o Vendedor, muito devagarinho, foi apanhando as suas conchas, uma a uma, para não interferir com a energia que se instalara no ar

— por acaso, vocês, sabem quem sou eu?

o CamaradaMudo espantou-se, não sabia, da parte de Odonato, de nenhuma patente ou ocupação digna de ser referida, e não estava de todo familiarizado com aquele tipo de atitude por parte do vizinho

– eu sou parte deste povo! do povo angolano. o povo... conhecem essa palavra? é uma palavra cheia de gente! agora, se quiserem, podem subir comigo!

– muito bem, vamos lá ver esse tal sexto andar e o terraço – disse DestaVez

os fiscais, calados, acompanharam Odonato pelas escadas, viram o apartamento dele e queriam vasculhar mais do que seria esperado, mas cruzaram-se, num corredor escuro, com os olhares da AvóKunjikise

– bom dia, mais-velha – cumprimentaram com receio

– *bom dia* – respondeu AvóKunjikise, sempre em umbundu – *andam a espreitar a casa dos outros?* – os lábios da velha desenharam um quase sorriso

– não, senhora, estamos já a sair mesmo

quando chegaram ao terraço, Odonato ficou longe, junto da porta, numa zona menos clara, o sol estava forte, os fiscais olhavam para os vários pontos cardeais do terraço como se o avaliassem

JoãoDevagar chegou

– tenha calma, Odonato, daqui a pouco eles vão embora, é só um pouco mais de paciência

juntou-se a eles, simpático, respondendo a dúvidas, esclarecendo dimensões, falando dos hábitos da vizinhança e de como, no fundo, apesar de estarem na Maianga, no coração da cidade, tratava-se de um prédio tranquilo

– e aquele galo sem olho? – perguntou um fiscal mirando o galo de olho ceifado que, com ar triste, se equilibrava sobre o fio de arame desfarpado do prédio vizinho

— nunca tinha reparado nele

— não será feiticeiro?

— penso que não — respondeu JoãoDevagar, sério — não são dias fáceis para os galos feiticeiros...

— bem, meu amigo — sentou-se um dos fiscais perto de JoãoDevagar — a questão é que este prédio está cheio de irregularidades, a começar mesmo por aquela piscinagem lá em baixo no primeiro andar

— mesmo por questões ecológicas — dizia o outro fiscal

— toda aquela água a ser desperdiçada lá em baixo

— mas aquela água é toda aproveitada, senhor fiscal, todos do prédio usam aquela água, cozinhar, lavar carros, limpar o prédio, etc. ...

— mas está sobre e subaproveitada!

— como assim?

— está sobre aproveitada porque sai de mais e vocês não a podem controlar. e está sub aproveitada porque outros membros da comunidade não estão a usufruir dela

— tem razão — concordou JoãoDevagar

— e este terraço também

— também quê?

— devia ser melhor aproveitado. você que é um homem cheio de ideias... — disse o fiscal — você já devia ter pensado nisso

— aposto que ele já pensou — comentou o outro fiscal

145

– se calhar até já pensei – sorriu JoãoDevagar

– um terraço isolado, sem grandes problemas de vizinhança... porquê que você não instala aqui... por exemplo... um cinema improvisado?

– cinema? e autorização?

– mas se nós somos os fiscais da Maianga... você estaria autorizado, e teríamos uma sociedade anónima... que só nós sabíamos

– como assim?

– muito fácil. de um lado, vocês, os do prédio. falam, organizam-se e montam o esquema. do outro lado, nós dois, com a proteção legal e as respetivas benesses

– um cinema?

– um cinema, nas calmas, discretamente

– e os papéis?

– os papéis não são necessários

– como assim?

– só um cinema oficial é que precisa de papéis, um desoficial não precisa

– entendi

– ainda bem, assim fica tudo resolvido

– e o nome?

– o nome não interessa, interessa é que tenha público

– e os filmes?

– você vai arranjar, sessões da tarde, com porrada e tal, uns bruce lins... e à noite algo mais quente, umas porno xaxadas, bilhete mais caro e até depois você pode expandir o negócio, tantos quartos fechados aqui no vosso prédio...

JoãoDevagar, contente, apertou a mão e despediu-se dos fiscais, ele também era amigo do dinheiro,
sobretudo do fácil, e de facto concordava com que o
terraço estava subaproveitado e era, talvez, um bom lugar para a atividade cinéfila

mais tarde, quando criticado por Odonato, fez-se
de vítima dizendo que, encurralado pelas circunstâncias, e preocupado com o estado de saúde de Ciente-
DoGrã, vira-se forçado a aceitar, em nome do prédio,
a proposta dos fiscais.

JoãoDevagar ainda tentou falar com Odonato sobre o seu estado

dois dias sem ver Odonato bastavam para se notar
diferença naquele algo que não se sabia como explicar

era quase hora do almoço quando Xilisbaba apareceu no terraço com um prato de pouca comida que
ofereceu ao marido.

– não, obrigado, querida, não tenho fome

– sei que não tens fome, mas tens de comer

– não tenho fome, dá aqui ao camarada esfomeado,
JoãoDevagar, que come e depressa – sorriu Odonato

– eu agradeço mesmo

Xilisbaba comentou que tinha conseguido falar por
telefone com um médico amigo, amigo de alguém, que
se tinha disponibilizado para vir ver CienteDoGrã,
embora tivesse sido difícil explicar o porquê de o rapaz

estar em casa, desde a noite anterior, com uma bala alojada no corpo

– não soube o que dizer – comentou Xilisbaba

– não tens que dizer nada, se ele quiser compreender, vai compreender. se não, nada a fazer

– mas não pode ficar em casa a sangrar assim, tem de ir para o hospital

– tudo se resolve – Odonato descansou a esposa

– desces comigo?

– fico mais um pouco

Xilisbaba retirou-se, foi pedir ajuda a Paizinho e outros para levarem CienteDoGrã novamente para o sexto andar, para que aguardasse a chegada do médico visitador

numa outra posição do sol, depois de arrumar alguns ferros que ali se encontravam, apanhar e distribuir algumas madeiras soltas, tentando imaginar como aquele espaço poderia servir como cinema não oficial, JoãoDevagar encontrou a um canto um enorme espelho partido, parecido com um mapa

fazia-lhe lembrar algum lugar, foi rodando o espelho, e fazendo da rotação a iminente solução para o enigma do espelho, o sol, forte àquela hora, encontrou posição ideal e criou um intenso feixe de luz que feriu a vista de Odonato, que cruzou os braços em frente aos olhos e deixou-se estar, quieto e arqueado, como um soldado esguio que acabasse de ser atingido por uma rajada de balas

– Odonato... tu... – gaguejava JoãoDevagar, enquanto lhe tremiam as mãos, que tremiam o espelho, que tremia a luz, que se esbatia amarelíssima no tom ainda escuro da pele de Odonato

os feixes de luz, intensos, morriam mulatos ao verem-se chegados ao corpo de Odonato, a boca de João-Devagar abriu-se e voltou-se a fechar sem dar tempo ao espanto, o espelho foi sendo pousado em câmera lenta com espanto e leve medo

Odonato descruzou os braços, baixou-os lentamente, olhando o amigo nos olhos

atrás de si, restos rasgados em fiapos de luz sobravam na parede, como se o seu corpo retivesse parte da luz

– pousa o espelho, João, antes que te magoes – murmurou Odonato

as sobrancelhas de JoãoDevagar haviam-se arqueado numa posição desconfortável que impressionava Odonato, o amigo procurava não tremer das mãos mas mantinha a posição do espelho com os raios de luz atravessando o corpo de Odonato, para que cada instante lhe desse suficiente crença naquilo que via, aquele estado de semitransparência que permitia, no mesmo instante, ver e julgar não ver, a dança corrida do sangue percorrendo veloz as pernas e os músculos de Odonato

– não te assustes – disse Odonato –, tou mesmo a ficar transparente.

se tive medo?

de ver a minha cidade de Luanda em línguas de um fogo preto e amarelo, e as casas a caírem de suor e as vozes a gritarem de susto?

sim, tive medo, coisa que vinha de dentro, porque a cidade toda parecia que estava quase a morrer;

quando lhe vi? a primeira vez?

tava na rua distraído nos meus pensamentos e reparei para nunca mais esquecer: à frente de mim um dikota caminhava lento e falava baixo com as resmunguices dele...; olhei as nuvens, e quis repetir a visão: o kota tinha se misturado nuns miúdos desses que vendem na rua, lhe procurei rapidamente com o olhar, lhe identifiquei mais lá na frente, corri, passos que eu nem queria fazer barulho, e vi de novo, tinha medo: e vi!, meu quase susto de morte: o mais-velho era um bocado transparente!, o medo me fez parar de caminhar e de olhar – mas já tinha visto e não podia esquecer esse meu milagre dele!

corri mais, descondi-me atrás duma árvore, o kota olhou de espreitar

me desconfiava mas não via, deu costas na minha direção e subiu um bocadinho na rua dele, de repente desapareceu, fui devagar e olhei a entrada do único prédio onde ele podia ter entrado!

o prédio da estória toda que eu vou pôr: é que não fico bem se guardar essa estória só pra mim. a vida é como um mar, você vê, você mergulha...;

se vi, posso contar pra pôr na cidade mais uns acontecidos; se chorei de sofrimentos e belezas, digo mesmo que fui feliz. se parece tou triste hoje na minha voz de iniciar as falas, é porque a saudade também anda disfarçada de tristezas que só dá para lhes encontrar nos nossos olhos...

quer dizer, digo assim, para falar melhor: a vida parece é maior que o mar...!

tou a falar à toa?

[da gravação do VendedorDeConchas]

há muitos anos que o americano não dormia tão mal

o ar condicionado funcionava como se gaguejasse durante toda a noite, mas um gaguejar que nada tinha de fresco, expulsava golfadas de ar quente, como uma ventoinha que houvesse desistido da função de refrescar

e não era tudo

estranhos sonhos e pensamentos o atormentavam ao ponto de misturar a realidade suada do seu corpo empapado em catinga com as imagens que, na escuridão, julgou ver

só de manhã, olhando com calma a luz que invadiu o quarto, confirmou que era verdade

esteve sempre perto dele, durante toda a noite, um inseto de aparência amarelo esbranquiçada, achatado, com longos bigodes de movimentação lenta mas contínua tratava-se, era evidente, de uma barata albina

o americano não se incomodou com a ideia nem sentia nojo do inseto, precisamente porque tinha a sensação de que a barata o tinha estado simplesmente a observar. como se fosse falar. mas não. uma estranha e calma barata, enorme e albina

o americano tomou um longo duche e ia ligar à receção para reclamar do desfuncionamento do ar condicionado quando este começou a funcionar perfeitamente, o quarto ficou frio, muito frio, a barata albina mudou de lugar, subindo para a sua mesa de cabeceira e instalando-se perto de mais do seu relógio de pulso

quando desceu para matabichar, o americano tinha um recado do AssessorDoMinistro dizendo que viriam buscá-lo mais tarde para a primeira reunião.

o Ministro chegou cedo ao Ministério, chamou de imediato o Assessor, mas este não havia ainda chegado

– liguem para ele, e que venha imediatamente! antigamente o Ministro chegar antes do Assessor dava despedimento automático... outros tempos... – suspirava o Ministro

pelo telefone pediu café, bebia café muito forte, demasiado forte

o telefone tocou, desligaram

ligando do seu telefone particular, o Ministro falou com uma mulher sorria, amolecia a voz, coçava delicadamente os testículos e afastava as pernas, sentindo calor entre elas

– está bem, mais uma hora e apareço... mas desta vez não falhes que eu vou mesmo só por tua causa – sorria o Ministro

– senhor Ministro – entrou a secretária sem bater à porta –, desculpe interromper – desviou os olhos enquanto o Ministro afastava as mãos da zona testiculosa –, já chegou o senhor Assessor

– diga-lhe que venha cá

– sim, senhor Ministro

o Assessor entrou com ar preocupado, possivelmente já lhe haviam dito que o Ministro tinha procurado por ele

– senhor Ministro, desculpe o atraso, foi através das escavações na cidade

– eu também passo pelas tais de escavações e cheguei antes de si... como é possível?

– eventualmente eu vivo um pouco mais longe, senhor Ministro

– sente-se, homem. se vive mais longe, acorde mais cedo e demore menos tempo a matabichar. você come de mais, está gordo, já viu isso?

– sim, senhor Ministro

– bem, vamos lá começar, que isto hoje vai ser um dia longo. de trabalho, senhor Prancha

– sim, senhor Ministro

– tudo preparado para o americano?

– sim

– ótimo, não quero falhas nem nas reuniões nem nos relatórios, esse americano tem que sair daqui sabendo que isto é um país de primeira, ou não é assim?

– sim, senhor Ministro

– então, ao trabalho! eu vou sair para uma reunião de emergência

– não tem nenhuma reunião agendada, senhor Ministro

– não me interrompa, homem, as reuniões de emergência não são agendadas. senão não seria uma emergência! de seguida, volto aqui, apanho-o, e vamos ao hotel buscar o americano, na reunião, vai estar gente do Partido e o tal engenheiro responsável pelas escavações

– compreendo

– ainda bem que compreende – o Ministro levantou-se, vestiu o casaco –, chame o meu motorista e avise que vou sair.

no prédio, o médico foi escoltado do primeiro até ao sexto andar, onde CienteDoGrã repousava sobre a mesa da cozinha, juntamente com os suores da sua imparável febre e os adjacentes delírios

deitava-se meio de lado, numa tentativa de não forçar a bunda sobre a região onde se havia alojado a bala

Odonato começou por agradecer a visita do médico e apressou-se a explicar que não tinham dinheiro para pagar a consulta

os transparentes

– não se preocupe, vim fazer um favor à família

com paciência, o médico foi observando o meliante, apalpando-o onde tinha que apalpar

o rosto de Odonato e a sua exacerbada magreza
compunham o centro de um quadro onde a esquadria
eram as zonas brancas da geleira

mais do que preocupado com o rapaz, o médico,
discretamente, observava Odonato

– sente-se bem?

– bem, obrigado, só um pouco preocupado – respondeu Odonato, pensando que o médico indagava da sua
condição psicológica face à situação do filho

– mas olhe que está muito magro e não tem boa
cor nos olhos...

– obrigado, doutor, agora estou só preocupado com
o meu filho. o que pensa fazer?

– não tenho condições para extrair a bala aqui. está
tudo estanque neste momento, mas já existe uma infeção, há sérios riscos, não lhe posso mentir – fez uma
pausa. – temos de agir muito rápido, pois se a infeção
se espalha... o seu filho pode morrer... o senhor quer
deixar-me levá-lo para o HospitalMilitar? – o médico
desviou o seu olhar para as mãos de Odonato

Xilisbaba apressou-se a fechar a janela para que a
cinzentez interna da cozinha se acentuasse

– não se preocupe, minha senhora, não estou assustado, apenas cientificamente curioso – falou o médico
olhando fixamente para Odonato –, balas em corpos já vi
muitas. mas gente assim..., confesso que é a primeira vez

CienteDoGrã gemeu

157

– para o HospitalMilitar não me parece boa ideia, doutor, como poderei explicar a bala?

– é o senhor que tem de explicar ou é o seu filho?, não estamos a falar de uma criança de 15 anos

– agradeço, mas não pode ser

– mas, Odonato, talvez – tentou Xilisbaba

– não pode ser

– o médico diz que há risco de morte

– estamos todos em risco de morte – Odonato olhava fixamente para o médico – todos os dias. com ou sem balas no corpo

– lá isso é verdade – concordou o médico. – e você, posso observá-lo? – tentou o médico

– uma coisa de cada vez, doutor

Paizinho e JoãoDevagar acompanharam o médico até à saída do prédio

era um homem muito observador, caminhou devagar entre os pisos, observou a disposição das portas, os objetos deixados nos corredores, e a flora presente, a que era cuidada em vasos e a que brotava pelas paredes, o delicado modo como os moradores, em segurança, atravessavam as águas expostas do primeiro andar, indicando a pessoas como ele onde era o possível corredor de passagem

depois de atravessar a escuridão, o médico sorriu ao encontrar a luz intensa da cidade de Luanda e, ao som da sirene do carro do Ministério, foi caminhando em direção ao LargoDaMaianga

– lá vem o Ministro, é melhor sairmos daqui antes que haja maka – disse o jovem Paizinho

– sobe comigo – disse JoãoDevagar – vamos ao terraço, tenho uma proposta para te fazer. ó Maria – gritou –, podes vir connosco ou tás muito ocupada?

– ir com vocês mais aonde? – MariaComForça pedia à colega que desse uma vista de olhos nas suas bacias cheias de artigos e na zona do grelhador já aceso

– vamos ao terraço falar de negócios esta cidade não para!

subiram, calados, em estranha e minimalista procissão

só após alguns minutos, chegados ao terraço, o grupo comunicou entre si

– aqui está o regresso ao futuro da oitava arte... – falou JoãoDevagar com um estranho brilho nos olhos e um tom de magia pouco apropriado às temperaturas que o sol exercia

– mas tu andaste a beber logo de manhã? – MariaComForça sentou-se num caixote

– isso, senta-te aí. é aí mesmo! agora vais poder imaginar o resto, à tua frente, num cenário de fim da tarde. olhem para estes telhados, para esta cidade cheia de poeira, cheia de gente que vibra, e cheia de gente que, desde longe, não nos pode ver aqui... nós é que os podemos ver...

MariaComForça suspirou e olhou Paizinho na esperança de que este soubesse o que estava por detrás do misterioso discurso. mas Paizinho encolheu os ombros e sentou-se ao lado dela, no mesmo caixote antigo

– o regresso à arte do cinema, mas o nosso cinema é a oitava arte... porque nós estamos mais além, num

conceito baseado já numa avançadez de teoria inegua-
lável, salvo seja...

às vezes ocorria isto, em fins de tarde, mas sobretudo depois de beber, JoãoDevagar deambulava
oralmente por conceitos vãos e inacessíveis, usualmente ornamentados com um português que não se
aproximava muito do chamado português comum, ou
mesmo, se assim quisermos qualificá-lo, do português
comum angolano

– eis que o plano brotou na minha cabeça... um
cinema aos ares livres, no topo deste prédio, no coração desta cidade. um cinema em que a pessoa traz o
seu banquinho, a sua lata, o seu assento, como antigamente, e onde as horas é que ditam os filmes, de tarde
vamos atacar os jovenzinhos, à noite poderemos fazer
sessão mesmo de novela com a colaboração da TelevisãoNacional, e depois as sessões para adultos

– filmes pornográficos? com gemidos?

– são filmes para adultos, e o nosso cinema é de
uma antiga modernidade, por isso lhe chamei oitava
arte

– mas tás a falar de quê? – MariaComForça levantou-se com ar impaciente, em retirada

– vamos voltar ao tempo do cinema mudo, onde
apenas ficam no ar os murmúrios e os comentários das
pessoas, isto vai ser um negócio do caraças...

a mão de JoãoDevagar ergueu-se lentamente e os
olhos de Paizinho e de MariaComForça viram-se na
obrigação de a seguir: o dedo esticou-se e o prédio vizinho era apontado como se de um caminho longín-

quo se tratasse, lá, o galo triste debicava o chão seco, fendido pela força diária do sol

— apresento-vos a sala de cinema GaloCamões!, que é nosso vizinho e será a nossa mascote viva sem riscos de excessiva proximidade

Paizinho olhava incrédulo para o galo, semicerrando os olhos: tratava-se de um galo desmunido do olho esquerdo, mas não entendia muito bem a referência ao tal nome «Camões»

— assim que estejam preparados — JoãoDevagar mudou de tom. agora falava num tom vulgar, menos profético — Paizinho vai tratar das entradas e de acomodar as pessoas. e tu, Maria, se quiseres, patrocinas umas vendas de comidas e bebidas, antes e depois da sessão, para também não sujarmos muito o cinema. eu vou falar com a vizinhança e combinar as percentagens, noves fora a minha parte que tive a ideia e sou o gerente, ainda por cima dei um nome ao cinema que vai deixar muita gente com inveja: GaloCamões!

— tá bem — concordou finalmente MariaComForça —, parece boa ideia, quando é que vais começar?

— se tudo correr bem, amanhã

depois de falar com os principais vizinhos, JoãoDevagar estava plenamente convencido de que a ideia era boa, mobilizara Paizinho e até o VendedorDeConchas e o Cego para o transporte de algumas cadeiras para cima

— mas o tio JoãoDevagar não disse que era assim de cada um trazer seu próprio banco?

– cala a boca, miúdo, você não tem experiência de negócio, nem tem respeito nos mais velhos. e os dikotas, vão também aguentar de subir essas escadas ainda mais trazer banco? não fica burro, este é um cinema com regras de antigamente, mas do futuro também. não te esqueças, é a oitava arte, o GaloCamões será respeitado e falado em todo o mundo. essas cadeiras são para o grupo dos mais-velhos, e vamos a trabalhar que já tão a falar muito!

Paizinho ajudava a levar cadeiras e o VendedorDe-Conchas, que deixara o seu saco com o Cego lá em cima, a um canto, estava feliz porque finalmente tinha sido apresentado a Amarelinha, a filha de Odonato e de Xilisbaba

o VendedorDeConchas fazia os gestos devagar para inventar um tempo dentro daquelas horas, porque subitamente sentia que a voz lhe falhava, as mãos calejadas fraquejavam quando a moça se aproximava e lhe sorria

Amarelinha, que normalmente sorria pondo a mão em frente à boca, sentia que o Vendedor olhava para ela e para os seus dentes amarelados com uma simplicidade frontal

e também ela e as suas mãos hábeis tremiam sob o olhar dele

sentado no canto que lhe fora atribuído, sob uma sombrinha colorida e furada, o Cego sorria com o que lhe haviam dito, que ele não teria que pagar entrada, porque no cinema GaloCamões «os desvisuais» tinham lugar cativo embora não valesse a pena ficarem muito à frente, tapando assim a linha de visão de outros ao Cego estava reservado um canto onde, dizia o gerente do cinema, o vento ao fim da tarde e à noitinha fazia um deliciosa curva, o que deixaria o Cego numa postura privilegiada para, ao sabor da brisa, escutar os maravilhosos filmes que ali iriam ser exibidos

– mas você não disse que esse cinema não vai ter som? vou ficar aqui só de paisagem, sentado, a não ver nada? – queixou-se o Cego

– estou mais avançado que isso, mais-velho, não se preocupe, o cinema GaloCamões é mesmo o cinema da oitava arte, eu não estou a brincar. e o oitavo artista, digamos assim, o que fará deste cinema algo monumental para não dizer monovocal, são as pessoas. a assistência participativa!

– como assim?

– não vamos ter som, senão o som que as pessoas quiserem. são as pessoas, isoladamente ou em conjunto, que são convidadas a esboçar pelas suas próprias bocas o som do filme... você consegue imaginar? vai ser uma maravilha!

quando ia voltar às suas ocupações, MariaComForça teve que parar antes de cruzar a escuridão do primeiro andar

num recanto húmido, depois de se habituarem ao escuro, os seus olhos viram as mãos de um homem, belas e cuidadas, percorriam o corpo de uma jovem mulher

ela, com o corpo molhado de suor e das águas que escorriam, gemia em consonância com o toque do homem, beijavam-se à bruta, as suas línguas buscavam os pescoços e as orelhas um do outro, as mãos enfurecidas tentavam retirar as roupas ou, desconseguindo, descobriam caminho entre as roupas para roçar e apertar os bicos duros dos seios da mulher ou do sexo duro do homem

MariaComForça olhou para trás, com receio que mais alguém descesse e, ainda longe da zona onde a água pingava, sentiu-se molhada, com um suor quente nas mãos e entre os seios, a sua pele eriçou-se e a frescura do lugar fê-la deixar-se deslizar até ao chão: via tudo melhor agora

os gemidos dele, os gemidos dela, e a mão de MariaComForça entrando pelos seus panos adentro e tocando o seu sexo quente, gemeu ela também e logo cerrou a boca para evitar ruídos

a sua outra mão buscou água fresca na parede e trouxe-a ao seu pescoço

MariaComForça soltou uma lágrima sentindo um prazer que lhe havia começado na boca, descendo pelos seios, indo pelas costas, arrepiando-lhe as nádegas e chegando, depois do sexo, à sua trémula mão, no instante exato em que o homem gritava de prazer e a mulher batia com fúria na água do chão como se o ruído ou o salpicar do refrescante líquido pudessem apaziguar, ou exponenciar, os espasmos que os seus quadris exerciam sobre o sexo ainda duro do homem,

compondo as roupas e a respiração, Maria-ComForça levou um susto que se sobrepôs ao prazer, não porque de repente o homem e a moça tivessem olhado para ela, ou para o lugar onde ela se havia escondido, mas porque, sob a penumbra, ela havia reconhecido o rosto

tinha a certeza, era o senhor Ministro do lenço amarelo.

sentindo no corpo um calor pegajoso, PauloPausado despertou tarde, já a sua namorada havia saído há muito de casa

o ar condicionado não funcionava, nem a ventoinha, e levou algum tempo, o jornalista, a aperceber-se de que não tinha luz em casa, resolveu tomar um duche frio, vestir-se, e beber da água quase morna que encontrou ainda na geleira

viu que estava atrasado, tinha conseguido finalmente uma importante entrevista com RibeiroSecco, o homem a quem chamavam DomCristalino, por estar há muitos anos envolvido com questões aquáticas, trabalhara anos no MinistérioDaIndústria, passando por outros postos no tempo do falecido SocialismoEsquemático e foi privatizando os lugares, as fábricas e até algumas das pessoas que se viram envolvidas com o seu trajeto

homem de costas quentes, protegido de gente graúda do comité centralizado do Partido, cresceu enquanto figura e homem de negócios, de tal modo que, de repente, o Partido entendeu que a relação de forças se havia invertido e que agora muita gente, dos mais variados setores sociais angolanos, na realidade dependia da boa vontade e de negócios controlados por DomCristalino

entre os boatos que já corriam há algum tempo, estava a informação de que parte da recente crise no fornecimento de água era um complô feito por gente muito graúda, na tentativa vanguardista de privatizar o bem que, no futuro, seria o mais precioso dos recursos naturais no continente africano e no mundo,

nesse aspeto, e noutros, DomCristalino estava muito além do seu próprio tempo e há anos que vinha fazendo movimentações políticas e jurídicas e tinha já conseguido privatizar montanhas com nascentes de alta qualidade e volumoso caudal, comprou vastas porções de terra justamente pensando no número de rios e riachos que as banhavam, sendo que assim, aos poucos, sem grande alarido, foi acumulando tantas ilhas de terreno que já se calculava que uma significativa parte do país, rica em água, estava em seu nome ou no nome de familiares que viviam sob o seu nepótico domínio

um bando de advogados, bem pago, estava há anos preparando o combate que DomCristalino estava prestes a vencer: a privatização da água em Angola, sendo que, e isto era um pressuposto desconhecido e simultaneamente incondicional, o grande Chefe teria que ser seu aliado

era preocupado com tudo isto que PauloPausado se dirigia à empresa de Cristalino caminhando já enervado, chutando pedras soltas na calçada e frutas que haviam tombado durante a noite, o jornalista remoía a sua antecipada frustração, afinal, nessa esperada entrevista, que perguntas poderia fazer?, até onde iria a benevolência de DomCristalino caso as suas perguntas fossem honestas e incómodas?

DomCristalino era um empresário bem mais refinado do que outros que Paulo conhecia, era até um homem de estudos, coisa rara no curriculum de muitos a quem a sorte e a estratégica situação social ofertara, de bandeja, ou a riqueza em bruto, ou excelentes trilhas abertas que davam acesso, em pouco tempo, a quantidades astronómicas de dinheiro

nesse tabuleiro, RibeiroSecco, o DomCristalino, era um jogador excelente

– não foi avisado? – atirou a secretária, arrogante

– sobre o quê?

– as entrevistas de hoje foram todas canceladas, DomCristalino está muito ocupado

– compreendo. e ele não disse quando é que será a entrevista?

– qual entrevista?

– a que ele me ia dar

– acabei de dizer que foi cancelada

– sim, mas deveria haver uma outra data...

– ah, mas isso é outra entrevista, o senhor vai ter de esperar o nosso contacto – terminou a secretária

naquele momento, DomCristalino, na sua luxuosa viatura, dirigia-se à reunião com o Ministro e o americano, onde também seriam abordadas questões do seu

interesse, segundo lhe informou o próprio Ministro,
que, por alguma razão, considerou ser interessante in-
cluí-lo no primeiro encontro

Cristalino era homem de poucas falas, que em
oportuna ocasião decidira aproximar-se do ainda não
Ministro, na altura já com promissor futuro político e
relações diretas com o grande Chefe,

esta aproximação veio a revelar-se benéfica para
ambos, pois por várias vezes se complementaram ao
longo das respetivas carreiras: no que um entendia de
abrimento de portas, o outro conhecia de estratégia fi-
nanceira, e se um se foi instalando nos meandros da
política nacional, o outro foi-se tornando exímio en-
tendedor dos domínios económicos da nação

pois há anos que DomCristalino entendera ser sobretudo a manipulação de capitais sociais a determinar
o sucesso da carreira de todas as individualidades angolanas do pós-SocialismoEsquemático

«a diferença entre um mero vivaço e um vivaço esclarecido», pensava PauloPausado, «é que o primeiro
tem manias inúteis e fala sobre o que não entende, já o
segundo escolhe as manias que vai tendo e raras vezes
fala sobre o que já entendeu... o resto é peixe miúdo!»

na rua, caminhando perdido nos seus pensamentos, PauloPausado controlava a respiração de modo a
contornar o calor intenso que sentia

felizmente estava perto da BarcaDoNoé

adorava aquele lugar que era, na sua opinião, um dos mais suspeitos bares de Luanda, no que a palavra «suspeito» pode ter de interessante no linguajar luandense

o dono do bar, um velho de idade incalculável, barba branca, corcunda suave e mãos mais antigas que o tempo, atendia pelo nome de Noé

– bom dia, senhor Noé – cumprimentou o jornalista, cuja voz sinalizava já o aviso de uma sede agravada

– aqui é camarada Noé, que eu sou do tempo da antiga. sai uma cerveja assim bem gelada para matar todos os micróbios?

– isso mesmo – sorriu Paulo

a assistência, chamada permanente, era formada por um conjunto de indivíduos de fronteiras de cores e origens diluídas, uma destas figuras, a quem há muitos anos chamavam simplesmente de «o Esquerdista», chegava cedo à BarcaDoNoé, bebia cerveja a qualquer temperatura, lentamente, e carregava consigo uma cansada pasta diplomática de onde retirava inúmeras folhas de papel, escritas à mão

– mas isso é um livro do tipo bíblico ou foge mais para um simples manual de instalação de um qualquer produto científico? – metiam-se com ele os demais presentes, rindo à forte gargalhada do seu ar tímido mas irritado

– quando chegar a hora, saberão... – dizia o Esquerdista, em tom sério

a cerveja na BarcaDoNoé era uma das mais bem geladas da cidade e o segredo, sabido e público, residia

na enorme arca que não havia sido desligada nunca –
assim reza a história – desde o dia onze de novembro
de mil novecentos e setenta e cinco, o fio que a alimentava, diz a voz do povo, é muito comprido e está ligado
a uma determinada casa onde a luz não falta

– isto queria muita gente saber... e ter. mas não é
para todos! não se esqueçam, meus amigos – dizia com
a voz banhada em orgulho – foi desta arca que saíram
as cervejas de celebração do dia nacional da independência, incluindo as garrafas de whisky e de champanhe que o falecido camarada Presidente Neto mandou
guardar aqui, horas antes da pura dipanda!...

fez uma pausa em busca de detalhes e prossegiu

– isto não é propaganda, até os cubanos quando
chegaram ao porto de Luanda passaram por aqui antes
de seguirem para Kifangondo, este bar tem história,
meus amigos...

os olhos do Esquerdista brilhavam e a sua cabeça
anuía em confirmação

PauloPausado, já com a sede aplacada por uma
bem geladíssima nocal, pediu a Noé que levantasse o
som, pois a televisão emitia um direto com o próprio
Presidente de Angola

– um pouco de silêncio, se fazem o favor – disse o
Esquerdista

confirmou-se assim oficialmente, na figura do comandante em chefe das forças armadas, Presidente da
república, chefe do governo, Presidente do conselho
de ministros e do conselho da república e do mpla, e
patrono da FESA, que era verdade o que Paulo ouvira

dias antes, da boca do seu amigo ManRiscas, quanto
à função da comissão, agora já instalada, que atendia
apelo nome de CIPEL

mais esclareceu o Presidente que a população deveria manter-se disponível e paciente para colaborar
com todos os trabalhadores envolvidos no projeto,
pois a atuação da Comissão Instaladora do Petróleo
Encontrável em Luanda era em prol do bem-estar
da cidade e do país, sendo que essa ação inaugurava
uma nova fase da exploração do petróleo «on shore»
e até, acrescentou, «under city», nas palavras técnicas
usadas e logo de seguida explicadas

a ideia era muito clara, tratava-se de intensas e va-
riadas escavações no largo perímetro de Luanda que
tinha como epicentro o próprio LargoDaMaianga,
sendo que a esfera de ação se alastrava até depois do
mercado RoqueSanteiro e, para sul, até bem depois do
chamado FutungoDeBelas, ex-casa do chefe de estado
da nação

– mas é só cavar? já conheço essa «problemática
do buraco» – falou um dos permanentes, deixando a
cerveja a morrer por falta de uso – cavar é bem rápido,
mas quero ver quem é que depois vem tapar esta merda... a minha rua tem um buraco que é mais velho que
o meu filho

– shiu!, pouco barulho, camarada, que o camarada
Presidente ainda não terminou

no seu tom solene, o Presidente seguiu as explicações, expondo a metodologia de trabalho, as investigações que haviam sido feitas sem divulgação pública

171

justamente porque não se sabia bem se a escavação e a exploração petrolífera seriam exequíveis, mas agora eram já uma realidade em curso, e a cidade de Luanda, a capital do país, o lugar de acolhimento de revoluções, mas também de pessoas vindas de todas as partes do país quando a guerra se acendia em outras províncias, passava agora, como a província do Zaire ou Cabinda, a contribuir para o engrandecimento do jorro petrolífero nacional

a primeira fase estava concluída, a da confirmação das suspeitas científicas da referida possibilidade, e passava-se de imediato, e com a colaboração da massa cívica mas também policial e militar, às escavações aceleradas que conduziriam a uma iminente exploração do vulgarmente chamado ouro negro

mais detalhes seriam fornecidos à população pelos meios de comunicação social oficiais, mas o trabalho, garantia o chefe de estado, seria executado de acordo com padrões científicos e tecnológicos avançadíssimos, contando com a colaboração de países como os EstadosUnidos, a Rússia, a França, a Índia e o Brasil

– então e os tugas não mamam desta vez? – riu alguém

PauloPausado transpirava olhando no ecrã o plano de substituição de inúmeras vias e respetivas tubagens, da canalização de água e a instalação de enormes tubagens que tinham como função transportar petróleo e gás

bebeu uma segunda cerveja enquanto o direto terminou e os convivas voltavam às suas posições iniciais, o jornalista deixou-se estar um pouco mais, talvez aguardando comentários e reações

– quer dizer – o Esquerdista voltava às suas anotações e falava para ninguém –, pode ser que com isto passemos finalmente ao estatuto de país do terceiro mundo

– como assim? – reclamou um outro. – nós já somos do terceiro mundo!

– isso querias tu – riu o Esquerdista –, querias tu e eu. nós devemos ser lá do quinto mundo ou algo assim...!

com o corpo suado e a visão turva, CienteDoGrã acordou e mexeu-se com a dificuldade causada pelo enorme curativo no seu matako, doía-lhe também a cabeça e tinha os pés inchados,

esgueirou-se pela cozinha, matou a sede, tirou uma fruta e já ia a sair quando se cruzou com AvóKunjikise no corredor

– *só foge quem precisa de fugir...*

– cala masé a boca com essa língua de merda que ninguém entende, nem sabes dizer bom dia em português!

– *cada um fala a língua que lhe ensinaram!*

o jovem apressou-se a sair e AvóKunjikise simplesmente voltou a depositar a garrafa de água dentro da geleira e a arrumar o cesto de frutas de acordo com um critério de cores que ela usava por gosto

CienteDoGrã foi descendo às escondidas pelas escadas, sentindo que lhe faltavam as forças e que estava acometido de uma febre avassaladora, mas tinha esperança e o seu coração alegrou-se quando se aproximou do primeiro andar, com a frescura das águas a fazê-lo sentir-se melhor

— mas você vai aonde? — Paizinho, com dois baldes de água bem cheios, subia as escadas

— cala a boca, seu filha da puta, pensas que eu sou o meu pai que te deixa viver aqui neste prédio em troca desses baldes de água que andas a cartar com essa cara de coitadinho? — Ciente tropeçou em si mesmo, teve que se agarrar ao corrimão, faltavam-lhe as forças

— você está doente, Ciente, ainda por cima com o matako avariado...

— filha da puta, a tua sorte é eu não ter mesmo nenhuma força... quem te deu confiança para me falares assim no meu matako? sobe masé lá onde vais com a merda dos teus baldes, e se abrires a boca — Ciente fazia uma voz assustadora — pode te acontecer duas coisas: ou te dou um balázio ou, se eu baicar antes disso, venho te buscar do outro mundo e afogo-te num desses baldes, tás a ouvir?

Paizinho ficou triste

— desculpa então — baixou o rosto —, algum recado na tua família?

— cala masé a boca — desandou, trôpego, CienteDoGrã, escadas abaixo — a falar do meu matako a esta hora, parece lhe dei confiança... filha da puta, cona da mãe dele...

lá fora, o sol chicoteou-o com uma onda violenta de calor e fraqueza, as suas pernas falharam, a sua ferida ardeu, a sua cabeça girou por dentro

MariaComForça viu-se impossibilitada de fazer mais do que assistir a tudo

um grupo de seis polícias, depois de pontapear os artigos que vendia, e de se deliciar, às gargalhadas, com a comida que ela começara a grelhar

aproximou-se do corpo desmaiado apenas para ver do que se tratava, um gritou «deve masé ser drogado, dá--lhe já umas bofas para ele te sentir», o outro, mais atento, viu que os panos amarrados à cintura poderiam esconder algo que valia a pena investigar

– você conhece esse indivíduo? – perguntou o polícia responsável pelo grupo

MariaComForça fez uma cara que poderia significar tudo

– perdeste a voz? então vais nos acompanhar na esquadra para ver se te dá vontade de falar

Edú, que por força da circunstância do seu inchadíssimo mbumbi passava muito do seu tempo à janela, entendeu o que se passava

a polícia levou Ciente para o interior da viatura

depois de algum debate e choro de MariaComForça, resolveram que não a iriam levar, pois é certo que ela poderia ceder à tentação de contar ao chefe deles tudo o que tinham feito antes de capturarem o indivíduo com o remendo no matako

– você então fica com a missão de avisar a família

– esse miúdo está ferido

175

– primeiro que não é assim miúdo já tipo criança, segundo, que vai ser observada a situação e atuaremos de acordo com os factos conclusivos... – concluiu o polícia, fazendo sinal ao condutor para arrancar.

quando terminaram os brindes, o americano sentiu-se quase bêbado

foi convencido, sobretudo pelo senhor Assessor, de que seria muito indelicado, até culturalmente, recusar o bom whisky que lhe ofereciam, porque a reunião tinha sido um sucesso e haviam sido dados passos significativos em torno da questão cipelina

antes de abandonar a sala, Raago foi prevenido em português e em inglês, de que não deveria de modo algum contactar com a imprensa, estatal ou privada, sem o prévio consentimento do Ministério que o tinha contratado

– vamos almoçar?

– queria ir hotel, cansado da noite... – o americano tentou

– não, vamos almoçar num lugar porreiro, náice pleice, very good, você vai gostar. peixe grelheited, com feijão... como é que se diz, feijão?

– what?

– feijão, com óleo de palma

– palma?

– palma! mufete. mu-fe-te, já vais ver, lets go

DomCristalino assinou alguns papéis e revelou estar apressado para um compromisso

– então falamos mais tarde, para acertar alguns detalhes – disse o Ministro

– com certeza

ao sair do Ministério, Cristalino observou que o motorista tentava manobrar a viatura e, como o sol estava demasiado forte, deixou-se estar à sombra, aguardando

aproximou-se dele, de repente, o Carteiro

– camarada senhor Cristalino, desculpe nesta interrupção, conheço o mais-velho mesmo até da televisão

– ouve lá, não estou para conversas, toma lá mil paus para comprares uma cerveja – DomCristalino ia tirar o dinheiro do bolso interior do seu impecável fato

– desculpe, camarada Cristalíssimo, não se trata nada disso, não estou necessitado de dinheiro, muito agradecido

– como assim?

– venho simplesmente deixar-lhe na consideração de uma missiva

– o quê? porra, é com cada língua portuguesa...

o Carteiro retirou da sua mala um envelope comprido que passou ao empresário

– é uma carta, escrita em papel de vinte e cinco linhas, à moda antiga

– que carta?

– um pedido de viatura

– mas eu não distribuo viaturas, meu amigo

– mas o seu contributo pode ser valioso. eu não pretendo uma viatura dessas de quatro rodas. queria

177

mesmo era uma motorizada, ainda pode ser daquelas
simson dos tempos antigos, ou de preferência uma su-
zuki que demora para estragar... eu sou um camarada
Carteiro

a viatura de Cristalino aproximou-se, o seu motorista deu a volta e abriu a porta, mas Cristalino, pas-
mado com a iniciativa, já abrira o envelope e começara
a ler a carta

– bonita letra – elogiou

– muito obrigado

– e o que faço com a carta?

– se puder fazer chegar a um Ministro desses que
tomam conta dos correios, eu agradecia infinitivamente

– não seria mais fácil eu dar-lhe o dinheiro para
uma bicicleta?

– camarada Cristalino, agradeço até o gesto, se quiser dar uma bicicleta ao meu filho, ainda vou agradecer
mais. agora, para os efeitos da minha profissão, dadas
as colinas na nossa cidade, nomeadamente nos alvala-
des e nos miramares, eu acho que tem de ser um veículo motorizado, ainda que conte apenas com duas rodas.
mas eu penso que é o próprio MinistérioDosTrans-
portes ou outro que deve providenciar o meu meio de
transporte

– muito bem. passe bem, então, leve lá os mil paus
para a sua sede.

quando soube do sucedido, Odonato esteve largos minutos sem conseguir mover-se, não era o corpo que não respondia, era a mente, era o chamado ânimo, esse sopro interno

– *começaram as desgraças... espero que deus não esteja a dormir...* – murmurou AvóKunjikise

Odonato parecia absorto, olhando pela janela, em busca de um lugar dentro do tempo

– julgo que sofro da doença de mal-estar nacional – disse à esposa, sorrindo levemente

– como assim? – Xilisbaba fez a pergunta sem mirar o marido

– o país dói-me... a guerra, os desentendimentos políticos, todos os nossos desentendimentos, os de dentro e os que são provocados por aqueles que são de fora...

os seus olhos e o seu corpo sentiam profunda saudade dos passeios domingueiros com a família, para perto do mar, no chamado BairroDaIlha, mesmo que as calemas estivessem acordadas e os seus rostos fossem banhados e lambidos pelas ondas frias do mar de agosto

Luanda era então, se comparada com a atualidade, um quase deserto urbano onde faltava a comida e a roupa, os medicamentos, sem água ou luz, muitas vezes faltava cerveja ou vinho, as refeições chegavam a limitar-se ao famoso peixe-frito com arroz de quase-tomate, faltavam enlatados mas não alguma fruta vinda do sul e do interior, faltava whisky mas não o peixe-seco, não havia linhas telefónicas estáveis mas as conversas eram abençoadas pelos tardios ventos da madrugada, os sapatos estavam gastos mas as pernas felizes num contentamento de incansáveis noites de kizomba, havia o recolher obrigatório e por isso mesmo as festas se enchiam de uma gente que a garantia em sorrisos e animação até depois das cinco da manhã, não havia cd's nem éme pê três mas os gira-discos suavam e os amplificadores eram tratados com ventoinha para não comprometerem o convívio musical, não se sabia de tantas doenças sexuais nem dos mais recentes hábitos de cobrir o membro com apertados pedaços de plástico mas as praias e os muros e as moribundas viaturas oscilantes sabiam dos corpos refeitos no ato celebrante do amor, nasciam então tantas crianças, morriam outras tantas, nasciam outras mais, as festas pobres serviam mais para rever familiares e vizinhos do que para comer ou cometer exibicionismos de novo riquismo, o mar era mais generoso em peixe

e até as pessoas eram mais brandas,

Odonato começou a chorar devagarinho, AvóKunjikise retirou-se da cozinha deixando-o a sós com Xilisbaba que se aproximou docemente

o homem, a esposa sabia, era fatalmente apaixonado por um outro tempo

– Nato – disse tão baixo que o marido teve de limpar as lágrimas para escutá-la –, faz lá coragem, camar..., querido!... vai procurar o teu filho

– vou sim – fechou a janela

– a gente não escolhe os que aparecem no mundo vindos do nosso sangue...

Odonato ia a sair quando a esposa lhe lembrou de que tinha de levar algum dinheiro, porque mesmo as informações hoje em dia têm de ser pagas

– sabes que não tenho dinheiro

– sei, por isso mesmo acho que deves pedir ao JoãoDevagar ou ao CamaradaMudo

– eu acho que não é preciso, tem de haver gente que ainda sabe falar sem dinheiro nas mãos

Xilisbaba sorriu

e temeu pela exótica inocência do marido.

Odonato passou a mão pela testa, cobrindo um pouco os olhos do sol implacável, e entendeu que há já algum tempo não saía de casa, dentro de si prevalecia um conjunto contraditório de sensações, fazia calor mas sentia-se fresco, deveria estar absorvido pela apreensão de encontrar o seu filho mas foi invadido por um torpor de paz que desejou saber manter

– *o tempo é um lugar que também fica parado* – dizia AvóKunjikise

Odonato não sabia por onde começar mas sempre entendeu que caminhar era um modo de resolver o que ainda não tinha uma clara resolução

quis pensar que a cidade era um deserto aberto e embora estivesse cercado de ruídos, e de tantos edifícios, a ideia fez-lhe sentido, um claro sentido

o que é afinal um lugar cheio de gente humana que se preocupa tão pouco com o outro?, o que é um lugar cheio de carros com gente solitária buscando atropelar o tempo e maltratar os outros para chegar a casa e cumprimentar apenas a sua própria solidão?, o que é um lugar cheio de bulício e de festividades e de enterros com tanta comida, se já ninguém pode tocar à porta de outrem para pedir um copo de água ou inventar uma pausa sob a sombra fresca de uma figueira?

«esta cidade é um deserto», pensou

e caminhando

seguiu pelas sombras que foi encontrando, passou pelo liceu MutuYaKevela, observou o sorriso solto das crianças com as suas batas encardidas e as bolas de futebol dançando em direção à estrada, viu os polícias sorridentes porque haviam feito lucro com o estrangeiro que praticara a manobra proibida, e sentiu uma forte saudade picar o coração, quando chegou ao LargoDoKinaxixi

Odonato viu-se de peito revolto a sentir claras saudades de uma Luanda que ali havia sem já haver, talvez o tempo se sobrepunha para o fazer sofrer, os pássaros de um antigo Kinaxixi com trejeitos de Makulusu cantavam invisíveis no seu ouvido semitransparente,

era ele que falava com a cidade ou era a cidade de Loanda, Luanda, Luuanda, que brincava de namorar com ele?

uma buzina alertou-o para a realidade, apressou o passo e chegou ao largo, mas a buzina insistia e o carro parou

– mô Odonato, comé?

apressou-se a ver quem era

– comé, tás a estagiar ou quê? com esse calor, aí a olhar para lado nenhum? – o homem falava alegremente de dentro de uma antiga viatura. – não tás ma fazer ideia? sou eu, IntendenteGadinho

– oh... Gadinho, grande homem, tudo bem?

– tudo bem, e contigo?

outras viaturas apressaram-se a buzinar para que o diálogo não se estendesse

– entra só, vamos falando, que aqui também não dá pra parar muito

e arrancaram, seguindo Makulusu acima, na lentidão possível que o tráfego autorizava

– comé, a família?

– todos bem – começou Odonato – quer dizer, quase todos

– então?

– sempre o Ciente, com os seus problemas, que depois se transformam em meus problemas

– alguma coisa grave?

– desta vez parece que sim, o miúdo foi baleado, depois foi preso e nem sei ainda onde é que está...

– epá, isso é uma chatice do caraças... e a malta da polícia agora anda rigorosa! mas foi baleado assim como?

– o problema não é como, é «aonde»

– como assim?

– foi baleado no matako

– eh caraças... no matako? mas no matako mesmo? nas bundas?

– nas bundas!, como agora se diz

– caraças... mas foi através de quê?

– de um assalto

– foi assaltado? esta cidade tá terrível

– não, ele é que estava a assaltar

– não me digues... epá, isso assim é mais complicado

– pois é

– e agora?

– agora não sei. só preciso de o localizar, para entender a gravidade da coisa, até porque o levaram ainda ferido

– eh caraças, pópilas... epá, é melhor pararmos nalgum lugar para chupar umas cervejas, assim pensamos
na situação, compro saldo e dou umas ligadelas a uns
cambas para tentar localizar o teu puto

– uma cerveja a esta hora?

– cerveja não tem hora, Odonato, para mais, através do calor, cai sempre bem – Gadinho parecia revi-
gorado com a ideia.

quase caía a tarde

o VendedorDeConchas insistiu com o Cego para
que passassem novamente no prédio daquela entrada
com água fresca, havia-se tornado um ritual de fim de
dia, passarem no prédio, conversarem um pouco, re-
frescarem o corpo nas águas perdidas do primeiro andar do prédio de Odonato

e de Amarelinha

– você quer ir lá ver aquela miúda... – o Cego avisou

– mas qual miúda, mais-velho? no prédio só vive uma miúda? você que nem vê é que já viu isso tudo?

– eu então vejo male..., hum!

o prédio tinha este dom de acolher quem entendesse dever acolher, banharam-se como se fossem os últimos cidadãos do mundo

as águas misteriosamente imparáveis jorravam, ora mais forte ora mais devagar, sobre os seus corpos nus, o Cego entoou uma bela melodia em umbundu que chegou lá acima aos ouvidos da AvóKunjikise

ela sorriu sozinha lembrando imagens que vinham de um tempo tão antigo que, no seu íntimo, ela começava a duvidar que tivesse existido – o tempo da mais--velha Mimi bailando, pela primeira vez na vida, no dia do enterro do seu marido, morto na guerra, e pela guerra, não pelas mãos de alguém, porque não é isso que afinal interessa quando alguém morre, mas morto pelas mãos da vida

– música bonita, essa – o VendedorDeConchas passava a mão pelo corpo imitando um gesto escorragadio que fosse de um sabonete real

– umbundu, língua bonita do nosso Sul... – o Cego ria à toa, forte, como se quisesse sobrepor-se ao barulho das águas – nem sei se estou a cantar à toa ou se quê

– é bonita mesmo assim

– é uma canção de luto... dizem que uma velha é que cantou no dia da morte do marido dela

– isso foi aqui, em Luanda?

– não... isso foi no Bailundo, faz muito tempo...

a tarde deixou-se vencer pela penumbra que vem do mar, as motorizadas gritaram na urgência de quem as conduzia, eram jovens que tinham ficado de ir buscar namoradas para o encontro do dia, gentes que regressavam a casa com fome, era o barulho ensurdecedor das buzinas e das vozes sobre outras buzinas e outras vozes

Odonato regressou ao prédio com os pés e a garganta cheios de poeira, sentia sede e calor, e fez-se aproximar dos ruídos que escutou ali no primeiro andar, do outro lado escuro onde uma vez havia existido um elevador

– você está aqui? todo nu?

– desculpe, mais-velho, viemos através do calor e esta água aqui está muito categórica de nem parar – o VendedorDeConchas fez menção de se aproximar da sua roupa, mas não conseguiu

– tudo bem, eu também estou cheio de calor, acho que vou banhar. vocês dão licença?

– se você é que está em casa, a licença é toda sua – o Cego rematou

brilhos obscuros, relâmpejos de uma cor que imitava um cinza vivo, alguns fulgores de amarelo fosco e até pequenos registos de vermelho brincavam de se refletir no corpo magro de Odonato, o VendedorDe-Conchas passou a mão pelo rosto diversas vezes e o seu espanto era tão evidente que o Cego sentiu, pelo bater do coração, que ele via algo importante

o corpo de Odonato era um misto de massa humana com arejamento visual, além de algumas veias era agora possível vislumbrar os ossos mais próximos da pele, as unhas haviam ganhado novo contorno porque a transparência sugeria uma outra geometria ao seu corpo, distinguiam-se os ossinhos dos pés, nas zonas laterais começava a ser possível detetar as extremidades da bacia e algumas cores incertas bailavam dentro da zona abdominal

parou de olhar porque se imbuiu de um medo profundo de, a qualquer momento, ter acesso não ao corpo mas à alma de Odonato

— não se assustem, é uma condição natural que me está a acontecer

— se outros vissem iam falar que era feitiço

— tudo o que nos acontece é uma espécie de feitiço...

o Cego fez um gesto brusco com as narinas, como se alcançasse, pelo olfato, a transparência de Odonato.

Cristalino chegou pontualmente à casa do Ministro, apesar do trânsito caótico e sem dispor de uma viatura com sirene,

Pomposa havia sido prevenida e tinha preparado tudo à sua moda exagerada, retirara do armário um vasto número de garrafas de whisky escolhidas pela coloração dos rótulos, garrafas de vinho português e sul-africano, champanhe de França, e a mesa foi dividida entre as entradas compradas nas lojas de produtos europeus e os quitutes de preparação caseira que encomendara previamente à sua cozinheira, kitaba, gengibre, quitetas com molho de jindungo e limão, kizaca com camarão, nada não faltava

— senhor Cristalito, seja bem-vindo

— o nome é Cristalino, minha senhora

— queira desculpar, fique à vontade, o Ministro está a chegar, pede desculpa pelo atraso

— se calhar eu cheguei cedo de mais

— não..., o senhor chegou à hora prevista, o Ministro é que ainda está no trânsito

— ele circula com sirene, não é?

— circula, sim

— e mesmo assim...

— e mesmo assim...! eu que o diga, não posso contar com o Ministro para nada – Pomposa ajeitou o soutiã como se medisse os próprios seios –, para nada

— a senhora sempre se refere ao seu marido como «o Ministro»?

— não me chame de senhora...

— devo dizer «mulher do Ministro»?

— Pomposa, só Pomposa

— compreendo

— e vai beber o quê?

— whisky

— com muito gelo?

— sem nenhum gelo

— o meu avô dizia que os verdadeiros homens bebiam whisky sem gelo

— existem homens sem ser verdadeiros?

— claro que existem, são os paneleiros

188

uma barata deu três voltas à sala antes de pousar na mesa de centro. uma barata voadora, nada discreta, de antenas longas e mirada curiosa, mas sobretudo diferente pela sua coloração, ou melhor, descoloração: tratava-se de uma barata albina, esbranquiçada sem ser transparente, achatada sem ser comprida

– ai meu deus – Pomposa tremia, imobilizada.
– será uma daquela baratas feiticeiras?

Cristalino sorveu o resto do seu whisky, pousou o copo perto de si, com o pé esquerdo, lentamente, descalçou o sapato do pé direito, sem nunca deixar de mirar o inseto

– eventualmente pode tratar-se de um bicho feiticeiro... mas isso são crenças pouco certificadas – mexeu-se um pouco, para testar a atenção da barata –, em zoologia esse processo, dona Pomposa, atende pela designação de ecdise, ou mesmo «muda»

baixou-se, acariciou o sapato e continuou olhando alternadamente para a mesa e para os olhos esbugalhados de Pomposa

– o processo da ecdise é controlado por hormonas chamadas ecdisteróides...

– mas é uma barata albina... e voadora!

– tenha calma...

a barata albina moveu as antenas na direção de Cristalino, num gesto que fosse de aprovação, reprovação ou mera atenção

– esta «muda» pode tratar-se de um simples estágio intermédio, de crescimento. é durante este processo que o animal fica branco mas, depois de alguns dias, retornará

189

à cor normal. claro que, segundo os nossos testemunhos nacionais, há baratas que passam uma vida inteira com este tipo de coloração...

– acho que ela vai voar de novo

num gesto rápido, o sapato italiano de Cristalino sobrevoou o seu copo de whisky e chegou à mesa antes mesmo que Pomposa tivesse tempo de se assustar e a mulher foi visitada por uma espécie de fascínio

o Ministro entrou com um olhar quase humilde

– desculpem por este atraso, o trânsito

– apesar das sirenes... – mirou-o Cristalino –, já começamos a abusar do seu whisky

– ora, o que é isso... essa bebida é nacional

– mais para uns que para outros

– são as regras do jogo

– são as regras do nosso jogo...

– tá pronto o jantar, Pomposa?

– estamos sempre prontos

– é melhor falarmos agora, não fico para o jantar – preveniu Cristalino

– não mesmo? que pena – Pomposa suspirou

– vai lá ver se o jantar está pronto

– mas se o nosso amigo não fica para jantar

– é um modo de dizer, filha, vamos falar de política

Pomposa recuou para a cozinha como se usasse um dom fleumático para retirar os volumosos seios da sala

– tudo tratado, meu caro, tudo tratado. e o Chefe já disse que o negócio é para avançar

– a sério? o Chefe?

– sim, falei com ele, após o último conselho de ministros, mas há uma questão que fica no ar

– diga – Cristalino mostrou-se curioso

– a extração do petróleo vai avançar, disso já ninguém duvida. mas o Chefe está muito preocupado, essas estórias científicas que andam por aí

– o quê?

– os subsolos de Luanda, essas camadas de não sei quê... o chefe quer ouvir mais opiniões. pensei também naquele miúdo maluco, o cientista, o angolano mesmo

– você deve estar a brincar, ó Ministro... então nós temos aqui um especialista americano, com nome de matako e tudo, que vem certificar as investigações... então o camone vem cá, fica connosco, recebe uma massa, certifica, volta lá para o país dele e, agora, um cientista angolano é que vai falar? nem pense nisso

– não sei, Cristalino... as bocas da oposição, e as próprias preocupações do Presidente... é tudo uma questão de segurança nacional. a cidade capital...

– a cidade capital é de todos nós... e vamos avançar, sim. é justamente sobre isso que eu lhe quero falar... e que você quererá falar ao Presidente um dia destes

– o quê? as licitações? está tudo tratado

– não... ainda não está tudo tratado. você e os seus amigos que se licitem na exploração do petróleo, mas a verdadeira questão da segurança passa pela perfuração e pelas tubagens

– as tubagens?

– as tubagens. o transporte tanto do petróleo, como da água. as canalizações vão ser encontradas, retiradas,

repostas... isso é que não pode ficar na mão de qualquer um. e eu estou preparado para o futuro

– o futuro? – o Ministro bebia mais whisky para
entender melhor

– o futuro!

– como assim?

– assim mesmo. depois das escavações, vocês orien-
tem-se com o petróleo. eu quero é a água

– isso o Chefe não vai permitir

– o Chefe só ainda não sabe que vai permitir

– shiu, fale baixo, homem

– ouça, porque às vezes uma pessoa enriquece só
de ouvir

– diga, Cristalino

– eu não quero a água. a água é como o whisky, é
um produto nacional

– você quer o quê, então?

– eu só quero transportar a água. toda a canalização
de Luanda! privatizada, barata, a funcionar em condições

– ahn...

– tá a ver como é bom ouvir? – Cristalino serviu-
-se de mais whisky –, ouça, senhor Ministro... com
tantos canos novos a serem instalados, e tantos outros a serem removidos, vai-se instalar no subsolo de
Luanda um labirinto de canos de petróleo, de gás e
de água... não podemos correr o risco de essa canalização ser pública! não se esqueça, quem determinar
o preço do transporte da água, determina o preço da
água...

Cristalino bebeu o seu whisky de um trago só e ficou, impaciente, esperando que o raciocínio ecoasse na cabeça do Ministro

– entendi!... brindemos – propôs o Ministro

– com água, por favor!

quando Odonato chegou a casa já tinha terminado o episódio diário da telenovela brasileira

Amarelinha estava na cozinha com a AvóKunjiki-se, explicando os detalhes de algumas conversas que a avó por vezes desconseguia de acompanhar, e inventa-do outras possibilidades para diálogos que não tinham ainda acontecido. era uma pós-ficção, paralela à novela, que era hábito das duas há muitos anos

– Nato, tás bem? tens o cabelo todo molhado... – Xilisbaba foi recebê-lo junto à porta

– estive a tomar banho no primeiro andar... o Ga-dinho, já ligou?

– ainda

– ele vai tentar descobrir onde é que está o Ciente

– queres comer alguma coisa?

– não, obrigado, estou bem – entrou na cozinha, serviu-se de um copo de água, ficou a apreciar a con-versa das duas mulheres. – as duas comadres!... – ex-clamou docemente

– ah, pai... deixa só – Amarelinha parecia bem--disposta

– compraste mais conchas hoje? vi o teu amigo, o VendedorDeConchas, lá em baixo, no primeiro andar... – Odonato riu

– hoje não comprei, ele ofereceu-me algumas

– hum...! – suspirou Odonato

– hum...! – suspirou AvóKunjikise

– vá, menos fofocas... vou buscar uma toalha para secares bem a cabeça – Xilisbaba saiu da cozinha em direção ao quarto

– não é preciso... vou lá para cima, no terraço, ali seca-se o cabelo e arejam-se as ideias

no terraço Odonato encontrou uma nova configuração montada, com cadeiras alinhadas, as antenas abandonadas compondo uma interessante instalação decorativa, alguns caixotes, montinhos de lixo que alguém já tinha varrido, e as pessoas que lá estavam, aparentemente, entregues a uma qualquer atividade solene

Odonato sentiu-se triste, repentinamente triste

um sorriso invadiu-lhe o canto da boca, as coisas mudam, a vida é assim mesmo, com os seus ritmos e regras

sofre, portanto, quem se deixa ficar, de lembrança e coração, no desértico lugar a que chamam passado, o «seu» terraço, a «sua» decoração, tudo havia sido alterado – e é sempre assim que sucede quando num terreno coletivo usamos plantar as raízes da nossa singular intimidade

– sente-se, vizinho, estamos no campo da experimentação teatrológica, cinematografal e performática...

assistiam, com pesadas expressões no rosto, Paizinho, JoãoDevagar, o VendedorDeConchas, o CamaradaMudo e até o Cego

– sente-se, vamos começar uma sessão experimental de teatro humano – JoãoDevagar ajeitava a sua cadeira de lado, limpava o pó primeiro, mostrava-se entusiasmado –, ainda se vai falar disso nas bródueis!

o CamaradaMudo anuiu em ser o primeiro a falar

– de tanto me chamarem o nome de CamaradaMudo, quase esqueci o meu nome. para dizer a verdade, de cada dia procuro ainda só outro dia. de gostar, é mesmo só a música. de descascar, pode ser batatas, cebolas, fruta, como côco ou outras, e ainda coisas de ter paciência

– muito bem, CamaradaMudo... – JoãoDevagar olhava para o palco como se visualmente ajustasse algum detalhe – tá a ver, vizinho Odonato, isto é o teatro da confissão... cada um vai ali e só fala uma coisa de dentro... tem que ser mesmo de dentro, dos presentementes ou dos passados, a vida de cada um... ah, as encantações do teatro...!

Odonato apercebeu-se de que eram só homens, momento raro na cidade e no prédio, estarem assim, em aceitação de um jogo proposto em improviso e pela misteriosa vontade de JoãoDevagar

jogo de falar, de se confessar, como dizia o autor da cena, jogo de brincar de dizer aos outros, por poucos minutos que fosse, uma verdade profunda que nos invadisse a boca, uma verdade das atuais ou das antigas

uma verdade só

quase celebração humana e, mais raro, era que os presentes haviam levado o jogo a sério

– e uma coisa assim de agora, uma coisa especial?

– bem, de falar assim só mais um bocadinho... para falar mesmo... – o CamaradaMudo esperava que as palavras trouxessem afinal outras palavras para dizer o que dentro dele havia de ser dito – é que... mesmo ultimamente... esse camarada Carteiro que nos visita com as cartas dele... anda a me trazer umas cartas que até nem são para mim, mas é que ele diz que devem ser para mim... e me lê... é isto que eu vinha dizer

o CamaradaMudo voltou ao lugar e o Cego sentiu o cheiro da sua transpiração nervosa, um suor miudinho que lhe brotava entre os dedos das mãos e aí se misturava com os inúmeros outros cheiros acumulados da atividade de descascar o que outros não tinham paciência para descascar

– pode ir o mais-velho agora

o Cego fez gesto leve, de nem precisar de ajuda, havia lido nas entrelinhas do som as coordenadas do lugar e foi à frente, nem se aproximou da berma como o VendedorDeConchas receou, e nem se perdeu no caminho de chegar à cadeira do ator que falaria

– eu de dizer, falo é do que vejo... que é assim uma coisa de os outros nunca entenderem, porque só nós é que sabemos. se ando na companhia desse jovem? é que os jovens têm velhos dentro deles... de tempos mais antigos que já aconteceram. quando você nasce, esse tempo cai dentro de você... e você, na vida, como nos dias de criança, é que nunca tá sozinho... se ando

com esse jovem, é na conta do gesto dele, quase meu
sobrinho ou poderia ser filho também, e no cheiro das
conchas que ele apanha e vende, que eu lhe respeito nessa profissão de pedir ainda no mar e na Kianda
para retirar as conchas... que são como brinquedos da
Kianda... mas de falar assim, falo mesmo é de ver...
quer dizer, de ouvir e de sentir as coisas... hoje mesmo
vi este cinema com a distribuição das cadeiras e estou
a lhe gostar muito... até porque...

o Cego desmanchou-se numa gargalhada tão minúscula que realmente parecia o contraexercício de um
ator profissional, um riso bonito e sem som, como vulto ou sombra de sol nenhum

— eu até nunca vi desses filmes de malcriado que
vão passar aqui com estrangeiras a gritar e tudo... já
ouvi assim de estar longe num bairro... mas dizer que
vi, nunca vi mesmo!

o Cego voltou ao lugar, abanando a cabeça de um
lado para o outro, de um modo contente, ainda inacre-
ditando nas palavras que acabara de proferir, a postura
dos outros era de maior respeito, e, ao regressar, o VendedorDeConchas ajudou-o a sentar-se

— Paizinho — JoãoDevagar falou forte —, sigas para
o palco!

— mas eu, tio João...?

— sigas, aqui não há discriminação de mais-novo!

largou os panos e sentiu claramente que não sabia
onde pôr as mãos, evitou estar de pé, tentou sentar-
-se, sentiu um ardor nos olhos que o levou a buscar o
céu, olhou para cima, estendeu a pausa do seu silêncio

pesado e, quando finalmente fixou a audiência, era outra pessoa:

– se for de falar assim – a voz era outra – então mesmo é só no assunto da guerra e da minha mãe... que a guerra quando ela me assustou de cair eu já tava a correr – no ar dançavam ruídos – e eu que nem deu de voltar em casa para ver se os meus irmãos tinham quê... – a voz, que era outra, falhava –, de correr mesmo com a fome e a sede e as feridas nos pés, que depois andámos com um comandante até hoje que nem me lembro de quantos quilómetros, só de dias, que foram muitos...

o tom que era desconhecido tornava-se demasiado próximo

– e que até para dizer a verdade que de noite ainda estou a sonhar com esses dias de uma coisa que sempre me acontece de repetir no sonho, quando eu lhe sonho à noite... – no ar, os ruídos cessaram a sua dança. – e que é... assim de falar nas palavras... a coisa que eu não consegui de gritar... eu não consegui de gritar o nome da minha mãe... que até hoje ando a lhe procurar...

voltou a pegar no seu pano de limpar as coisas, sentou-se lá atrás, recuperando a respiração, voltando do lugar de onde ainda não tinha conseguido regressar

– a mim me chamam só de VendedorDeConchas, para falar aqui assim, de falar mesmo, não é de abuso nem de falar à toa... é que eu ando a aprender muito com o mais-velho Cego. uma pessoa, quer dizer... nunca se ajuda sozinha, se tem um outro próximo dele. uma pessoa às vezes não é só de ser ajudada, é que também faz bem no coração ajudar o outro, não estou

a falar da minha boca, estou a falar coisas que o mais-
-velho Cego é que me falou, é que às vezes ele também
não sabe que fala de noite, a dormir... então a cidade de
Luanda é isso, que uma pessoa assim anda a se desenrascar na venda das conchas, a atacar as madamas que
têm mais dinheiro, se não tem dinheiro a gente pode
ainda fazer negócio de trocas... e nas moças bonitas é
mesmo de oferecer... mas a pessoa... o que é importante mesmo assim é estar bem, feliz... coisa que eu lembro desde o início, é que gosto de mergulhar e vender
conchas... a Kianda é que me protege...

Odonato sentiu que teria de falar

levantou-se devagar mirando as suas próprias mãos
e deslocando-se com a lenta velocidade de um conde-
nado tímido, havia entendido e incorporado as regras
do jogo, e na curta caminhada procurou tirar da mente
a ideia da profunda apreensão que sentia em relação
ao filho

ajeitou-se na cadeira e continuou a mirar as mãos,
levando a assistência a fazer o mesmo

ergueu-as, ambas, virando-as para a plateia como
quem exibe parte da sua intimidade, uma leve brisa
fez dançar as antenas mais antigas e despertou o galo
zarolho no outro prédio

– shiu... dorme lá, pá, ainda não é de madrugada, ó
vizinho, queira lá desculpar as intromitências do GaloCamões, nossa mascote cinematográfica – e JoãoDevagar calou-se

– primeiro foram as mãos, as pontas dos dedos...
não é que fosse assim de ficar transparente no corpo

199

como eu agora estou mesmo a ficar, e vê-se... no início,
as mãos é que ficaram mais leves... e as dores de estômago desapareceram...

Odonato virou as mãos para si mesmo e falava
olhando só para elas

– um homem, para falar dele mesmo, fala das coisas
do início... como as infâncias e as brincadeiras, as escolas
e as meninas, a presença dos tugas e as independências...
e depois, coisa de ainda há pouco tempo, veio a falta de
emprego, e de tanto procurar e sempre a não encontrar
trabalho... um homem para de procurar para ficar em
casa a pensar na vida e na família. no alimento da família. para evitar as despesas, come menos... um homem
come menos para dar de comer aos filhos, como se fosse
um passarinho... e aí me vieram as dores de estômago...
e as dores de dentro, de uma pessoa ver que na crueldade
dos dias, se não tem dinheiro, não tem como comer ou
levar um filho ao hospital... e os dedos começaram a
ficar transparentes... e as veias, e as mãos, os pés, os joelhos... mas a fome foi passando: foi assim que comecei
a aceitar as minhas transparências... deixei de ter fome
e me sinto cada vez mais leve... estes são os meus dias...

e voltou a olhar cada um nos olhos, incluindo o
Cego

– este é o corpo que eu agora tenho – levantou-se
para voltar ao seu lugar

fez-se sentir o silêncio

– meus amigos – JoãoDevagar não conseguia esconder a emoção – não sei como agradecer... não é da
ajuda de virem aqui arrumar o nosso cinema da oita-

va arte... é mesmo do contributo de gente humana, o mundo há de saber que aqui, no terraço do nosso querido prédio, em Luanda, hoje, a esta hora, um grupo de homens testemunhados por um galo que não vê lá muito bem... hoje, esse grupo de homens fez teatro! teatro à moda antiga, à moda dos duros!, porque... só os grandes homens choram na companhia solitária de outros homens – cruzou as mãos no peito –, fim de citação, meus amigos, boas noites e sejam felizes!

sem tocar na geografia das cadeiras ou das antenas, Odonato deixou-se estar longas horas na berma do prédio observando a azáfama de carros circulando pelas artérias vastas ou apertadas da cidade de Luanda

um brilho de saudade interna iluminou-lhe o coração e o homem cedeu à tentação de abrir a sua camisa para espreitar desajeitadamente o seu próprio peito, mas a transparência ainda não permitia que Odonato observasse com os olhos o que lhe invadia as veias

– Nato? é o quê? – Xilisbaba estranhou o gesto

– é o quê o quê? – Odonato fechou a camisa

– dores no peito?

– dores no coração

– a sério?

– dores no coração de sentir. deixa lá, minha mulher, os médicos já me garantiram, sofro de saudades acumuladas

Xilisbaba sorriu e afastou, como fazia há anos, o marido da berma do prédio

– sofro de uma desorganização de saudades

– não me faças rir, Nato

201

– é verdade, hoje é que entendi bem isso. tenho saudades em todas as direções, não tenho só saudades do passado. tenho saudades até de coisas que ainda não aconteceram

– agora pareces a minha mãe a falar

– pareço mesmo... mas diz, o que foi?

– telefonou o Gadinho

– e então?

– localizou o Ciente numa esquadra, deixou indicações, mas...

– diz

– ele disse que é uma esquadra muito complicada e que ele já teve makas com o comandante de lá, não te pode ajudar

– bom, ao menos sabe-se onde está o Ciente, ele disse mais alguma coisa?

– disse que conseguiu falar com um dos guardas que dorme lá

– e então, querem dinheiro?

– não, parece que não

– querem quê?

– amanhã eu falo com a MariaComForça, para ela te preparar uma cesta

– mas os guardas querem quê?

– bife com batata frita! disseram que se levares a mais, eles dão o resto ao teu filho

– filhos da puta!

– é a vida...! ainda bem para nós, porque bife com batata frita acho que consigo arranjar. agora se pedissem dinheiro era bem pior

– tens razão

Odonato encostou o seu corpo ao de Xilisbaba

ela sentiu-se mais a si do que a ele

– também estás mais leve?

– estou

– Nato... tens de comer, filho – Xilisbaba suplicava

– não tenho de comer, Baba... não comer só me tem feito bem, já te expliquei. deixei de sentir dores no estômago, sinto-me melhor, penso melhor, talvez vocês também pudessem experimentar

– já falámos sobre isso, Nato, todos menos as crianças

– está bem

Odonato voltou à berma do prédio, olhou o céu de Luanda, viu o galo esconder-se, depois ficou imóvel de corpo suado e hirto, como uma estátua bem esculpida

– a verdade é ainda mais triste, Baba: não somos transparentes por não comer... nós somos transparentes porque somos pobres.

quando abriu a caixa, as suas mãos dançavam sob a luz da sala

eram mãos delicadas que, por enquanto, dedilhavam páginas, mexiam nas folhas, verificavam pequenos sacos plásticos.

os dedos afinavam a intensidade da luz. depois buscavam o copo. o copo próximo aos lábios, a respiração do whisky seco, o pousar do copo.

o intenso silêncio

vinha de longe, mais longe que as fronteiras da cidade. um silêncio esquisito, manto que convidava a mais silêncio.

os dedos não acusavam os dias de espera. a última caixa havia finalmente chegado. como um puzzle dividido em partes. decidira há muito só montar a arma quando chegasse a última parte do seu segredo.

os dedos limpos, não trémulos, não acusavam a impaciência do gesto ou a ansiedade da espera. doze caixas. agora não tinha como escapar ao destino.

...

um homem é feito do que planifica e do que vai sentindo. de correntes de ferro que o prendem ao chão e de correntes de ar que lhe atravessam o corpo em ecos de poesia.

verdade e urgência.

[das anotações do autor]

há anos que PauloPausado, o jornalista, alimentava o hábito de passar certas manhãs sozinho, revendo notas dos seus diários antigos, revistando e recortando revistas e jornais de várias partes do mundo, ouvindo música, deixando-se estar, horas a fio, na janela do seu apartamento olhando a cidade

a namorada saía cedo, porque ia trabalhar ou porque tinha os seus regulares encontros com a chata da sua mãe ou porque Paulo era, nessas manhãs, uma outra pessoa

embrenhado na densidade fugidia dos seus silêncios, já com as mãos sedentas de uma tesoura que fosse violar as inúmeras páginas que os seus olhos haviam percorrido dias ou meses antes

e a namorada pensava que

com a exceção dela própria e da sua mãe, todos os angolanos tinham alguma paranoia com armas ou armamentos, todos tinham um estória para contar que envolvia uma arma, uma pistola, uma granada ou pelo menos uma boa estória que envolvesse um tiro, ou uma rajada de tiros, alguns tinham cicatrizes no corpo, outros atribuíam a cicatrizes várias os impressionantes episódios que efabulavam por força de necessitarem deles,

um modo, digamos assim, coletivo de vivenciar a guerra e os seus episódios, os combates e as suas consequências, mesmo que fosse de ter ouvido falar, ou de se ter escutado na rádio, antigamente, nos dias em que a guerra de facto havia sido um elemento cruel mas banal da realidade e, ainda hoje, dissociar a guerra do quotidiano era quase um pecado

e de arma em arma, de tiro em tiro, de conversa violenta em brutal descrição, o fantasma da guerra circulava livre – em cada canto de Angola, nalgum momento, ainda que fosse nos primeiros instantes das manhãs mais limpas, alguém estaria disposto a sacrificar o seu silêncio para falar, mesmo que implicitamente, de uma qualquer guerra, a sua ou a do vizinho, da sua família ou do enteado que viera de uma província mais sofrida, injetando nos casamentos, nos funerais, nas horas de trabalho, nas danças, nas artes e até no amor, uma quase inata perícia de falar sobre esse monstruoso assunto como quem, suavemente, e sem medo, afagasse o dorso de um monstro raivoso e atormentado por uma falsa paz em aparência de exaustão

assim, no modo de agir, de reagir, de receber os outros e de ir lá fora contar em muitos termos a ferida nacional, o angolano investia grande parte de sua imaginação em lembranças que o mais das vezes não eram suas, ou projetando no passado o que poderia ter acontecido, ou fazendo claríssimas alusões a um futuro que por sorte não aconteceria e, bem revistas as coisas, afinal, em se tratando de tamanha cicatriz social, a verdade é que qualquer um, sem pedir autorização aos demais, podia de facto recorrer à chave mágica da palavra para abrir o gigantesco cofre onde o monstro decidira viver

«a guerra», dizia-se, «é uma lembrança sempre a sangrar, e a qualquer momento você abre a boca, ou gesticula, e o que sai é um traço encarnado de coisas que você não sabia que sabia»

todos os angolanos tinham, portanto, alguma paranoia com armas ou armamentos, todos tinham uma estória para contar ou um episódio por inventar

– vou sair, amor – a namorada disse, já na porta

o jornalista mantinha a tesoura na mão e os sofás da sala cheios de uma imensidão de revistas, a campainha tocou de modo certeiro e duplo, fazendo-o imobilizar-se como se tivesse sido apanhado em alguma atividade imprópria

– abre a porta, senão arrombo já esta merda

depois o riso grave e espampanante do coronel Hoffman

– não é cedo demais para uma visita, senhor coronel?

– não existe cedo quando a vida tem pressa, rapaz!, não te lembras do que dizia aquele kota brazuca?

o tempo não para de passar... temos que celebrar enquanto há tempo...

– vamos celebrar o quê? – o jornalista dirigiu-se à geleira

– vamos celebrar só assim!... quer dizer, a vida mesmo. amanhã não se sabe quem ainda estará por aqui, meu rapaz... que venham elas, as benditas cervejas e o malogrado whisky... hoje é hojemente!

era um desses dias em que a cidade tinha acordado mais agitada do que ela própria era, homens fardados e devidamente equipados haviam começado bem cedo a escavar as artérias e as esquinas de Luanda, que as escavações haviam começado, e poucas ruas escapavam à trepidação gritante das máquinas, cercadas por improvisados tapumes, nalguns casos, em outros não, de modo a que tudo fosse sendo feito aos olhos da população, «não há segredos!», anunciava um jornal, «a moderna escavação chegou à capital», anunciava outro, e era isso, essa absurda e repentina eficácia que excitara ManRiscas, ou coronel Hoffman, ao ponto de procurar o seu amigo tão cedo

– vem aí o fim do mundo, para alguns... o começo do paraíso, para outros... haja contas bancárias para aguentar os rios de dinheiro que vão correr – o coronel começou com duas cervejas bem geladas e com o olhar sugeriu a PauloPausado que lhe fizesse a omelete como ele gostava, três ovos bem batidos com chouriço picado, muita cebola, pó de caril escuro e gengibre cortado em fatias finas mas visíveis –, quem viver, enriquecerá!, ahahah!

– e quem não tá metido no negócio?

– meu filho, a vida é assim desde que JesusCristo foi pendurado na cruz: quem pode, pode, quem não pode, sacode e segue em frente, se lhe deixarem

– então os «cipelinos» começaram com toda a força?

– é Kinaxixi, é BairroOperário, é Alvalade, é Maianga, ninguém escapou, é só furar! olha aí – Hoffman havia trazido o JornalDeAngola fresquíssimo e cheiroso –, também podes ler em voz alta porque assim poupo os olhos e a voz

– os títulos?

– quais títulos!, isso é para os bois dormirem, as notícias mais verídicas aparecem pequenas e discretas, espreita na página sete...

um curto texto, solene e conciso, falava abertamente das funções da empresa ÁguasCristalinas, responsável, também, por algumas zonas de distribuição de água potável mas, sobretudo, e em nota discreta, quase a finalizar, o documento assinado por membros do governo e do Partido cedia a esta nova companhia muito anónima o direito, e o dever, de assegurar a instalação de uma nova rede de tubagens, «de qualidade e reconhecimento internacional», para o transporte e fornecimento da água potável em Luanda,

criada por despacho ministerial e aprovação do mais alto membro do governo angolano, sobretudo na fase de intensas escavações anexas ao projeto CIPEL, mas com a possibilidade de se manter «por alguns anos» a respetiva e supracitada autorização, repetia o documento, permitia o transporte e a distribuição da água potável à larga maioria da população residente na cidade capital

— isto sim, parece-me inédito

— inédito? isso não é nada... já tinha ouvido falar disso. e o nome da empresa? deste conta?

— o nosso amigo Cristalino!

— nem mais

— agora é que o caldo está entornado — o jornalista sentou-se para repousar o corpo, respirar fundo e recusar a oferta de um último e pequeno pedaço da omelete

— também seria indelicado aceitares o último pedaço... para mais, estando tu na tua própria casa, e sendo eu teu convidado de longa data...

— lá isso é verdade — verteu o jornalista um sorriso apagado, entristecido

— não fiques assim, camarada — Hoffman deu-lhe uma forte pancada nas costas — ação... reação!

— qual reação...

— esperar, observar e depois agir

— há um excesso de calma que me angustia

— mas há mais ovos?

— na realidade, é apatia... em vez de atacar o inimigo, busca-se um buraco no chão... ou um céu imaginário...

— calma lá com as poesias a esta hora da manhã, venha de lá o nosso whisky para uns momentos de intensa reflexão e fecha o jornal que já tou arrependido de ter te mostrado essa merda

– ok. calma, calma... – Paulo levou o prato para a cozinha e guardou os recortes dos jornais que estavam espalhados na mesa da varanda

o ruído das britadeiras com várias linguagens técnicas faladas em português, inglês e chinês chegaram à sua janela

espreitou

o Carteiro tentava entregar as suas cartas na entrada de uma clínica privada, importunando os médicos que chegavam nos seus jipes

– ó homem, vá trabalhar – respondeu um médico, pouco bem-disposto

– mas se é isso mesmo, senhor doutor, se é isso mesmo que eu quero... trabalhar com competência, entregar todas as cartas, todas, as de agora e as atrasadas, mas fazer isso e chegar ao fim do dia feliz com a minha profissão e as boas condições do meu trabalho...

– deixe-me passar, não tenho aqui dinheiro para lhe dar

– você está a confundir-se, doutor

– como?

– você está a confundir-se, porque eu nem sequer lhe pedi nenhum dinheiro, ou não é isto?

– sim, mas então...

– então que eu ando a pedir duas coisas diferentes, e as pessoas, como só estão habituadas nos pedires de dinheiro, ficam assim confusas com a minha requisição de atenção... desculpe lá os simples palavreados de um pobre Carteiro

– homem, não lhe posso ajudar

213

– mas se não pode ajudar, pode pelo menos compreender, ou não é assim? eu ando a pedir duas coisas muito simples, uma é a atenção, ou seja, a compreensão das pessoas. a outra, é que cada um faça o pequeno esforço, uma vez só, como eu faço em toda a minha vida: entregue uma carta minha, senhor doutor! uma!

– é isso? uma carta? mas isso não é tarefa sua?

– minha, é verdade. sou um transportador, e a pé, ainda por cima, mas qualquer pessoa nesta vida, de repentemente, pode ser requisitada a transportar ou entregar uma carta, está a entender, senhor doutor?

– acho que sim

– e eu peço-lhe uma coisa até simples, entregue uma carta, esta carta – passou-lhe a carta para as mãos –, a quem você puder. eu preciso de me locomover motorizadamente, senhor doutor. cada um tem os instrumentos da sua profissão, o senhor tem esse ouvidor de corações, o seu carro, a sua clínica – a seriedade do Carteiro era absolutamente convincente. – assim como assim, será pedir de mais?

o médico meteu a carta na mala

já os guardas vinham perguntar do episódio, se o médico precisava de ajuda, se se trataria de um maluco disfarçado de Carteiro, ou de um bêbado insistente, mas logo reconheceram o Carteiro e, sorrindo, afastaram-se

– a vida é feita de compreensões, camaradas, cada um com o seu trabalho, eu vou entregar mais cartas

estando tão perto, decidiu ir ao prédio

cumpriu o ritual dos seus sorrisos, cumprimentou MariaComForça que já havia despachado mais de quarenta e tal sanduíches motorola, como eram conhecidos os oblongos pedaços de pão com chouriço dentro, lembrando, pelo formato, os primeiros modelos de telemóveis vistos em Angola

– vai um motorola, camarada Carteiro?

– até já matabichei de manhã, dona MariaComForça, mas agradeço

– de nada...

– vou subir então

– faça-me ainda um favor, camarada Carteiro

– diga

– avise ao CamaradaMudo que já pode começar a descascar tudo, lá para a hora do almoço vamos ter uma sessão especial

– «sessão» é como então?

– ah, não sabe? até vou lhe convidar, se estiver perto, mais logo suba no nosso terraço, o meu marido está a organizar um cinema todo novo

– afinal?

– sim

– obrigado

ia subir, devagar, o Carteiro

parou

ali, entre as estranhas águas, o seu corpo inventava, por dentro, uma dança de sabor esquecido

– eu digo que este prédio tem feitiço...

os pés mexiam-se como notas de um piano epilético, tremiam os seus joelhos, espasmavam-se os músculos do pescoço e era nítido o repentino avolumar das calças reclamando um exercício impróprio para aquela hora

o Carteiro deixou-se estar, numa súbita frescura que lhe invadia a alma, ébrio mas sóbrio, cerrou os olhos e passou a ouvir a orquestra de sons brandos que o prédio lhe trazia

vozes de gente que acordava, pés que se arrastavam nos andares superiores, frases soltas em umbundu que desciam lentas pelo corredor vertical que fora um dia usado pelo elevador, sons de água a esmagar-se no chão, o som claro de um galo debicando o chão do prédio vizinho, o abrasivo mas suave xaxualhar das árvores da Maianga, o ruído dos baldes de Paizinho no terceiro andar, a voz de NgaNelucha ralhando com o marido Edú para que este não usasse sempre a desculpa do gigantesco mbumbi para se furtar aos banhos

o Carteiro abriu os olhos e caminhou em direção ao quinto andar onde um polido disco de vinil emitia a voz de RuyMingas entoando, dolente, uma canção que o Carteiro não ouvia há anos

minha mãe, tu me ensinaste a esperar, como esperaste paciente, nas horas difíceis

Paizinho viu o hipnotizado Carteiro passar por ele sem cumprimentar e também sentiu o apelo da música, mas era cedo de mais para ir lá acima e tarde de mais para o atraso que já havia acumulado nas entregas de baldes de água e lavagem de viaturas,

mas em mim, a vida matou essa mística esperança, eu não espero... sou aquele por quem se espera...

no quarto andar, NgaNelucha saía de casa vestida como se fosse para um concurso de misses e, mesmo querendo não olhar, o Carteiro não pôde deixar de reparar nos sapatos roxos, na saia justa, no soutiã pequeno de mais para os seios avarandados, no forte cheiro a perfume, e no modo como aquele corpo usava o acidentado terreno das escadas para simular pequenas oscilações dançantes na vastidão daquelas poderosas pernas

nós as crianças nuas... os garotos sem escola, a jogar bola de trapos...

quando chegou ao quinto andar, o CamaradaMudo sorria paciente, quase para dentro, detentor dos segredos das suas músicas de vinil, constante banda sonora – mesmo quando silenciosa – daquele prédio misterioso, roto, pobre, por onde a vida se passeava em celebração

nos areais ao meio-dia, nós mesmos, os contratados...

a faca afiada oscilava em rápidos movimentos de corte, as cascas caíam-lhe aos pés como se rissem, a porta aberta dançava com o vento breve, a agulha na aparelhagem lia o disco como a voz do oráculo lê a vida

somos os teus filhos, dos bairros de pobre, com fome e com sede,

com vergonha de te chamarmos mãe,

com medo de atravessar as ruas, com medo dos homens

somos nós, a esperança em busca da vida...

conseguiu, vagaroso, o Carteiro aproximar-se finalmente do CamaradaMudo, este afastou a faca da batata húmida deixando os seus grossos dedos pingarem sobre o silêncio da manhã quando a música estancou

– desculpe, mais-velho, mas esta música é de mais
– o Carteiro limpou as lágrimas do rosto, mostrou-se embaraçado
– deixa lá, meu filho, eu choro muitas vezes também... é só que estamos mais habituados de chorar quase sozinhos... conhecias esta música, não?
– conhecia, mas não lhe dava encontro há muito tempo
– hum..., as músicas é que andam a nos perseguir
– o CamaradaMudo voltou ao seu ritmo de descascar as infinitas batatas insinuando, com uma discreta sinalética, que o Carteiro entrasse, se servisse de água e mudasse o disco para o lado b.

lá em cima, inventando novas arrumações, João-Devagar exercitava o seu controlado nervosismo para o evento marcado para aquele esplendoroso dia, por volta da hora do almoço: a sessão inaugural, especial, das misteriosas performances do cinema GaloCamões, no cimo do seu prédio, ali, no bairro esburacado da Maianga, no coração da sua querida cidade
– não fosse esta luz tão forte, teríamos aqui uma bela sessão!
JoãoDevagar já espalhara a palavra, ludibriando a realidade luminosa com a pressa do seu despreparo profissional

era óbvio para outros profissionais do cinema ao ar livre que a hora do almoço não seria o momento indicado para tentar inaugurar um projeto daquela natureza. mas se JoãoDevagar atropelava as suas próprias ideias com frequência, a verdade é que era igualmente bom na arte da improvisação social. convocara a mulher a fazer vários petiscos e a reforçar as doses de bebidas, convidara vizinhos e gente estratégica das artes da ociosidade luandense, o que incluiu alguns amigos de bairros mais distantes e até alguns profissionais da área jornalística, imprimindo assim à inauguração a merecida cobertura audiovisual. até o jornalista Paulo-Pausado recebera um convite enviesado pela via do seu vizinho do terceiro andar, o que regularmente grelhava peixe no corredor do prédio, e estando à conversa solta com o coronel Hoffman, este também acabaria, até pela quantidade de sangue no whisky, por aderir ao evento

a multidão foi conduzida ao espaçoso terraço por Paizinho que, nessa manhã, poucos serviços aquáticos conseguiu prestar, tal era o número de novas implicações que a sua função exercia, carregar cadeiras, limpar grelhas para os pinchos que MariaComForça grelharia com limão e jindungo para os mais fortes, e com mostarda ou azeite para os de certa azia,

como sempre acontece em Luanda, muitos dos que ali estavam juntaram-se a improvisadas comitivas sem saber do motivo da reunião social, mais porque souberam que haveria comida e bebida num lugar arejado, à hora do almoço, num local improvisado e peculiar, o terraço de um prédio famoso de Luanda, cheio de estórias acerca de um primeiro andar com águas misteriosamente frescas, como confirmou quem por lá passou, que causavam ao corpo e à alma uma animosidade diferente e renovadora que se revelava, agora sabiam, muito difícil de explicar a quem lá não tivesse ido

foram convocados os homens que habitualmente frequentavam a BarcaDoNoé, incluindo o barrigudo Noé, que se fez acompanhar, para não se sentir deslocado, do amigo a quem chamavam o Esquerdista, este com a sua antiga maleta e as respetivas anotações, grupos de jovens curiosos também foram autorizados a comparecer, passava na Maianga o cantor PauloFlores que foi recebido em ovação coletiva, os do prédio também compareceram, Edú trouxe o seu banquinho ajudado por Paizinho, acomodou-se num canto estratégico de onde observava, alternadamente, a sorridente multidão, as ocupações verbais e gestuais de JoãoDevagar e até as oscilações de cabeça, ora verticais ora diagonais, do galo no prédio ao lado, como se tentasse participar, uma vez que não fora convidado, escutando os restos de voz e música que lhe chegavam aos ouvidos

perto da bancada da comida, que saía a bom ritmo, enormes arcas de esferovite com muito gelo continham cervejas de todos os tamanhos e marcas, MariaComForça sorria feliz pelo ritmo das vendas e requisitava constantemente a Paizinho a reposição do estoque, Amarelinha, a filha de Odonato, montou na entrada uma pequena banca onde vendeu os colares e as pulseiras de missangas ornamentadas com pedacinhos de madeira ou conchas compradas ao VendedorDeConchas que, naquele instante, espantado com a numerosa multidão, chegou ao recinto acompanhado do seu amigo mais-velho, o Cego

– Amarelinha... você por aqui? – o VendedorDeConchas não sabia que palavras usar para falar com a moça

– é... muita gente, vim vender, não sei se vai ser assim todos os dias

– e o teu pai, está no prédio? não vem?

– o pai saiu, anda a procurar o Ciente que não temos bem notícias

– ahn, está bem. e a avó, está bem?

– bem, obrigado

JoãoDevagar pediu um minuto da atenção dos presentes, alguém gritou «duvido que seja só um minuto», riram, beberam mais, mas deixaram que o silêncio, vagaroso, se impusesse

a pausa estratégica de JoãoDevagar chamou a atenção dos presentes, ao cheiro dos hálitos de cerveja juntava-se o fumo suave vindo das enormes grelhas, o ruído de algumas garrafas sendo pousadas nas extremidades do terraço, o arrastar de pés do Cego que se foi sentar perto de Edú, o som pouco discreto da mão de Edú coçando com veemência o seu gigantesco testículo de estimação, mais o cheiro quase unificado da chamada catinga coletiva

JoãoDevagar sabia usar estes elementos na convocação que fazia da multidão esperou, estendendo a pausa e, quando ela se tornava intolerante, estendeu o braço, em busca do futuro, pensaram alguns, mas na direção do galo vesgo, soube o Cego que, lá está, sem ver as coisas concretas que os outros viam, é um ser que a seu modo vê as coisas antes de quem realmente as pode olhar

– às vezes o negócio... a diversão... e as nossas obrigações sociais estão muito perto de nós – tossiu JoãoDevagar, intencionalmente – os ares livres desta cidade, o maravilhoso clima do nosso país, e aqui na nossa urbe, nomeadamente, esta proximidade com o mar e com a modernidade do país, e a visão simples de um galo

a multidão viu o galo finalmente, e o galo, afetado pelo peso de tantos olhares, baixou a cabeça, esgueirou-se para um canto mais recuado, a multidão riu

– sim, digamos, um galo performático e arrojado, com uma estética digna de um nome maior das literaturas da tal língua portuguesa... quase um ator, mas do outro lado do muro... um galo é que me inspirou para esta ideia, senhoras e senhores

bateram palmas, assobiaram, o coronel Hoffman pediu mais uma cerveja, entraram sorrateiramente no recinto os fiscais DestaVez e DaOutra, e uma jovem mulher, de cabelos claros e óculos escuros

JoãoDevagar não se deixou perturbar

– é neste contexto cultural... gastronómico – apontou para o lado onde MariaComForça acatava as suas palavras sorrindo – que em Luanda se estreia assim mais um lugar, digamos, um lugar cultural... estão aqui

222

presentes alguns membros da nossa comunidade artística... jornalística... e socialística... gentes do nosso bairro, de outros bairros e julgo até que pessoas do fórum internacional, salvo seja, também, as onús e as óénegês – sorriu na direção da jovem estrangeira que não havia entendido a menção à sua pessoa –, porém, é importante referir que, dois pontos... este espaço cultural vai receber o digníssimo nome de «GaloCamões» – a multidão suspirou em uníssono, – respeito maior à nossa pequena mascote que será preservada ali numa distante vizinhança... até porque, nos dias que correm... nalguma emergência de apetite, sabemos que alguns elementos da nossa sociedade – JoãoDevagar olhava para Paizinho, que tentou disfarçar –, são capazes de atitudes grelhadoras perante qualquer animal que circule vivo na vizinhança...

– despache lá o papo, homem, a cerveja está a aquecer! – gritou aguém

JoãoDevagar não gostou, mas como a multidão caísse numa grande gargalhada, achou melhor juntar-se ao protesto

– tem razão o apressado e etílico amigo... passemos aos finalmentes

– viva Odorico! – o mesmo homem gritou provocando uma gargalhada geral que fez estremecer o prédio

– o camarada tenha a bondade – disse JoãoDevagar já irritado – de se abster à sua vez de falar e cometer a devida inscrição se quiser discursar... haja respeito, trata-se aqui de uma sessão solene, para mais estão aqui presentes mais-velhos – apontou para o Cego, – até gente que já apareceu na televisão devido a condições fisiológicas por de mais extraordinárias – apontou para Edú –, ou até mesmo embaixadores das boas vontades e uma das grandes vozes do contexto musical nacional – apontou para PauloFlores, e a multidão voltou a cair em grande ovação

a jovem jornalista sorria e tirava fotografias aos presentes, não se apercebendo de pelo menos duas coisas de que os angolanos não gostam muito, uma – que nada tem que ver ainda com a presente situação – é que uma mulher esteja numa festa e não dance com ninguém, e a outra, esta sim, mais pertinente para o caso, que desatem a tirar fotografias sem se identificarem ou explicarem o objetivo de tais obturais disparos

– de modos que a cultura, esse vastíssimo campo sempre com lugar no quotidiano dos luandenses... e até mesmo, segundo ouvi dizer, dos malanjinhos... a cultura não precisa de hora nem de grandes explicações: declaro aberto e inaugurado este espaço cultural, onde, como depois se vai ver e escutar e sentar e beber... poderá admitir os mais variados formatos nas áreas do cinema, tanto das películas como das capacidades humanas, o teatro moderníssimo das confissões improvisadas, bem como outros formatos culturais aqui não divulgados por motivos de estratégia cultural da nossa direção. fim de citação e tenho dito! – João-Devagar ergueu a sua garrafa de cerveja já quente e a multidão bateu fortes palmas misturadas com comentários e risos

– muito bem – Hoffman disse na sua voz forte

– viva Odorico! – o bêbado gritou novamente

os fiscais DestaVez e DaOutra aceitaram, sem pagar, a cerveja que MariaComForça lhes ofereceu, deambularam pela festa, miraram de longe o recolhido galo, trocaram breves palavras com Edú e dirigiram-se intencionalmente à jovem jornalista

– a jovem está munida da respetiva autorização?

– como?

– a jovem faz-se acompanhar da necessária documentação?

– como assim?

– estamos em Angola, minha jovem, aqui os acompanhamentos da comunicação social exigem documentações várias

– não entendo

– mas já vai entender – DestaVez sorriu

– sim, já vai entender – DaOutra confirmou

– e os outros jornalistas, também precisam desses documentos?

– os nacionais são inerentes

– como?!

– os nacionais já são inerentes, minha senhora. a documentação para reportagens, sobretudo de teor fotográfico, custa dinheiro, espero que a senhora esteja preparada

– não sei se entendo

– por sorte nós somos fiscais de funções multifacetadas, poderemos talvez ceder algumas informações e até a respetiva autorização

– os senhores é que fornecem esses documentos? – a moça, séria, quis resolver a questão para continuar com as fotografias – trabalho para a BBC, e sou credenciada

– mas está credenciada para este evento?

– para este evento, especificamente, não... mas no geral...

– no geral é uma coisa – disse, lentamente, DestaVez

– no particular, mesmo que conjuntural... – disse DaOutra – é outra estória

– os senhores quem são?

– somos DestaVez e DaOutra, os fiscais

– fiscais? de que Ministério?

– de vários

– vários? mas quais?

– vários, quer dizer, também os que implicam este tipo de autorização

– não sei se entendo

– isso já percebi, que está com dificuldades em entender. quanto mais difícil de entender, mais difícil de fazer o seu trabalho

– mas é preciso alguma autorização especial para cobrir eventos?

– sim, porque há uma diferença entre comparecer e cobrir – anunciou DestaVez

– sim, há uma diferença – confirmou DaOutra

– mas normalmente...

– minha senhora, isto não é uma situação normal. isto é uma inauguração cultural de teor paralelo...

– como? – a jornalista chegou a pensar que os fiscais estivessem bêbados

– veja bem, a questão é que a senhora precisa de uma autorização. mas só nós sabemos que a senhora precisa dela... não é assim?

– acho que sim

– e só a senhora sabe que não a tem. então para quê complicar?

– os senhores é que estão a complicar

– não, a senhora é que não está a facilitar. se não facilitar mesmo, é que depois aparece a complicação

– e como é que eu «facilito mesmo»?

– por exemplo, com meia cabeça grande

– como?

– meia cabeça grande – explicou DaOutra – é uma nota, normalmente verde, de cinquenta dólares americanos, isto para não cobrarmos em euros, só porque no caso trata-se de uma madame jornalista

– e se fosse homem?

– homem? – DaOutra olhou para DestaVez para que o irmão avaliasse a situação

– homem seria cem euros ou mais

– e porquê? – a jornalista estava irritada

– porque os angolanos são mais simpáticos com as damas

– e se for um angolano que goste de homens?

– que gosta de homens? mas como assim? – DestaVez ficou nervoso

– de homens, se for um fiscal que goste de homens... sabe? nesse caso talvez ele cobrasse meia ca-

227

beça grande a um jornalista da BBC homem... e podia cobrar cem euros a uma jornalista, mulher...

— não estou a par de nenhum caso — DaOutra também parecia confuso

— eu ouvi dizer que os fiscais aqui em Luanda... costumam ser mais simpáticos com os jornalistas homens... não sei se é o vosso caso. aliás, eu ia escrever justamente sobre esta questão... vi tantos homens aqui na festa... até os senhores, que chegaram juntos

— nós somos irmãos de pai

— mas isso, lá na BBC, ninguém sabe...

— bom, então vamos lá resolver as coisas melhor... — DestaVez tossiu. — desta vez a senhora pode prosseguir com o seu trabalho, e fica com esta nota verbal só de prevenção

— agradeço a atenção, senhor fiscal

— muito bem — disse DestaVez

— muito bem, sim — disse DaOutra

— então sejas feliz, como dizem na igreja

— obrigado, senhor fiscal

a multidão foi dispersando, já não havia bebida de graça, a partir do momento pós-discursivo tudo tinha que ser comprado, o que desanimou alguns membros da assistência, sobretudo os que são conhecidos como «patos», extrato social composto por aqueles que, alegremente e quase que em espírito de missão social, se dedicam deste tenra idade a comparecer em casamentos, funerais, batizados, reuniões sociais ou partidárias, aniversários ou ajuntamentos associativos, com o intuito de comerem e beberem sem pagar nada, sobretudo conscientes e orgulhosos do facto de não terem sido direta ou indiretamente convidados

NgaNelucha, a mulher de Edú, veio buscá-lo ao terraço, não só porque o marido já se expusera demasiadas horas ao sol e às imprevisibilidades do contacto social, até jornalístico, mas também porque a sua irmã, uma famosa agente cultural luandense, se encontrava lá em baixo disposta a traçar a estratégia para o usufruto comercial da questão anatómica, e singular, de Edú. foi levado, com a ajuda de Paizinho, sem esquecerem do minúsculo banquinho que há tantos anos o acompanhava

depois de respondidas algumas questões aos elementos da comunicação social, onde JoãoDevagar evitou revelar concretamente que tipo de atividades se fariam naquele espaço, deixando quase tudo em aberto, reiterando com maior ou menor eloquência o que tinha acabado de dizer no improvisado discurso, o principal organizador do evento viu aproximarem-se dele os fiscais DestaVez e DaOutra

— os senhores por aqui?

— não fomos formalmente convidados, infelizmente, mas a informação circula bem em Luanda

— ainda bem

— então você ainda nem resolveu aquela questão dos problemas cambiais...

— problemas? — indagou JoãoDevagar — eu não tenho nenhum problema cambial, senhor fiscal, deve estar a fazer confusão, como está a beber no horário de expediente — apontou para a garrafa na mão de DestaVez

229

o fiscal dirigiu-lhe um olhar sério e irritado, tragou o resto da cerveja de uma vez só, assumindo a garrafa e a ingestão do líquido

— você pensa que pode brincar connosco, seu joão todo devagar?

— não penso nada, senhor fiscal

— quer que eu mande prender a sua mulher e as amigas dela, que ficam lá em baixo a fingir que tão a vender peixe e carne e paracuca de antigamente, e afinal têm dólares escondidos em baixo da comida?

— mas vocês têm que compreender... eu de facto não estou envolvido em processos cambiais paralelos...

— e este centro cultural ou lá o que é? qual é o esquema?

— começou hoje, como podem ver

— e sem licenças comerciais, já imagino

— imagina muito bem — confirmou JoãoDevagar

— pois, mas isto é que é complicado — comentou DestaVez

— é que é complicado — concordou DaOutra

— assim sendo e pelo andar da coisa... pelos vistos aqui na sessão inaugurativa... com tantas pessoas nacionais e até de fora — olharam de novo para a jovem jornalista que lhes piscava o olho — o melhor é você tomar as medidas

— que medidas?

— as medidas preventivas, não vá você ter aqui alguma visita surpresa de alguma entidade dos serviços fiscais

— qual é a vossa proposta?

– nós é que gostaríamos de saber, qual é a tua proposta?

– como assim?

– nem nós nem ninguém mesmo aqui entendeu... o que vai ser isto afinal?

– vai ser um cinema novo... num contexto de modernidade, ainda não se sabe bem

– deixe-se lá de conversas de Sucupira e desbobine o plano

– pode ser tudo... vamos ter sessões para adultos, à noite... podemos ter matinés à tarde, com dança ou filmes, ainda não sei bem

– mais os lucros gastronómicos da senhora sua esposa, grelhados e tal...

– isso, eventualmente

– mas é que nós também fiscalizamos o eventualmente

– entendo

– então ficamos assim... vamos passando, para ver como vai o negócio, e você vai nos passando o cumbú, para nós não vermos oficialmente como vai o negócio...

– entendido

– e as sessões de filmes de adultos não pagamos bilhete

– tudo bem

– só uma pergunta

– diga, senhor fiscal

– e aquela jornalista com sotaque de BBC?

– não conheço

– então deixo-lhe um aviso de amigo... cuidado com ela

– porquê?

– só tem conversas completamente disparatadas, e depois ainda corremos o risco de irem escrever coisas lá fora sobre nós, os angolanos...

– como assim?

– cuidado, é tudo o que lhe digo

– está bem, vou ver isso. mas ela é do contra, ou quê?

– meu amigo, você sabe... o contra depende de quem você está a favor, não sei se me entende...

a jornalista havia aproveitado para conhecer outras pessoas do prédio e, não tardou muito, já tinha metido conversa também com o VendedorDeConchas e o Cego, apresentando-se ao silencioso CamaradaMudo, e com eles foi descendo as escadas para conhecer os apartamentos e as pessoas, fascinada pela peculiar e diversificada abrangência humana do prédio, e digladiando-se com a sua própria dificuldade em entender quem é que, no meio de tantos nomes e ocupações estranhas, vivia de facto no prédio

– e a água? ninguém resolve esse problema?

– mas que problema?

– a água lá embaixo, aquilo parece uma cascata, e as pessoas têm que ter imenso cuidado para subir

– não, não é preciso ter tanto cuidado, preciso é conhecer – respondia, sério, Edú –, se você não conhece, não deve subir. mas se você não conhece, também, já é um aviso para nós: então o quê que você veio fazer aqui?

— eu?

— não, não você. qualquer pessoa, está a entender?

— então a água não é um problema?

— mas a água na sua terra é algum problema? a água é para todos, chega aqui ao prédio, e é distribuída. qual é a maka, minha filha?

— maka?

— maka é problema

— entendi

— maka grossa é problema mais complicado

— maka grossa?

— sim, maka grossa. e ainda tem «maka mesmo»

— maka mesmo?

— que te acontece só assim. que te afeta, pode ser na tua vida ou no teu coração

— no coração também pode haver «maka»?

— então não pode? você que é tão jovem não sabe disso?

a jornalista riu e concordou com a cabeça, NgaNelucha é que já não estava a gostar muito da situação

— ó Edú, ainda agora estavas tão cansado, disseste que tinhas de ir repousar o mbumbi em casa, agora já tás a dar aulas de kimbundu?

— ó filha, não é nada disso

— pois, tou a ver a «maka»... maka loira, é outro tipo de maka!

chegou ao corredor, ao ponto de os ver entrar em casa, a irmã de NgaNelucha, uma mulata de beiços acentuados e ligeiramente descaídos

— meu cunhado preferido! – cumprimentou, alegre

233

– minha cunhada com os lábios mais bonitos de Angola! – Edú abraçou-a como podia, uma vez que o inchaço no entrepernas tornava este momento sempre algo embaraçoso – apresento-te aqui esta menina internacional que diz que não tem makas no coração

Fató não se moveu, atirou à estrangeira um olhar tipo raio-x, causando à jornalista o incómodo que NgaNelucha não conseguira

– vamos entrar e falar de negócios, que não tenho o dia todo – apressou-se a entrar em casa da irmã. – dê--me licença, minha jovem

– adeusinho – falou Edú, a meia voz, desculpando--se com o olhar perante a atónita jovem

– obrigado por tudo – as suas palavras embateram na porta que se fechou

Paizinho estava por perto e, entusiasmado, ofe-receu-se novamente para continuar a mostrar-lhe o prédio, o jovem respondia alegremente às perguntas, contava pequenos segredos do prédio, como entrar sem ser notado, como sair sem ser pelo rés do chão, e das imensas estórias que o tempo se encarregava de manter e de aumentar

– há quem diga que este prédio tem vontades pró-prias... assim, que acontecem coisas – a jornalista falava baixinho, nos corredores do primeiro andar, observan-do o modo estranho e calmo como as águas escorriam imparáveis das paredes

– é só a pessoa esperar e ver... aqui mesmo aconte-cem muitas coisas, eu quando passo aqui me dão ou-tros pensamentos na cabeça

– você é daqui, de Luanda?

– não, sou do Sul. saí de lá através da guerra

– como era a guerra?

– a guerra não é de se falar, dona... você mesmo conheceu uma guerra?

– só em fotografias. o meu avô esteve na guerra muitos anos

– fotografia? como assim? dá para ver guerra numa fotografia?

– não... não dá... – a jornalista baixou o olhar –, e quem é a mais-velha que vive aqui no prédio?

– é uma senhora também do Sul

– e vocês falam na vossa língua?

– eu desqueci a minha língua. talvez no dia que eu encontrar a minha mãe

– onde está a tua mãe?

– até nem sei, ando a lhe procurar, hoje mesmo vou na televisão, no programa que encontra pessoas

– e encontram mesmo?

– você tem de acreditar primeiro...

sorriu Paizinho

o corpo molhado içando mais um balde de água.

na sala, além de DonaCreusa, que foi autorizada a comparecer, estava o Assessor SantosPrancha e o Ministro

os fiscais DestaVez e DaOutra entraram ainda a tempo do brinde, mesmo sem saberem a razão da celebração, ficaram contentes com os quitutes e a quantidade de champanhe que ali se apresentava

– viva a distribuidora ÁguasCristalinas! – disse DomCristalino.

– viva o precioso líquido – piscou o olho, o Ministro – e a preciosidade dos líquidos em geral!

– viva! – disseram juntos os fiscais.

DonaCreusa ficou mais afastada e recolhida, esperando que lhe atribuíssem um copo, coisa que ninguém faria, não fosse a delicadeza de Cristalino

– não bebe, a senhora?

– depende – adiantou-se o Assessor

– como depende? depende só da sede dela, e da vontade, então – dirigindo-se só a ela – bebe um champanhe?

– aceito, senhor Cristalino

– acho bem, beber dá sorte

– e mata a sede! – rematou o Ministro

pela porta entreaberta ouvia-se o telefone tocar na secretária de DonaCreusa, ela foi atender

– quem? sim... só um minuto – dirigiu-se ao interior da sala – desculpe, senhor Ministro, está na portaria o americano

– qual americano? – o Ministro esquecera-se por completo

– o do matako, o... como é o nome dele, Dona-Creusa?

– Rambo... Rango...

– Raago – corrigiu Cristalino

– sim, isso mesmo

– então? – o Ministro virou-se para Cristalino
– então que se junte a nós, ainda há champanhe
– que o Rambo se junte a nós, DonaCreusa! – o
Ministro parecia sinceramente alegre

o americano vinha com os relatórios provisórios
das primeiras visitas de campo

o seu ar de desassossego e as notas escritas que
apresentava eram preocupantes, confirmadas as suspeitas, as escavações – já iniciadas – não estavam devidamente mapeadas, os riscos que se corriam com as
perfurações e a trepidação não alcançava, nem de perto
nem de longe, o nível de segurança que internacional-
mente se considera aceitável

o perigo estendia-se, portanto, aos prédios e habi-
tações da cidade, o que incluía até edifícios governa-
mentais, a assembleia da república, o porto de Luanda
e a casa onde vivia o próprio camarada Presidente da
república

Cristalino entendeu que o americano tentava estas
cartadas para dar ênfase ao seu alerta

– vamos lá com calma, senhor Raago! acredito que
há um modo de se fazer as coisas, isso foi estudado,
está planificado

– yes, but not very well planificado

não haviam sido considerados os gases recentemente descobertos e agora corretamente avaliados,
nem a localização, isto é, a profundidade exata a que se
encontrava o petróleo, e com as escavações, explicava o
nervoso cidadão americano, o que inicialmente era um
quadro controlado mas ameaçador agora desmultipli-

cava-se numa perigosa combinação de riscos aparentemente incontornáveis

os fiscais serviram-se de mais champanhe, Santos-Prancha, nervoso, abriu uma nova garrafa de whisky, o Ministro atendeu o seu ruidoso telemóvel

– meus senhores – quase gritou Cristalino –, vamos lá pôr ordem nesta casa!

os fiscais pararam de beber, DonaCreusa retirou-se fechando a porta, SantosPrancha bebericou devagarinho do seu whisky quente, o Ministro desligou imediatamente o telefone

– senhor Raago, vou falar em português uma coisa importante, mas se o senhor não entender, diga-me, que eu posso traduzir

– ok – Raago também ficou apreensivo

– não há riscos incontornáveis neste país... – Cristalino falou tão devagar que parecia enunciar uma revelação bíblica. – entendeu bem a minha frase?

– ok, i got it

– as obras já começaram, milhares de túneis e buracos estão a ser abertos neste exato momento, os tubos foram comprados, as equipas foram contratadas. a máquina do desenvolvimento e da modernidade já se está a mover...

– entendo

– e o camarada Presidente, ele mesmo, assinou todos os despachos relativos à exploração do petróleo em Luanda. todas essas pessoas, incluindo as que se encontram nesta sala, fazem parte daquilo a que se chama CIPEL. você é um de nós, você é um «cipelino», como diz o povo

– entendo

– portanto, não há assuntos incontornáveis, há so-
luções. há o futuro! estamos entendidos?

– sim. yes, sim

Cristalino sentou-se, olhou para a janela, pensativo

ali mesmo, muito perto, também se efetuavam escavações ruidosas, e depois sorriu, como quem escuta
uma orquestra bem ensaiada

– agora pode pedir o seu gelo, senhor Assessor –
disse Cristalino

pelo telefone, DonaCreusa foi chamada e cum-
priu-se o ritual da vinda do gelo, os fiscais beberam
mais champanhe, Raago foi convidado a guardar as
suas notas e a reelaborar o seu relatório final

– agora passemos a algo igualmente interessante,
senhor Raago, como é essa estória do eclipse?

– what about it?

– Angola é mesmo dos melhores lugares para se
assistir ao fenómeno?

– yes, é mesmo

– este país é um espetáculo – disse o Ministro en-
chendo o peito de ar e a boca de champanhe –, mais
um brinde!

– ao melhor eclipse do mundo! – SantosPrancha
ergueu o seu copo suado

na rua havia anúncios enormes sobre o eclipse, já
lhe chamavam «o mais angolano de todos os eclipses»,
nos jornais e rádios não se falava de outra coisa, não
tanto uma explicação científica do fenómeno, ou algo
que esclarecesse os mais supersticiosos setores da po-

239

pulação, mas antes um acontecimento magnânime que poderia render lucros financeiros ou políticos, alguns desses cartazes eram mesmo da responsabilidade do Partido, que chamava a si uma vasta gama de atividades organizadas em torno do longínquo fenómeno, ficaram por confirmar detalhes e datas, horários e lugares, mas a província do KwanzaSul, por exemplo, que afinal ficava tão perto de Luanda, era de facto um dos melhores lugares do mundo para se assistir ao «evento», como já lhe chamavam, entre outros títulos curiosos que fizeram manchete por aqueles dias

    «Luanda empresta festa do sol ao Sumbe», escrevia um editorial

    «o sol desvisita Angola por algumas horas», escrevia outro

    «Angola faz saudação ao sol», lia-se num cartaz de bairro

as lanchonetes que tinham pontos altos fizeram pacotes para namorados ou para solitários, «não deixe o sol apagar a sua relação», com direito a bebidas especiais com nomes apropriados, «bendito eclipse», «martini à média luz», «gin sónico» ou mesmo, ao nível das bebidas tradicionais «capurroto sem energia solar»

    – isto é que vai ser uma festa... – pensou Odonato enquanto caminhava pelas esburacadas e estridentes ruas de Luanda, sob o sol abrasador ainda sem eclipse

    cartazes gigantescos haviam sido pendurados numa das sedes do Partido, já estavam disponíveis as t-shirts e os óculos que o Partido havia encomendado aos chineses, e muito perto do painel luminoso que ficava aceso mesmo durante o dia podia ler-se «o eclipse é passageiro mas o nosso Partido brilha sempre!»

Odonato trajava uma blusa clara de manga comprida porque ultimamente, devido aos efeitos da crescente transparência, as temperaturas do sol incomodavam-lhe mais do que antigamente, além de que não queria chamar a atenção ao caminhar pelas ruas, escondia as mãos nos bolsos e evitava mirar as pessoas nos olhos

apesar disso, eram várias as pessoas que se detinham alguns instantes olhando para ele, não com uma especial certeza do motivo por que o olhavam, mas munidos de um pressentimento concreto e de uma irresistível atração, o homem afinal possuía já o corpo menos normal do mundo, do ponto de vista de quem olha e não o conhece, as veias eram nítidas, os ossos começavam já a deixar-se delinear nos seus estranhos formatos e encaixes, o seu tom de pele começava a perder personalidade para se esvair numa cor que, não sendo de fácil descrição, se afastava claramente dos padrões normais, ou mesmo animalescos, que usamos habitualmente para descrever a pele de um ser humano

levava consigo, o homem, pendurado no braço, um saco de plástico preparado por MariaComForça, com vários bifes tenros bem fritos em jindungo e molho de cebola, dois ovos estrelados que dançavam ao ritmo em que batiam na sua perna, uma quantidade considerável de batatas fritas e cebola crua cortada em grandes rodelas

estas eram as especificidades do pedido dos polícias que Odonato iria conhecer e que, segundo soubera, tinham sob sua custódia o seu filho mais velho, aquele a quem chamavam, há anos, CienteDoGrã, ladrão conhecido pela sua clara falta de talento e constantemente perseguido pelos acasos do chamado azar da profissão

– vim saber do agente Belo

– agente Belo? – indagou um polícia logo à entrada da esquadra – mas é algo pessoal ou corporativo?

– penso que seja algo pessoal

o polícia olhava para Odonato com desconfiança

– e este cheiro gastronómico?

– é uma encomenda

– para o agente Belo?

– isso mesmo

– então é algo pessoal mesmo

– onde é que o posso encontrar?

– é que às vezes, camarada – o polícia relaxou – mesmo uma coisa pessoal pode ser tratada por muita gente, tudo é conversável

– é verdade. mas deram-me a indicação para encontrar o agente Belo, por causa de um detido

– aqui temos muitos detidos, mas é quase tudo de rapidamente

– como assim?

– os detidos aqui só ficam à espera do julgamento, mas como o julgamento demora muito, depois lhes mandamos para outra comarca

– qual comarca?

– depende do detido, do crime... e do resto

– qual resto?

– aquilo que eu estava a lhe falar, camarada, depende do resto da conversa. todos assuntos podem ser tratados, até já ouvi dizer que mesmo o eclipse também está a ser tratado pelo governo

– mas o eclipse é um fenómeno natural

– sim, mas de qualquer modo

– então onde é que eu posso encontrar o agente Belo?

– bem, de facto, como afirmei primariamente, ele não se encontra. mas também não deve demorar

– ah, você sabe onde ele foi?

– mais ou menos

– mas você disse que não sabia

– não, eu só disse que tudo era conversável, felizmente já estamos a conversar, porque a sua encomenda até cheira muito bem... às vezes o camarada, no assunto que lhe trouxe aqui, até pode encontrar alguém mais atento que o agente Belo

– você disse que ele não demora?

– disse, mas não posso jurar nos assuntos de outro agente, a verdade é que ele não está na esquadra, mas eu estou

– vim à procura do meu filho. disseram-me que ele está preso nesta esquadra

– tem nome ou alguma referência?

– é conhecido como CienteDoGrã

– do grão?

– do Grã

– entraram aqui muitos meliantes há poucos dias

– ele está ferido

243

– ferido-só ou ferido-mesmo?

– ferido mesmo

– acho estranho... os feridos mesmo não costumam vir aqui

– e a que horas chega o agente Belo?

– paizinho – o polícia fez ar de segredo –, vou lhe dizer qual é a casa onde ele se encontra, mas não quero que o pai ande mais com esse peso do saco com a comida

– como assim?

– o saco fica e o pai encontra o agente nessa casa que eu vou dizer

– e depois eu dou o quê ao agente Belo?

– você dá a notícia

– qual notícia?

– que o subintendente ficou com o saco

– você é o subintendente?

– eu não, por isso mesmo é que o paizinho vai dizer que foi o subintendente, assim ninguém arranja problemas

– está bem – concordou Odonato, passando-lhe o aromático saco – se eu voltar daqui a pouco, você ainda estará por aqui?

– dependentemente do horário, é imprevisível

– como assim?

– pretendo assistir a uma palestra, aqui no bairro mesmo, vão falar dos «cipelinos», a maka das escavações e tudo o mais, é que eu vivo nos anexos de uma casa

– e então?

– estão a dizer que, com as escavações, quando encontrarem petróleo, o dono do quintal também recebe lá uma parte. mas eu, como alugo os anexos, quero saber como é que fico na minha situação, só por causa disso a minha renda já subiu. o paizinho vive num quintal também?

– não, vivo num prédio

– epá... no prédio a divisão já é mais complicada. eu se fosse o paizinho mudava para uma casa ou mesmo uns anexos, é um «investimento», como diz um amigo meu

– então onde é a tal casa?

– deixa te explicar, paizinho, porque é num beco. qualquer coisa pergunta só na AvóTeta, todo mundo conhece

– obrigado

– de nada. paizinho, desculpe só – o polícia pensava enquanto abria o saco –, não tem aqui mostarda nem ketchup, não?

– não... não estava incluído no pedido

depois de voltas e de perguntas, às quais as pessoas respondiam ora com enfado ora com peculiar entusiasmo, Odonato conseguiu encontrar a casa de AvóTeta

a porta do quintal, feita de uma madeira que há muito desistira de se manter vertical, estava entreaberta, e pela fresta debandava um cheiro de carvão queimado e brasas que haviam sido frequentadas por vários carapaus

AvóTeta, sentada sob a sombra vasta do seu modesto quintal, benzeu-se e disse algo num impercetível kimbundu, fixou o homem no rosto, sem lhe mirar as mãos, que Odonato abriu como se de uma confissão corporal se tratasse,

o homem parou nos primeiros passos que deu dentro do quintal, esperando o veredicto da velha, um cão magro, muito magro, fugiu para dentro de casa e o jacó ia começar a falar quando a mais-velha o mandou calar

e só depois sorriu

– esses bichos também... – fez um gesto curto, apanhou um outro banquinho e cedeu lugar a Odonato. – parece que nunca viram uma pessoa assim diferente

Odonato caminhou devagar e talvez pela primeira vez tenha sentido, num palco de convivialidade, as limitações que a sua nova aparência acarretaria

sentou-se sem dizer palavra, por respeito, cabendo à velha falar primeiro

– veio procurar serviço de meninas?

– não. vim procurar um homem

– um polícia magrinho?

– esse

– ele está aqui no quarto, deixe só ele terminar, depois mando chamar. bebe alguma coisa?

– obrigado – aceitou por educação

– ché, menino – gritou na direção da cozinha – uma cerveja bem gelada

– não tem, avó

– vai buscar na vizinha, seu mal-educado – depois virou-se para Odonato, olhando-o novamente nos olhos, mas buscando o lado de dentro do homem. – a bebida vem já, ficamos mesmo aqui na sombra

– sim, mãe. pode ser

– eu sou AvóTeta.

– eu sou Odonato, obrigado

a mais-velha acendeu o seu cigarro

o cão magro voltou ao quintal, passeou-se pelos cantos, cheirou um pé curto de bananeira e veio sentar-se, manso e preguiçoso, aos pés da AvóTeta. bocejou e pôs-se a olhar para o jacó que assobiava uma melodia extensa

– mas esse cão... assim bem magro... – Odonato parecia intrigado – ele não come?

– esse? – AvóTeta acariciou-lhe a cabeça e o lombo – esse cão come bué... nós é que não lhe damos!

quase riram, Odonato deu conta que, involuntariamente, havia feito a mesma pergunta clássica que há anos fazia parte do leque luandense de anedotas coletivas

o jacó repetiu a melodia

– ainda hoje ouvi essa música

– ele anda sempre a cantar essa canção, é de quem é?

– é do RuyMingas

– ahn... – AvóTeta passou-lhe a cerveja que o miúdo trouxera – ouve lá, seu mal-educado, é assim, cerveja com tampa e tudo? o senhor vai abrir com os dentes?

– desculpe, avó

– vai masé abrir a cerveja ali no portão

um orifício metálico, preso algures a meia altura no portão, fazia a vez de abre-garrafas

– obrigado – Odonato sorriu para a criança

– desculpe

– tudo bem

– esses miúdos de agora... – AvóTeta acariciava o cão mas seguia olhando para Odonato

ia dizer qualquer coisa, o seu peito respirou para preparar as palavras, mas o seu corpo desistiu antes do movimento vocal, a cortina abriu-se, esvoaçante, o agente Belo saiu ajustando o cinto às calças, recolocando na cintura a pistola e o cacetete

– este senhor está a lhe esperar

– sim, muito boa tarde – Belo apertou a mão a Odonato

– mais um banco, ó menino

– sim, avó

– e uma cerveja bem gelada, então – pediu o polícia

– mas cerveja não t...

– outra vez essa conversa? você quer levar chapada ou quê? vai buscar na vizinha

a criança já ia sair

– ché, menino, primeiro traz o banco então, deixar aqui o agente assim de pé?

– desculpa, avó

a cerveja chegou, Belo bebeu de um só trago quase todo o conteúdo da garrafa, tornou-se mais sério

– então diga lá, camarada, ouvi dizer que quer falar comigo

– chamo-me Odonato, sou o pai do CienteDoGrã, recebi um telefonema e queria saber como é que podemos combinar a situação

– pois é... a situação do seu filho, aquilo está complicado. você sabe que nós não temos poder para ajudar muito, não é?

– entendo

– mas sempre podemos ajudar qualquer coisa, pelo menos o miúdo a ser bem tratado pelos outros meliantes, algum conforto, uma vez que a cadeia não é coisa fácil

– é verdade

– mas a nossa vida também não tá fácil... ainda polícias de giro, que fazem ronda nos bairros ou mesmo de trânsito, que penteiam os candongueiros, têm salários extra, você sabe... agora nós, estacionados na esquadra, é só esperar o fim do mês, o salário bem fraco...

– é verdade

– de maneiras que é assim – concluiu o agente Belo

– então como é que ficamos?

– ficamos que as visitas ainda não foram autorizadas, e se o senhor for lá chatear o subintendente, é pior. o melhor é esperar com calma, e a gente vai entrar de lhe conseguir uma visita, mas talvez só para semana

– e agora, então, o que fazemos?

– agora o senhor pode ir levar comida, eu entrego. hoje mesmo ainda dá tempo, o senhor trouxe o pedido especial?

– trouxe... quer dizer, trouxe mas ficou lá na esquadra

– na esquadra? com quem?

– infelizmente ficou com o subintendente

– ora, porra... já começamos mal – Belo terminou a cerveja –, desculpe, avó, estou a dizer disparates a esta hora... então só se combinarmos para amanhã

– está bem, amanhã passo lá. o mesmo pedido?

– o mesmo. tinha ovo frito?

– tinha

– e cebola?

– também

– então tá naice

– e a que horas seria?

– as mesmas de sempre

– mas às mesmas de sempre você estará na esquadra ou estará aqui?

– sou concomitante

– como assim?

– se não estou lá, estarei aqui, é só trazer a mercadoria que eu entrego

– mas entrega mesmo?

– então não vou entregar? pito uma parte, o resto é do seu filho

– você sabe me dizer se ele está bem? não está a precisar de medicamentos?

– medicamentos?

– sim, ele está ferido

– bom, posso tentar perguntar amanhã. epá, que horas são?

– já passam – disse AvóTeta

– então tenho mesmo que ir, senhor Ornato...

– é Odonato

– sim, Odonato, então até amanhã. tou em horário de expediente, depois vão dizer que os polícias não trabalham

– até amanhã

– dá licença, mãe – Belo apertou a mão de AvóTeta

— vai bem e cuidado para não tropeçar
— já conheço esse portão — saiu, Belo, a rir
mas AvóTeta, senhora de antigas sabedorias, não se
referia ao portão
— você viu bem, senhor Odonato?
— como assim, mãe?
— não quero me meter no sofrimento dos outros,
mas você sabe que os homens mentem muito, não é?
— obrigado, dona Teta
o sol abrandara um pouco e Odonato, na realidade,
sentiu-se tentado a deixar o corpo permanecer ali, naquela sombra fresca e apetitosa, mas não fazia sentido,
já nada lhe prendia àquele lugar
— já vai embora? — uma voz dengosa chegou da janela
Ninon usava a tarde e o sol para compor o vasto
sorriso nos seus lábios
— não quer deitar um pouco? descansar? ou mesmo
cansar? — riu a jovem rapariga
— não, obrigado
— volte um dia, então
— está bem — Odonato levantou-se, mirou o cão uma
vez última, assobiou para o jacó em jeito de despedida e
não escondeu as mãos quando AvóTeta olhava para elas
confirmando o que antes já havia sido pensado
— obrigado, minha senhora
cruzou o portão, guardando no nariz o cheiro pouco nítido das grelhas onde o peixe havia queimado.

ao cair da tarde Luanda foi invadida por um clima
ameno e o som de buzinas e britadeiras foi sendo substi-
tuído por um torpor de calmaria e sons de rádios que tor-
navam a urbe um local quase agradável de se frequentar

os candongueiros faziam o seu confuso trabalho,
transportando a população dos seus empregos mais ou
menos oficiais aos locais das suas casas mais ou menos
confortáveis, mais ou menos dignas, que sobre isso da
dignidade muito pode ser dito ou conjeturado

o que nalguns países é um lar, composto por uma
determinada combinação de objetos e possibilidades,
em outro pode não ser bem assim, uma vez que, hu-
manamente, nos mais variados continentes, é a força
do hábito que dita as circunstâncias que cada cidadão
acata como aceitáveis, coletivamente insuportáveis ou
democraticamente justas

– já dizia o outro – o Esquerdista propunha um
brinde – a césar o que é de césar e os outros que se
desenrasquem!

a bom ritmo se bebia na BarcaDoNoé, ora silen-
ciosos ora semifalantes, escutando as notícias ou os rumores vindos da rua, o tempo ali parecia repousado em
alguma extensa rede que convidasse ao ócio as pessoas
e as coisas do mundo

– é preciso algum cuidado com aquilo que se desig-
na por progresso – dizia o Esquerdista, apontando para
um passeio próximo, onde figurava um enorme cartaz
com a sigla CIPEL, e outras publicidades adjacentes

– não me diga que sabe alguma coisa que os demais
aqui desconhecem – Noé abria a arca, verificava se es-

tava tudo no lugar, dava um jeitinho na lâmpada acesa, voltava a fechar, distribuía mais uma rodada de cerveja bem gelada

— o que eu sei todo mundo sabe: a pressa é inimiga da perfeição

— a pressa?

— há que ler nas entrelinhas, meus amigos... tá todo o mundo distraído e convencido de que vai encontrar petróleo no seu próprio quintal... mas eu não ando a dormir, ando a beber, mas não ando a dormir...

— como assim?

— é só ler os grandes títulos? as grandes manchetes? há que ler tudo o que sai na imprensa, desde a mais oficial à mais oficiosa... alguém aqui leu o nome de um tal Raago, o americano? alguém ouviu ou viu as primeiras entrevistas que ele deu?

— o tal especialista? — disse um

— mas que nome é esse?

— o especialista, sim... grande cientista, eu já li coisas dele, não é a primeira vez que ouço falar nesse homem

— desembuche, homem

— há controvérsia, meus amigos... nas primeiras entrevistas ele falou dos cuidados, dos riscos, das potenciais consequências, agora já ninguém o ouve... o sistema já deve ter dado um jeito, agora é só falar nas vantagens, já inauguraram nova empresa de distribuição de águas... onde é que já se viu!... águas privatizadas...

— mas não é só a distribuição, para controlar melhor os canos e tal?

– acordem, homens... qual distribuição?! então e o estado agora precisa que alguém do setor privado distribua a água? e nós ficamos calados, não é assim? o estado admite «eu não posso distribuir a água com qualidade, mas este senhor, que até já tem o nome tão Cristalino, ele sim, pode! a partir de agora a água será bem distribuída, bem purificada! viva a privatização da água!» mas onde é que já se viu?

– também não é preciso ficar assim, homem...

– durmam... – dizia o Esquerdista com ar irónico, e triste, e desapontado, e sério – durmam, enquanto vos enfiam o dedo no cu sem aparar as unhas... durmam enquanto vos anestesiam com doses de suposta modernidade!, é carros lindos, é internetes que nem funcionam, é marginal nova com prédios construídos em areias dragadas sem pedir licença à Kianda, é furar o corpo da cidade sem querer ouvir os outros que já furaram o corpo das cidades deles, onde não deu certo... ouçam bem, dorminhocos, lá não deu certo, e aqui, porque somos estúpidos, cegos e coniventes, isto é, porque somos globalmente corruptos, aqui a cidade vai ser furada, a água vai ser privatizada, o petróleo vai ser sugado sob as nossas casas, os nossos narizes, e as nossas dignidades... enquanto os políticos fingem que são políticos... enquanto o povo dorme... enquanto o pobre dorme...

um silêncio bruto, rumor dos pensamentos que finalmente se processavam, foi apenas quebrado pelo som de quatro ou cinco homens a fazerem o que naquele momento lhes pareceu que era o que restava a

ser feito, sorver ruidosamente as suas cervejas, olhar
para longe sem olhar para os olhos dos outros, coçar a
cabeça e o peito, deixar que as paredes do lugar falas-
sem com as suas vozes mudas erguidas acima das vozes
mudas dos homens

– não me fodam...

rematou o Esquerdista, sentando-se à sua mesa, re-
tirando da mala diplomática os seus infindáveis papéis
e desatando a escrever incessantemente.

longe, nesse pouco longe que Luanda permite, perto do mar

a caminhar pela marginal, deixando penetrar na
pele as salinidades da maresia, Odonato caminhava
como há algum tempo não se permitia, absorvendo
as vozes e os ruídos, as buzinadelas e os impropérios
verbais, a horizonal beleza afinada do BancoNacional-
DeAngola, os cheiros no LargoDoBaleizão agora sem
baleizão, a visão estranhamente caótica dos edifícios
destruídos sob as fundações da fortaleza de SãoMi-
guel, a largura arredondada e extensa da baía, como o
sorriso de uma qualquer adolescente caluanda, o calmo
murmúrio dos coqueiros que haviam resistido ao tempo e às obras nos passeios da marginal, e registando
visualmente a proliferação de cartazes de publicidade
moderna que anunciavam os telefones e os jipes mais
recentes e mais caros do mundo

sorriu como fazem os que usam sorrir para dentro do próprio peito

poucos anos antes era possível contar o número de amigos que possuíam viatura, sendo que essa viatura era possivelmente do Estado ou mesmo emprestada, no tempo em que ainda se podia pedir boleia na rua ou um copo de água fresca à porta de algum quintal desconhecido, no tempo em que os carnavais eram dançados sob o sorriso das gentes e o bailar dos corpos

o povo sempre descobre maneira de trazer a si qualquer celebração, o que ainda lhe resta é a sua alegria, essa que não pode ser prevista nem comprada, quando muito é induzida, e mesmo assim sem controlo previsto,

Odonato sorriu

ao ver as últimas linhas de sol cruzarem o mar da sua baía agora infestada de intervenções humanas que a encolhiam, corrigindo com areias trazidas por uma draga os formatos originais do seu corpo só desviado pelo mar, pelas correntezas e ventanias, ou pelo tempo, essa máquina maior que, em última instância, é a força que mais livremente nos sugere a mudança ou a cessação das nossas funções humanas

«está na hora»

pensou o homem semitransparente, dirigindo-se a casa, não querendo com a demora preocupar a sua esposa, usualmente já muito empenhada nas artes da suposição e da preocupação crónica.

– está na hora – disse o assistente de produção

e Paizinho, mais nervoso do que presumira, foi levado a uma sala enorme, com intensos focos brancos, onde três câmaras televisivas apontavam para ele como se fosse o dia do seu julgamento final

– e agora digo o quê? – quis saber

– você tem um minuto para explicar que procura a sua mãe, o importante é mesmo você dizer de onde saiu, a última vez que viu os familiares, a província e o bairro, e também já dizer agora onde está... se tiveres sorte...

a palavra sorte ficou-lhe na cabeça, levara alguns anos a entender os mistérios desse termo, vivera na rua, usara drogas, roubara roupas e comida, e de algum modo a vida se encarregou de lhe organizar as horas e as ocupações, não se lembra bem como, aproximou-se do prédio, lá começou a lavar carros e a ganhar a confiança das pessoas, até que foi autorizado a pernoitar lá, primeiro nas traseiras do prédio, na companhia de infinitas baratas e outros tantos mosquitos, depois já dentro do edifício, ali onde não se conseguia entender bem se era ainda rés do chão ou se já era um entre-andar antes do afamado primeiro andar com as misteriosas águas, até que por deliberação coletiva dos residentes, em assunto mesmo de reunião condómina, lhe foi atribuído o muito abandonado terceiro andar, se ele aceitasse e não se ofendesse, completamente esvaziado e escuro, de ausentes portas e janelas bem arejadas, o qual aceitou com emoção e agrado, e nessa primeira noite, emocionado por finalmente ter um

teto, não conseguiu dormir, passou a noite sentindo a
estranheza do silêncio provocado pela noite e pela ausência das baratas, verificando que a permanente frescura afastava os mosquitos e que mesmo nas noites
mais quentes o local se mantinha arejado, um forte re-
buliço assaltou-lhe o peito e os olhos, chorou quieto a
um canto, e deixou-se estar por muito tempo, durante
a madrugada, aceitando o sal das lágrimas nas mãos
e os trémulos espasmos do estômago tremelicando o
corpo inteiro, e só mais tarde, no pré-raiar do sol, pensou nessa palavra que agora lhe atiravam – sorte –, não
com total consciência do seu significado, mas fazendo
uso do que fosse o eco da palavra, e o seu corpo se
aquietou, e as suas lágrimas cessaram e quis crer que
sim, Luanda e algumas das suas gentes lhe atribuíam
uma grande sorte, que começava assim, no terceiro andar daquele prédio, numa noite de nervosas invocações
e admoestadas lembranças,
    – e aí, cara, preparado pra gravá? – o assistente bra-
sileiro entendeu o sofrimento do rapaz, trouxe-lhe um
copo de água e tocou-lhe no ombro de modo carinhoso
– é como uma injeção, sacou?, que vocês aqui falam pica...
quando você menos espera, já passou... vamo gravá?
    no estúdio ao lado
    trouxeram um banquinho especial e confortável, e
Edú disse que estava pronto para gravar
    antes conferenciou longamente com Fató sobre os
pontos-chave a abordar e as perguntas às quais não
deveria, de todo, responder, para não se comprometer
nem com o passado nem com o futuro

as luzes incomodavam-lhe os olhos

para Edú a experiência era mais do foro do espetáculo, mundo pelo qual nutria certa atração e fascínio,
tendo mesmo indagado se as luzes seriam suficientes
para iluminar a grandiosidade do seu corpo sentado,
bem como o respetivo inchaço no entre-pernas, vulgo
mbumbi

– se preocupe não, cara, tá tudo certo, vai dá show –
um outro assistente brasileiro entendeu a ansiedade do
homem, trouxe-lhe um copo de água e tocou-lhe no
ombro de modo carinhoso – é como uma injeção, sacou?, que vocês aqui falam pica... quando você menos
espera, já passou... vamo gravá?

com os pés doloridos, o Carteiro fez um desvio,
antes de ir para casa, porque passara a tarde toda imaginando o momento em que o fim do expediente o
fosse encontrar de pés mergulhados nas águas frescas
do prédio da Maianga

– dá licença...

teve que dizer, pois outros pés já lá se encontravam,
numa espontânea reunião humana que se aglomerava
ali, e mais apertados do que possa parecer, aqueles que
por alguma razão e cansaço haviam sido tomados da
mesma ideia

– faça favor – sorriu MariaComForça, que já não o
via há alguns dias

dos seus inúmeros sacos ofereceu alguns quitutes, só pedia desculpa que não havia sobrado bebida, mas que se sentasse porque realmente a água estava muito boa, frase que às vezes se ouvia no primeiro andar do prédio, não tanto referente ao gosto ou à temperatura que a água oferecia, mas aos seus inexplicáveis poderes de relaxamento

– realmente, trata-se de uma água muito categórica
– referiu o Carteiro

de cima, do quinto andar, descia uma melodia em piano e saxofone que era como um presente dos deuses ao fim do dia, uma sonoridade branda, inconstante, apaziguadora

– aqui sempre tem boas músicas internacionais – comentou o Cego, também já sentado

– nem sempre, mais-velho, inda no outro dia tocou EliasDiáKimuezo, também o WaldemarBastos, kota RuyMingas, tio PauloFlores,

– é verdade, toca de tudo – murmurou Amarelinha, agachada no seu próprio corpo, espantada por ter aceitado o convite do VendedorDeConchas para estar ali, sentada ao pé dele, sem saber o que dizer e receosa pelo comportamento do seu próprio corpo que, pela falta de espaço, se encostara como nunca aos braços quentes e firmes do VendedorDeConchas

– está bem sentada, Amarelinha?
– estou bem, sim
– e o teu pai, anda bem?
– anda sim... – Amarelinha desatou a chorar
– não chora assim

– desculpa

– o que foi?

– não sei, ando sempre com vontade de chorar, acontece muita coisa na minha casa, o pai anda preocupado de não saber afinal onde anda o CienteDoGrã

– vocês não têm informações?

– quase nada, hoje mesmo o pai saiu para ir saber se ele tá lá nessa esquadra

– tudo se resolve – murmurou o Cego, tentando apaziguar os ritmos chorosos da conversa

– obrigada, mais-velho

– toma esta concha, é especial – o VendedorDeConchas retirou do bolso uma enorme concha cor de rosa que, de tão vibrante, parecia que ia desatar a brilhar.

– obrigada

disse Clara quando PauloPausado lhe passou o embrulho

– o que é?

– abre e vê. uma prenda, há tanto tempo que não te dou uma prenda... – ele sentou-se perto dela –, nem recebo uma

– ah, deixa-te disso, dou-te muito mais prendas que tu a mim

– abre lá

era uma concha pequena, aparentemente polida, mas num formato tão singelo que posta num colar pareceria uma peça de luxo

– que bonita, Paulo, obrigada... que bonita

– tu mereces, amor

– onde é que compraste?

– segredos do ofício, não posso dizer

– diz lá, em que loja?

– não sejas curiosa, Clara

– por favor, posso querer comprar algo parecido e nem sei onde é a loja

– não foi numa loja

– não?

– não. é de um rapaz, o VendedorDeConchas, passou aqui no outro dia, gostei tanto que comprei

– qual? aquele que anda sempre com um velho malcheiroso?

– vês? o mundo vive de interpretações... tu já paraste alguma vez para conversar com eles?

– eu não, tu é que és amigo dessas pessoas

– quais «essas pessoas»?

– essas com quem gostas de falar. pessoas estranhas. tu colecionas pessoas estranhas, palavras estranhas, lugares estranhos, como aquele bar cheio de velhos onde costumas ir só para ouvir as conversas

– devias falar mais com «essas pessoas» em vez de passares a vida a fofocar com a tua mãe

– se saísses mais vezes comigo e com a minha mãe até podias saber do que falamos, mas isso não... preferes falar com estranhos que são cegos e vendem conchas... – Clara fechou o embrulho, deixou-o sobre a mesa

foi ao quarto e voltou depressa, em gestos irritados e resolutos, atirou para o sofá um conjunto de jornais e revistas

– e vê se guardas esta porcaria toda que está em cima da cama

eram as revistas que originavam os habituais recortes sobre os quais Clara evitava fazer perguntas e
àcerca dos mesmos PauloPausado se esquivava de dar
extensas explicações

– não tens o hobby de ir às compras? eu coleciono
revistas...

a namorada do jornalista trancou-se na casa de banho
enquanto este fumava à janela acompanhando auditivamente todos os seus movimentos, conhecia de
cor os seus gestos, sabia onde ela se encontrava e o
que fazia pelo mínimo ruído que o cubículo libertasse,
imaginava na sua cabeça a movimentação do corpo, as
tonalidades das toalhas, e a quantidade de papel hi-
giénico que a mulher desenrolava do rolo, quase media
mentalmente a água gasta no banho ou a escovar os
dentes, o modo lento ou mais nervoso como vestia a
roupa ou o pijama, e até o lugar geográfico onde os
seus pés pisavam a cerâmica castanha do chão

– Paulo... – ela veio dizer com uma voz tão mansa
que apenas carregava em si o tom da mais explícita
preocupação feminina – só não te esqueças, por favor,
de tomar os comprimidos

– tudo bem.

Edú caminhava com dificuldade, subindo o primeiro lance de escadas e sorrindo abertamente ao encontrar aquele mar de gente no primeiro andar

NgaNelucha, a sua jovem esposa, que havia recebido da irmã a vigilante incumbência de pouco comentar
as acontecências audiovisuais da carreira do marido,
ultimamente evitava grandes zonas de convívio como
aquela, especialmente em se tratando de um aglomerado de vizinhos e conhecidos, que certamente, ali
parados em banho-maria com os pés nas escorrentes
águas, perguntariam da aventura da tarde inteira na
TelevisãoNacional

— como é que correu lá na televisão? — perguntava
JoãoDevagar, que acabara de descer do seu terraço já
inaugurado

sendo que a pergunta, na realidade, e pelo sorriso, e
pelo olhar, se arrastava a Paizinho, que tinha vindo de
boleia com eles

— tudo bem mesmo — respondeu Paizinho —, aquilo
é tudo muito grande, muito bonito, só as luzes?!, parece é campo de futebol

todos riram numa alegria conjunta de bem-estar
e o segredo, afinal tão simples, eram aqueles pés repousados na maravilhosa água nem quente nem fria,
nem parada nem tão escorrente, que acariciava os dedos, atribuía aos calcanhares pequenas cócegas e dava
à barriga da perna uma sensação de descanso que induzia ao provisório adormecimento

— mais-velho, está a dormir? — o VendedorDeConchas cutucou o Cego

— epá, você me acorda assim a empurrar sem nenhum respeito?

abrindo espaço para os recém-chegados

Amarelinha riu da simulação de briga, e todos se ajeitaram, após o riso coletivo, estranhando que só NgaNelucha não tirasse dos pés os avermelhados sapatos altos que trazia, embora lhe fosse aconselhado, pelos restantes, que aquela seria a atitude certa naquele lugar e naquela ocasião

– não somos todos iguais, vizinhos, vamos respeitar as diferenças – resmungou NgaNelucha, expondo assim o seu pouco usual mau humor

– oh, olha quem está aqui, o meu vizinho...! – exclamou JoãoDevagar, acabado de instalar os pés na quase piscina coletiva – desculpe não me levantar para cumprimentar, junte-se a nós

– posso? – indagou Odonato, com o rosto visivelmente cansado ou triste

– faça o favor, cabe sempre mais um

só depois de se descalçar e deixar os olhos habituarem-se à penumbra, Odonato reconheceu, com espanto, o corpo, o rosto e as mãos de Amarelinha que, do outro lado da água, lhe fazia um adeus tímido

– minha querida, tás bem?

– como foi o dia, pai?

– depois falamos – disse Odonato, respirando fundo, e afundando os pés na água –, a mãe está em casa?

– está sim

era assim que as próprias palavras matavam a conversa sem matar o tempo, como se o lugar e as águas exigissem silêncio e contemplação

mas quebrou-se o silêncio na direção daquele que não se podia recusar a falar caso os mais-velhos ali presentes lhe dirigissem uma questão

– e tu, Paizinho, primeira vez na televisão, como é
que foi?

– até nem vale a pena, aquilo é de mais... muito
bonito mesmo

– e gravaram a tua mensagem?

– gravei, sim, um brasileiro simpático é que fica a
dar as dicas, mas falei da minha província e que estava
a procurar a minha mãe mesmo

– fizeste bem, ainda bem que conseguiste uma
vaga, aquilo estava difícil – JoãoDevagar fazia uma
implícita menção ao facto de ele ter telefonado a
alguns amigos para que o jovem conseguisse ir à gravação do tão requisitado programa de reencontros
familiares

– obrigado, tio João, foi bom mesmo, agora é só
esperarmos e confiar mesmo na sorte, se a mãe tem televisão ou mesmo algum vizinho, parece que costuma
acontecer mesmo bem esses encontros

– deixaste lá os teus contactos?

– como assim?

– então como é que ela te vai encontrar?

– deixei nome do bairro e do prédio

– então nem um telefone, rapaz? podias deixar o
meu número

– mas eu não tinha mesmo falado com o padrinho...

– bom, deixa lá, eles têm os contactos das pessoas,
esperemos que tudo dê certo

– sim

e como se o silêncio se quisesse instalar novamente

– nem sempre conseguimos o que queremos, isso é o que a vida um dia vai te ensinar... nem mesmo às vezes as coisas mais simples

disse o Carteiro, e finalmente algumas pessoas se aperceberam da sua tranquila presença

– uma simples motorizada... tantas cartas, tantos ministérios, e parece que fazem de propósito para ignorar uma pessoa. custava muito? eu tenho a certeza de que é só uma assinatura, uma simples ordem... outros que nem precisam andam aí em grandes carros, eu só peço uma motorizada, até deixo explícito nas minhas cartas que pode ser uma moto de fabrico chinês, embora prefiro mesmo uma que fosse japonesa, duram mais...

era de noite, na cidade de Luanda

com as suas marés plácidas, em extensa beleza horizontal, como sugerem os poemas calmos escritos por gente sonhadora que prefere deste modo descrever o mar nas suas aquáticas combinações

Odonato sentiu um estranho calor invadir-lhe o corpo, Amarelinha supôs que já não devia estar ali e retirou-se, o Carteiro despediu-se resignado à sua condição desmotorizada, Edú, não alcançando a intensa comichão provocada pelo famoso inchaço, sugeriu a NgaNelucha que exercesse o ato de o coçar usando a sua própria mão, o Cego fungou do nariz três vezes como fazia em sinal secreto expressando ao VendedorDeConchas que era hora de se retirarem, o galo no prédio vizinho recolheu ao seu canto e ter-se-á mesmo apercebido de que o olho que lhe restava também já não orientava muito bem, chocou com baldes e grades abandonadas no seu terraço e com isso sentiu aquilo que se chamaria de galinácea tristeza

ao chegar ao húmido recinto, Xilisbaba viu o marido despir a sua muito larga camisa exibindo assim uma nudez que ofendia com agravo todas as noções que se tem do fenómeno da densidade

– este é o meu corpo, esta é a visão da minha dor – murmurou

– vamos subir, querido – Xilisbaba confortou-o.

entrei nesse prédio

uma frescura é que me molhou a pele, conheço bem a zona e nunca tinha sentido esta frescura, vi uns degraus partidos e pensei que era melhor não pisar, saltei, subi mais, as conchas no meu saco faziam mais barulho, só que o meu coração me dizia pra subir, continuei,

um miúdo mais velho cruzou-se comigo a descer com um enorme bidon vazio, era um cartador-de-água, de certeza; segundo andar, ninguém ainda; terceiro andar, não vi nada, quarto andar, uma vizinha me espreitou mas não me viu; quinto andar, uma panela enorme estava no chão, tive que lhe contornar para passar e no sexto andar eu soube que era ali, fiz como sempre faço nos sítios que quero espreitar, falei só

«olha conchas bonitas do mar, quem quer comprar...?»

prossegui, não foi preciso tocar porque a porta se abriu e a dona Xilisbaba, eu lhe via pela primeira vez, veio pôr um grito no corredor

«ó Nelucha, deixei a bibiana no quinto andar»

só depois olhou e me viu, me olhou nos olhos

«tia, tou a vender conchas do mar, só vendo conchas bonitas»

ela entrou e demorou lá dentro, primeiro a porta quase fechou, depois ouvi palavras de discussão, as vozes pararam de gritar e tive que espreitar, tremi, era ele

o kota estava numa contraluz da janela e tive medo de novo, a luz lhe atravessava tipo bala, dava para ver dentro do corpo dele, assim só, se posso ou consigo explicar, não é que faltava assim tanto corpo no senhor, era mais como se ele é que não fosse daquele corpo

«é ele mesmo», o kota falou pra mulher

ela lhe empurrou pra escuridão da cozinha, desapareceram, então espreitei ainda melhor

o chão esvaziava a sala com pouca mobília, um cadeirão com furos, uma televisão a preto e branco, uma vela em cima da televisão

e vi os olhos mais bonitos do mundo aparecerem numa outra escuridão, olhos escondidos de quem chora muito, me espantei naquele olhar como no olhar dos búzios que nem quero lhes apanhar

ela se aproximou devagar mas a olhar nas conchas que eu tinha penduradas na cintura, todos meus materiais, conchas bonitas mesmo, algas secas, espinhas e escamas de peixe grosso, pedras e lixos do mar ela veio e a conversa na cozinha parou, lá atrás a kota e o kota nem faziam barulho

«tens mais conchas nesse saco?»

olhei o kota de novo, se via nos olhos dele que era pai dela, mexia os olhos para baixo e para cima, a moça mexia o olhar também

«eu tou a vender conchas do mar, só vendo já conchas bonitas»

tirei o saco das costas e pousei no chão, todos parámos

o kota transparente me olhava, eu procurava olhar, a kota olhava a filha, a filha olhava e sentia o mar nas minhas conchas

dizem pra ouvir o mar basta pôr a concha perto da orelha e esperar o som, eu não sei que nunca experimentei pra não ficar só com um ruído nenhum, prefiro de ir mesmo junto do mar pra encontrar as conchas mergulhadas

«eu quero outras conchas também, mesmo que não sejam bonitas...»

e foi embora de repente na escuridão,

agora eu tinha missão de encontrar não sei lá que conchas pra aquela moça despenteada

mas gostei da missão, podia voltar ali com boa desculpa de fornecedor e a minha vida é isso também:

*que os outros me dizem caminhos para eu ter que ir lá
e voltar, como eu gostava de falar*
*«tou a vender conchas do mar, só vendo conchas
bonitas.»*

[da gravação do VendedorDeConchas]

dias antes do início do curto-circuito e da gigantesca fogueira

o corpo de Odonato era uma sombra fugidia do
que havia sido a vida inteira, sendo que nem a roupa
mais apertada se conseguia ajustar ao seu corpo e o seu
modo de caminhar agora acontecia em desajeitados
movimentos

todos os dias – e já cansado disso – refazia o
exercício de reaprender a caminhar num ajuste ao
parco peso que o seu corpo agora oferecia, cambian-
do as mais básicas noções de gravidade, ensinando
aos joelhos como dialogar com os seus diminuí-
dos músculos e até aos lábios como obedecer aos
comandos da coordenação motora que dá lugar às
palavras, esse reduto final e pronunciável das ideias
e das vontades que falamos

– *é que a vida tem muitos lados* – dizia a AvóKunjikise

273

– a falar a sua língua, mãe? faz bem, para não esquecer

– *hum* – riu a velha –, *não se esquece a língua do nosso coração. falo umbundu é para ver se os mortos ainda me estão a ouvir...*

– vou sair, mãe. diga a Xilisbaba que eu fui de novo à esquadra levar comida ao Ciente

– *vai de olhos abertos. aí, onde pensas que está a árvore, só há uma sombra... são os teus olhos de pai que não querem ver a verdade...*

de olhos bem abertos caminhava Odonato pela cidade rasgada, quase não reconhecendo as esquinas e as ruas, tal era a quantidade de tapumes e andaimes, de gruas e máquinas, de homens e sotaques

atento aos ritmos do seu corpo leve e solto, equilibrava-se, o transparente homem, no peso do saco de comida que levava, dose reforçada e bem cheirosa de bifes com fartura de batatas fritas, na esperança de que algo sobrasse para o filho

e teve até tempo de passar na BarcaDoNoé para pedir, como favor de amigo, um saquinho de mostarda que agradasse aos polícias

– até mostarda veio? sim senhor – o agente Belo sorria, lambendo as fartas beiças –, isto é que é um farnel de acordar até defunto...

– acha que hoje poderei ver o meu filho? já se passou quase uma semana...

– esconda masé o material que se o subintendente vê isso, fica-me já com o pitéu!

– mas fazemos como?

– vá ter comigo ali à esquina e já se resolve isso.
peça qualquer coisa para beber e conte comigo
– não bebo
– eu bebo a sua parte, não se preocupe.

o agente Belo entrou no minúsculo bar de esquina
e não viu Odonato

olhou de novo, esperou que a penumbra interior
perdoasse a intensa luminosidade do lado de fora, e
julgou ver um vulto sentado a um canto, franziu as sobrancelhas e teve de se aproximar para confirmar que
era mesmo o homem com quem falara há pouco

– mas você...

– não se preocupe, é assim mesmo

– já consultou os médicos?

– já. mas diga-me, quando é que posso ver o meu
filho? estou preocupado por causa da ferida

– não – disse o polícia, descobrindo a comida, pedindo prato e talheres –, com estes bifes, você não tem
que se preocupar

– mas você come os bifes! – falou, sério, Odonato

– eu só como metade dos bifes, alguém come a outra metade

– quando é que poderei ver o miúdo?

– mas é miúdo?

– você não o viu?

– sim, mas quer dizer... miúdo assim de quantos anos?

– quando, homem? – Odonato parecia ter um choro preso à voz, um paternal e obscuro pressentimento.
– quando é que o posso ver?
– bem... não sei... não posso prometer nem despro-
meter. já tentei envolver o subintendente nisso, mas ele
não vai com batatas fritas, só se forem verdes
– verdes?
– notas verdes, dodós, cabeças grandes
– isso é que vai ser mais complicado
– pois é, mas tudo está complicado aqui em Luanda – mastigava com satisfação, o agente Belo –, basta
olhar para você, camarada.

Paizinho, na intensidade do calor, fazia as suas fre-
quentes pausas laborais no primeiro andar, deixando o
corpo sob a zona de onde as águas caíam mais fortes,
para revigorar os músculos do corpo e os ritmos da mente
dominava os segredos daquelas águas até onde estas
se davam a entender porque, assim como a misteriosa arca do Noé não conhecia falha de energia mesmo
quando toda a cidade sucumbia à escuridão mais ou
menos duradoura, também aquele primeiro andar não
sucumbira nunca às mais convincentes faltas de água
generalizadas e este segredo, embora pudesse ser de
grande valia para as mentes mais viradas para o negócio, era guardado a sete chaves pelos habitantes do
prédio, quase por uma questão de orgulho

– se acabar a água do mundo, eu sei onde ainda restará uma gota para beber – brincou JoãoDevagar –, quando acabares, vem cá que preciso de falar contigo, Paizinho

– sim, tio João, venho já aí

o terraço estava agora impecavelmente limpo, Paizinho recebia oficialmente de JoãoDevagar um magro salário pelas matinais limpezas e arrumações que fazia no recinto

– temos que dar dignidade a esta casa cinematográfica – explicara JoãoDevagar –, está ali o nosso GaloCamões que não nos deixa atuar em falso. o asseio é a dignidade dos pobres, já dizia a minha avó

– tio João, diga então. era o quê?, não está tudo bem limpo?

– está ótimo, rapaz, tu és um gajo sério e trabalhador, olha que o pior inimigo de uma carreira é a preguiça. já sabes, não é?

– o quê?

– que a preguiça é a mãe de todos os vícios

– a mãe?

– sim, o começo

– tou a ver – ia o jovem começar a limpar as coisas de novo

– calma aí, rapaz, agarra a tua calma. tamos aqui a conversar, senta-te – JoãoDevagar retirava de uma caixa isotérmica uma garrafa de whisky a transpirar de tão bem gelada – vamos comemorar

– vamos quê?

– comemorar. celebrar o teu emprego aqui no cinema e a tua ida à televisão

– obrigado, mas até não gosto de whisky

– é o quê? cala masé a boca. whisky não se recusa, ainda mais de borla, não tou ta cobrar nada, toma lá o copo e aguenta a carga

– obrigado, tio João

– bem, como tudo tá a correr bem, e agora tás quase meu assessor... isto está a ficar importante, ahn? – ria JoãoDevagar – assessor é cargo de responsabilidade, rapaz

– tá bem, tio

– toma lá, para não dizeres que trato mal os meus assessores

tirou do bolso um nokia maltratado pelo tempo e pelas inúmeras mãos por que ele havia passado, numa cor que já ninguém podia dizer com segurança se era um cinza que um dia fora prateado

– para mim, tio?

– para estares contactável, disponível... tás a ver a coisa? agora atacas num cartão de saldo que a tia MariaComForça pode te vender, e já tamos na era das comunicações globais, isto aqui não é Huambo! – riu JoãoDevagar

– mas no Huambo parece que as redes até funcionam melhor, as pessoas é que dizem

– tá bem, mas esse aqui é um puro telemóvel caluanda, altamente maiuiado! tás a ver a coisa?

– tou sim, tio, muito obrigado. não é preciso saldo?

– cala masé a boca, é preciso é aprenderes a beber whisky, onde é que já se viu um angolano com esse corpo todo a não beber um whisky bem gelado a esta hora...!

– obrigado, tio

– de nada, olha, hoje devias ficar aqui à noite, vamos ter uma sessão especial

– filme de adulto?

– isso mesmo, mas não é só de adulto assim à toa... hoje vais ver o internacionalismo pornográfico

– é o quê, tio?

– chama-se «a dura vingança de um africano», foi-me recomendado por uns amigos. já assisti a uma parte e promete... assiste também, vais gostar, é filme com uma sueca!

– sueca do jogo de cartas?

– sueca da Suécia, vocês do Huambo...! bem, puto, logo então falamos, arruma tudo que hoje até vamos ter plateia extra

– sim, tio – Paizinho mirava, encantado, o seu novo telefone

– passa lá em baixo e deixa no CamaradaMudo esse whisky tá todo aguado

– tá bem, tio.

a jornalista inglesa encontrou Odonato, à hora combinada, no meio da escadaria e ajudou-o a subir os andares que faltavam até ao sexto

encontrando no corredor do seu apartamento a AvóKunjikise, sentada com Amarelinha aos seus pés, as duas brincando de compor colares com conchas e

279

adornos de missanga vendidos ou oferecidos pelo VendedorDeConchas

o sorriso no rosto da AvóKunjikise era a imagem
apaziguadora que, sem saber, Odonato buscava

– bom tarde, mãe

a velha sorriu para o genro e para a jornalista

AvóKunjikise gostou dela, mesmo não a conhe-
cendo, pelos seus gestos de mãos, parecia alguém com
mais vontade de aprender do que de deduzir sobre
escassos conhecimentos, como era prática usual entre
outros jornalistas, fossem de que nacionalidade fossem

– Baba – Odonato abraçou a mulher –, temos algo
para oferecer a esta menina? quer gravar uma conversa
comigo

– temos sim, aceita um chá?

– sim, muito obrigada

sentaram-se na sala, quietos, como se ambos gos-
tassem de ver passar o tempo

– você manda estas coisas que grava para a BBC?

– não vou gravar nada, quero apenas conversar, e
tirar algumas notas, se não se importa

– mas são para a BBC?

a jovem sorriu de modo discreto e aberto ao mesmo tempo

– não, já não mando nada para a BBC. eles não
querem

– ah não?

– não, já ninguém quer as minhas estórias, parece
que são demasiado boas

– mas se são boas... são boas!

– não, ninguém quer boas notícias sobre Angola ou
sobre África. boas de mais, entende? uma coisa é uma
noticiazinha boa de vez em quando, outra é eu contar
sempre coisas interessantes

– entendo – Odonato parecia ligeiramente espantado –, então, vamos falar de quê? das escavações sei
tanto quanto você, ou menos... do eclipse, sei só as publicidades que vejo na rua e nos jornais...

– vamos falar da vida, do prédio, do que quiser

Odonato arregaçou as mangas e a jornalista teve
que disfarçar o susto, os seus braços estavam ainda
mais transparentes do que o seu rosto, eram visíveis,
perfeitamente visíveis os movimentos dos ossos e o
fluxo do sangue que corria de um canto do corpo para
o outro, os tendões obedecendo aos movimentos dos
nervos, ou talvez o inverso,

lentamente conseguiu reencontrar o seu olhar com
o de Odonato

– sabe, além de transparente, estou a ficar leve, cada
vez mais leve

– como é que encara tudo isto?

– como é que você encararia?

– nunca fiquei transparente, não saberia dizer

– eu também não sabia...

– como é que começou?

– está a gravar? – perguntou Odonato

– não, não estou

– acho melhor gravar, pode ser que não tenhamos
outra oportunidade... começou com a fome. tinha
fome e não tinha o que comer

– aqui em Luanda, neste prédio? há sempre uma mão amiga

– mas é que eu estava farto de comer de mão amiga. queria comer da mão do meu governo, mas não comer como os governantes comem, queria comer com o fruto do meu trabalho, da minha profissão

– foi despedido?

– fui sendo despedido

– como assim?

– fui sendo impedido de fazer o meu trabalho. fui sendo forçado a sair

– fisicamente?

– não, fisicamente não... enfim, fiquei sem dinheiro e, em Luanda, quem não tem jeito para esquemas...

– entendo

– fui comendo cada vez menos para que os meus filhos pudessem comer o pouco que eu não comia. e foi assim

– foi assim como? deveria ter ficado fraco, doente

– mas não fiquei!

– o que houve?

– a vida libertou-me

Xilisbaba, de lágrima molhada nos olhos, espreitava da cozinha, magoada, a detalhada confissão que o marido nunca lhe havia feito

– a vida libertou-me aos poucos do fardo da fome e da dor

– posso perguntar como foi?

– tive dores, no início, fome, dor de estômago, mas por alguma razão tive o instinto de não comer mais, era uma espécie de desistência, mas não lhe posso explicar muito porque não era um pensamento pensado. foi sendo... foi sendo. e a dada altura deixei de sentir fome, deixei até de sentir o estômago. passei a beber água e sentia-me bem. cada vez melhor. até ao dia

— até ao dia...?

— até ao dia em que as mãos começaram a ficar transparentes

— não se assustou?

— quer a verdade?

— quero a sua verdade

— não me assustei. achei justo

— justo? o resultado?

— a aparência

— não tem medo de morrer?

— acho que já me passou o medo

— disse que acha justa a aparência?

— porque é um símbolo. a transparência é um símbolo. e eu amo esta cidade ao ponto de fazer tudo por ela. chegou a minha vez, não podia recusar

— como assim?

— não sei explicar muito bem, e é sobre isso que fico a pensar, quando me ponho sozinho no terraço a sentir o vento e a olhar a cidade. um homem pode ser um povo, a sua imagem pode ser a do povo...

— e o povo é transparente?

— o povo é belo, dançante, arrogante, fantasioso, louco, bêbado... Luanda é uma cidade de gente que se fantasia de outra coisa qualquer

– não é o povo que é transparente... – tentou a jornalista

– não, não é todo o povo. há alguns que são transparentes. acho que a cidade fala pelo meu corpo...

– é esta a sua verdade – murmurou a jovem jornalista

– é preciso deixar a verdade aparecer, ainda que seja preciso desaparecer. está a gravar?

o prédio estremeceu de modo lento, mas todos foram capazes de sentir a trepidação

Xilisbaba procurou o marido na sala, AvóKunjikise e Amarelinha apareceram também

tratava-se de um leve estremecer, breve, que não deixara marcas a não ser no rosto e na certeza de cada um

– isto ou vai ou racha – murmurou Odonato

– *mexem na raiz da árvore e pensam que a sombra fica no mesmo lugar...*

murmurou a AvóKunjikise na direção do gravador da jornalista.

quem acabara de aterrar no aeroporto QuatroDe-Fevereiro, já na fila para o controlo das migrações, julgou tratar-se de algum terramoto

– não se preocupem – brincou um angolano falando para os estrangeiros da fila –, isto faz parte das festividades de boas-vindas os outros nacionais riram em conjunto

– já começaram as celebrações do eclipse angolano, o nosso governo é muito eficiente!

e seguiram sorridentes, em busca das suas malas carregadas de artigos comprados no Brasil, ÁfricaDo-Sul ou nas europas

t-shirts de cores fortes para o verão, fatos quentes apesar do calor angolano, vestidos caros para as madamas, sapatos altos para as amantes, bolas para os sobrinhos, colares espampanantes para as filhas, afilhadas e sobrinhas, ténis desportivos para dar aos amigos ou mesmo vender na praça, milhares de cuecas femininas de fio dental para vender às candongueiras do costume, pijamas de seda, gravatas, sapatos para casamentos ou funerais, bandoletes para os cabelos desfrisados das namoradas, chapéus com siglas da equipa de basquetebol americano, equipamentos tecnológicos, émepê três e quatro, telemóveis de última geração com serviços que ainda não eram oferecidos pelas operadoras nacionais, minitelevisões e leitores de dvd para os carros, lâmpadas led azuladas para o interior e exterior das viaturas, aparelhagens com potência para incomodar vizinhos a mais de cem metros de distância

e também

porta-retratos digitais com capacidade para cartões de todos os tipos, gps's que falavam e recebiam ordens faladas, sensores para dar marcha-atrás sem tocar no carro traseiro, frutos secos, queijo da serra, queijo minas, camisas de Vénus de diferentes cores e sabores, relógios caros de prata ou de ouro, de marca importante, mais sapatos, mais gravatas, mais fatos quentes, óculos escuros de marca, botas de marca, telecomandos universais, alarmes de porta, artigos para a cozinha e para o jardim, piscinas insufláveis, televisões de incontáveis polegadas, memória para o computador, livros de gestão e de negócios ou de direito internacional, dvd's com tecnologia blue ray, telefones sem fio, frigideiras para a cozinha, máquinas de barbear minúsculas, auscultadores com anulação de som, máquinas fotográficas à prova de água, cadeiras para bebés para instalar no carro, perfumes, muitos perfumes caros

— você num brinca com o angolano quando se trata de compras! — comentavam, saindo da casa de banho suja do aeroporto — mesmo que a mala demore a aparecer, a vida é mesmo assim, você comprou, agora aguenta! aqui tem pessoas que viajam com doze malas, tás a brincar ou quê?

muitos estrangeiros faziam parte da chamada comunidade científica internacional e tinham vindo a Angola, justamente naquele período, para estudar o fenómeno do eclipse num dos tais privilegiados lugares para essa observação

conforme confirmavam os panfletos e a publicidade logo ali na zona das bagagens

«Angola nunca viu um eclipse assim!», soletrava um estrangeiro, tirando notas, fotografando, comentando com outro que era muito interessante aquela assumpção nacional do fenómeno universal, mas na realidade, e bem vistas as coisas, não há como negar, tão local também

«não se deixe eclipsar, use óculos apropriados» lia--se noutro cartaz com o patrocínio do Partido, em letras miúdas, mas com um enorme símbolo partidário que brilhava a meia luz

«cá se fazem, cá se assistem», dizia o anúncio da companhia de parabólicas e demais canais televisivos

«mais vale um eclipse ao vivo que dois na televisão» estava escrito no flyer distribuído pela governo provincial do KwanzaSul, cuja capital, como se sabe, o Sumbe, é o local mais que apropriado para o pleno gozo do espetáculo, e destino mais provável da maioria dos cientistas ali presentes

– estamos aqui há duas horas e nada de malas, é assim mesmo? – perguntou um cientista brasileiro, gorduchinho e suado

– é só aguentar, Paizinho, é só aguentar – respondeu um angolano igualmente transpirado mas muito bem-disposto – na sua terra tem eclipse assim dos melhores do mundo?

– é, por acaso...

– aqui tem! aqui é Angola, meu irmão, você aguenta um pouco que as coisas se resolvem

– me fala uma coisa, meu irmão, aqui tem selva? eu vou poder ver a selva angolana?

os angolanos ao redor desmancharam-se numa forte risada que atrapalhou, por instantes, o brasileiro

– aqui tem selva sim, não se preocupe – respondeu um angolano

— é só sair do aeroporto e você já vai ver... a selva urbana — disse outro, e a multidão voltou a rebentar numa risada que aumentava o calor

— porque me falaram que aqui tem selva, gostaria de ver os animais... olha aí a minha mala, que sorte, bem, amigos, já vou indo — rematou o brasileiro, limpando a testa depois de retirar a mala do tapete

— bom eclipse — disse o angolano

— pra vocês também

o enorme grupo de cientistas, dividido por nacionalidade, foi enfrentar os minuciosos agentes que verificavam os números nos tickets das malas e faziam a respetiva vistoria

— não tem nada, meu irmão — falava um dos brasileiros —, só material de pesquisa, de observação...

— mas tudo tem de ser revistado, tá a entender, mô kota?

— tem que pagar uma cota?

— pode ser... vamos ver bem essas malas, abra por favor

os agentes, munidos de impecáveis luvas brancas, passavam em revista a bagagem dos cientistas, alguns eram mais revistados do que outros, taxas aeroportuárias foram inventadas à ultima hora e por sorte nenhum teve que largar dólares porque o comité de receção incluía pessoas das agências de viagens angolanas muito bem apetrechadas no processo de resolução verbal com os trabalhadores do aeroporto

— esses são cientistas, comé, deixa só passar, já tão autorizados pelo governo e tudo

– então e nem podem deixar uma lembrança? uma lembrança é uma coisa voluntária, meu irmão, ninguém tá a pedir nada – resmungava um dos agentes de luva branca, fechando as malas já revistadas

– me fala uma coisa, meu jovem – o brasileiro insistia –, no caminho para Sumbe a gente vai passar por alguma selva?

– selva? como assim? os senhores vão para o Sumbe, e Sumbe é uma cidade, é a capital da província do KwanzaSul

– mas tem selva? selva assim com bicho?

cá fora, batizados pelo bafo do calor e da catinga, enquanto esperavam pelo autocarro que os conduziria ao hotel, foram abordados por inúmeros jovens que lhes tentavam vender gasosas, água, cartões telefónicos, telemóveis roubados, ou um produto mais especial

– o que é isso aí?

– são os óculos do puro enclipse, mais-velho, tem de comprar já para não ser surpreendido, já tá quase a chegar o enclipse

– e eu vim mesmo para observá o eclipse, sou cientista, sabe? – o brasileiro sorria para o jovem vendedor

– então o kota já deve saber, não pode olhar só assim tipo tá a espreitar, o sol não gosta

– é, eu sei, deixa eu ver como é esse óculo

– são os puros óculos oficiais, mô kota, esses tão mesmo autorizados até pelo governo, eu num distribuo produto só assim à toa, é quinze dólares, mô kota, mas euro também vai

– e reau? posso pagar em reau?

– não, mô kota, de momento não estou a trabalhar com moeda brasileira

– então você sabe que reau é moeda brasileira?

– sei sim, kota, mas pode pagar em dólares ou então me dizer o hotel onde os kotas vão ficar, posso passar lá mais tarde para distribuir a toda a comitiva

– como você sabia que no brásiu a moeda é o reau?

– aqui conhecemos todas as moedas, kotas, até da China

– e a cidade do Sumbe fica longe?

– até fica perto, kota, de candongueiro pode fazer quatro horas ou menos, mas o kota num vai levar já as puras raias?

– raia?

– as mauanas, os óculos antienclipse, esses que tou a vender... olha aqui, kota, tem carimbo e tudo

– quem sabe... agora tô meio desprevenido, mas podemos falá depois, olha, vem aí meu ônibus

– vê só então uns dólares, mô kota, mesmo dez dólares vou fazer preço bom no kota, brasileiro até já é como nosso irmão, do kota Lula...

– você é daqui de Luanda?

– não, kota, sou do Uíge

– duíge?

– Uíge, da cidade do Uíge

– e lá tem selva? você conhece a selva?

– selva?

– é, selva, com os bichos

o guia da agência de viagens afastou o jovem vendedor, empurrando-o mesmo sem respeito, fazendo os cientistas entrarem no autocarro mal estacionado

– e é preciso empurrar já assim? vocês quando encostam num estrangeiro ficam bem armados, até parece que brasileiro também conta como estrangeiro...

– cala masé a boca e vai trabalhar – disse o guia, maldisposto com o calor e com a sua missão

– e num tou a trabalhar? compra masé uns óculos do enclipse pra num ficares cego

– quem te disse que eu vou olhar no eclipse?

– e quem te disse que mesmo sem olhar não tens de usar? há pessoas que vão usar já desde a noite anterior

– epá, deixa-me em paz, já tou aqui com as minhas preocupações

o autocarro, com os quatros piscas ligados, arrancou com a porta aberta mas foi intercetado por dois polícias que o esperavam alguns metros à frente, para desespero do guia

– boa tarde, camaradas, quem é o responsável pela viatura?

– eu – respondeu o guia

– faça o favor de sair com a documentação total do machimbombo, vamos ter de identificar todo mundo

– mas acabaram de sair de aeroporto, esperaram três horas pelas malas, senhor agente, trata-se de um grupo de cientistas que vieram para testemunhar o nosso eclipse

– aqui fora do aeroporto já é uma situação nacional, uma ocorrência quotidiana, digamos assim

– mas eles já foram identificados, senhor agente

– então reúna lá os passaportes para uma simples verificação

o brasileiro saiu do autocarro para fumar e aproximou-se dos polícias

– tudo em ordem, senhor agente? – sorriu para os homens

– tudo em ordem, e consigo?

– tudo bem, tirando o calor, tudo bem... a gente tá indo para Sumbe, conhece?

– conheço sim, nasci lá perto mesmo

– ah, então você conhece bem a região?

– conheço, sim

– você sabe se lá tem selva?

– selva?

– selva, sim, queria ver bicho da selva africana

– esses assuntos é melhor falar aí com o vosso guia – o polícia disfarçava o riso, olhando para o outro agente com cumplicidade –, chegaram agora do Brasil?

– agorinha mesmo, quer dizer, faz três horas, né? muita bagunça ali na mala, no tapete

– sim senhor, e vieram para o advento do eclipse?

– é, viemos observá, estudá...

– muito bem, e trazem valores monetários?

– como assim?

– valores em dólares ou euros?

– não, não trazemos nada, falaram que aqui tava tudo garantido

– mas é sempre bom andar com algum cumbú

– cumbú?

– cumbú é dinheiro, que vocês dizem grana

– ah, grana, pois é

– pois é – disse o polícia calmamente –, mais cedo ou mais tarde, você vai precisar de grana... cumbú!

– pois é – disfarçou o brasileiro, com o cigarro na boca

– tem um cigarro, senhor cientista?

– tenho sim – tirou o maço do bolso

– podemos ficar com o maço? vamos passar aqui a tarde toda, tá a ver...

– tudo bem, pode ficar, a gente pode seguir?

– pode, tá tudo certo, façam boa viagem, e a força corporativa da polícia nacional deseja aos senhores cientistas uma excelente estadia e concomitantemente um respetivo bom eclipse!

– que maravilha sua língua portuguesa! – o brasileiro parecia genuinamente espantado

– muito obrigado, tenha um bom dia – o agente bateu continência e foi dividir o maço de cigarros com o seu colega

– simpáticos, os agentes daqui, só que gostam de fumá do cigarro dos outros – comentou o cientista

– são como eu – comentou o guia –, fumo mas não trago

– você não trava? algum problema de saúde?

– não, eu fumo mas nunca trago cigarros comigo

o brasileiro riu, gostou da piada, pendurou o rosto na janela e pôs-se a olhar a cidade, vários anúncios falavam do eclipse, a cidade, nalguns pontos, havia sido pintada ou arranjada para a ocasião, mas mal saíram da zona do aeroporto depararam-se com inúmeros tapumes, prédios e ruas cercadas de vedações, terra vermelha que havia sido recentemente extraída, cimento partido, pedaços de alcatrão arrancados das estradas, e tudo com placas identificadoras da CIPEL

— cipéu? que é isso, cipéu?

— é a comissão instaladora do petróleo encontrável em Luanda

— uma comissão? de petróleo? como assim?

— são as escavações, estamos a caminho do futuro

— qual futuro?

— encontraram petróleo aqui, debaixo da cidade de Luanda

— e vocês podem escavá?

— podemos, a terra é nossa, claro que podemos

— sim, mas no sentido da segurança, das pessoas, dos prédios, é possível escavá assim?

— temos técnicas muito avançadas, veio gente de fora e tudo, tá tudo controlado pelo governo

— você acredita nesse governo?

— não tenho outro para comparar — disse o guia

— já estão explorando?

— estão a começar, as escavações são para instalação dos tubos e das máquinas, a qualquer momento vamos ver jorrar petróleo, e dizem que se encontrarem no quintal de alguém, essa pessoa recebe uma comissão

— então é verdade o que eu escutava no brasiu sobre pessoas que têm poço de petróleo no quintal?

— não, isso são estórias de brasileiros

— de brasileiros ou de angolanos?

– bem, são estórias de angolanos que vão ao brasil contar essas estórias, e são estórias de brasileiros, como o senhor, que acreditam nessas estórias

– não me chame de senhor, por favor, somos praticamente amigos... como é mesmo o seu nome?

– Bernas

– pernas?

– Bernas

– ah, Bernas, prazer, sou Serginho. que nome curioso, o seu, é um nome tribal?

– não – o jovem riu-se –, vem de Bernardo, sou Bernardo, mas o nome de casa é Bernas

– entendi

depois de duas horas num trânsito intenso e barulhento, chegaram ao hotel, descarregaram as malas e despediram-se do motorista e do guia

– bem, Bernas, se você souber algo do trajeto, se vamos passá ou se podemos visitá alguma selva, você me avisa, tá?

– ok, tudo bem, boa estadia e bom eclipse

– bom eclipse para você também.

com a proximidade da barata

e de acordo com alguns dos seus movimentos, a televisão do quarto de Raago deixava de funcionar ou transmitia algumas interferências que originavam, por momentos, a aparição de imagens de um filme porno-

gráfico com duas louras e um garanhão negro munido
de um membro sexual descomunal, do tipo que em
Luanda é conhecido como «kinjango»

ou que, nalguns círculos familiares, atende pelo es-
pirituoso nome de «salabardote»

o americano sorriu olhando para a barata albina
que mexia as antenas de modo mais irrequieto ao ser
diretamente observada

– i wonder how many stories you could tell me... if
only you could speak – murmurava o americano, deitado no chão, olhando a vaporosa baratinha

foi surpreendido pelo toque do telefone mas evitou movimentos bruscos porque sabia que a barata
se assustava com facilidade, e a amizade conquista-
da com tempo e paciência exigia uma movimentação
lenta

atendeu o telefone e ficou satisfeito por ouvir a voz
do seu amigo, o também cientista DavideAirosa, que
passaria mais tarde para o apanhar para uma jantarada
na casa de PauloPausado

– should i bring something, a bottle of wine,
perhaps?

– não, não é preciso, ali o que não falta é bebida,
não te preocupes – terá dito o outro.

– uma garrafa de vinho português, de preferência
alentejano – pediu JoãoDevagar, sorrindo

– é pra já – respondeu Noé, dirigindo-se para a arca – bem geladinha ou assim natural tipo quente?

– bem gelada, para não habituar mal a garganta, senhor Noé

– tá a sair

– vamos abrir para celebrar

– então?

– então não lhe disse que eu vinha cá já para resolvermos aquele assunto?

– ah, sim, do quintal – recordou-se Noé, abrindo a garrafa de vinho, preparando uns copos

– traga mais copos, pago aqui uma rodada de tinto aos demais convivas

na sua mesa, o Esquerdista sorriu e agradeceu com um gesto de cabeça, outros dois na outra mesa imitaram o gesto e apressaram-se a terminar as suas cervejas quentes para livrar os copos de anteriores compromissos, o vinho foi servido e o brinde sugerido

– ao nosso eclipse angolano!

– ao eclipse! – responderam os demais

– então como é que ficou a situação, senhor Noé?

– em princípio saem hoje, não queriam sair, os chineses, aluguei aquilo por um ano, já terminou há mais de um mês, e não saem, quando você me disse que estava interessado, fui lá falar com os homens

– e não saíram?

– você nem sabe o trabalho que aquilo me deu, ameaçaram-me com truques de kung fu, bruce lins do caralho...

– e você não mostrou os seus dotes de karate mis-
turados com bassula?

– eu não, que não tenho idade para isso, deixei-os
lá estar quietinhos e voltei no dia seguinte

– voltou acompanhado da polícia?

– não, voltei acompanhado de uma aká

– ah, boa, os chinocas querem brincar com o comando Noé

– comando, não, mas há asssuntos que só se resolvem com aká47

– os gajos borraram-se todos, não?

– cheguei lá, mandei dois tiros pro ar e perguntei
onde é que estava o BruceLin, o gajo acagaçou-se e
fugiu pelas traseiras

– boa, é assim mesmo, afinal nós fomos treinados
pelos cubanos

– mais nada!

– então e hoje?

– hoje voltamos lá, se você quiser, vamos lá agora
mesmo, devem estar a tirar tudo, dei-lhes o prazo até
hoje ao fim do dia

– mas vamos lá agora, assim, desprevenidos? –
JoãoDevagar não era propriamente o mais corajoso
dos luandenses

– claro que vamos prevenidos – Noé abriu a arca e
sacou de dentro de um saco plástico opaco a sua reluzente aká47

– tem a certeza, senhor Noé, não é melhor ir-
mos mais preparados? com esses chineses nunca se
sabe...

– mais preparados do que isto? só se for o fator psicológico

– como assim?

– levamos os companheiros connosco, fazemos uma rusga rápida ao quintal e depois voltamos da missão para mais um copo, os camaradas alinham?

– eu alinho depois de terminar a bebida – afirmou o Esquerdista

– e nós também – disseram os outros, fazendo o gesto com a mão para reabastecer os copos de vinho

– bom... – murmurou JoãoDevagar terminando o seu copo – declaro inaugurada, por votação unânime, a operação «entrar na casa do dragão»!

– então venha de lá mais uma ngala de uáine! – animou um dos convivas

animado, o grupo fortaleceu a sua vontade marcial e, de bala na câmara, entrou no quintal que Noé alugara a sete chineses um ano antes, com os corpos cambaleantes e os rostos em suposta malvadeza, indagando em português misturado com kimbundu onde estava o responsável, um tal de Bruce, pois havia chegado a hora de se retirarem daquele recinto já alocado a gentes vindouras

– Bruce ná está – dizia uma chorosa madame, chinesa baixinha, com uma criança ao colo

– bom, vamos lá ter calma – Noé baixou a arma e sugeriu aos demais que recuassem os seus bafos alcoolizados – estão de retirada mesmo?

– todos coisas já saem, pessoa vem buscar almofadas e camas

– muito bem, muito bem – disse Noé sem saber o que mais dizer

– vamos então proceder à contagem regressiva – sugeriu JoãoDevagar

de dentro do casario saíram camas, almofadas, cestos, frutas e legumes, candeeiros, velas, um gerador pequenino e os bidons de gasolina, utensílios de cozinha, malas e sacos enormes com roupas e objetos, tudo transposto pela porta traseira para um camião conduzido também por chineses mais ou menos sorridentes

– mas... digam lá vocês se eu bebi de mais, quantos chineses é que já saíram dessa casa? – Noé parecia confuso

os demais do grupo faziam gestos com os dedos e com os olhos, era confuso, entravam e saíam, iam ao carro, tinham roupas e rostos demasiado parecidos e havia já crianças à mistura, até que no fim, quando terminaram de retirar todas as coisas e a mulher veio entregar a chave, Noé subiu à parte de trás da carrinha, com a arma no braço, e um estranho silêncio fez-se sentir entre os chineses

Noé desceu, com ar abatido, juntou-se aos amigos num olhar parado que assistia à partida da viatura e finalmente proferiu a sua sentença

– estes chineses são fodidos!

– como assim, compadre?

– então quando aluguei a casa eram sete, agora contei onze, entre os quais duas crianças de colo e dois pré-adolescentes

– cientificamente falando, é complicado... – comentou o Esquerdista apontando já para o bar Barca-DoNoé, sugerindo que fizessem de imediato o trajeto inverso

– cientificamente? você num brinca com o chinês!

de volta inauguraram mais duas garrafas, Noé voltou a embrulhar a sua aká num longo saco plástico, preso depois com duas cordinhas, e a volumosa arma foi guardada

– há coisas que ultrapassam o lado científico, senhor Esquerdista, não duvide

– não duvido, mas em um ano, Noé...

– você nunca ouviu essas estórias? você, que é quase um escritor, nunca ouviu dizer?

– tenho ouvido estórias incríveis dos chineses – comentou alguém

– então eles aprendem kimbundu em três meses, tipo curso intensivo, tá a brincar ou quê?

– sim, uma coisa é aprender ou arranhar uns kimbundus, outra coisa é gerar um filho

– gerar? agora vens com esses verbos caros? então ali no RochaPinto uma chinesa não foi atendida duas vezes numa clínica, no espaço só de pouco mais que um ano?

– pouco mais que um ano, senhor Noé?, não exageremos...

– positivo. o caso saiu nos jornais, parece que as chinesas, aqui em Angola, estão a misturar gengibre com as raízes deles, e a gravidez delas tá a bater um prazo de seis meses

– seis meses?! – duvidou o Esquerdista

– vá, seis meses e meio, pronto, ora duas vezes... dá treze meses, tão a chutar crianças tipo que tão lá na China... então você não acabou de testemunhar? eram sete agora sairam onze

– esses chineses... – comentou outro dos voláteis indivíduos

– esses chineses têm técnicas secretas que desafiam as leis da maternidade... bem – Noé abriu outra garrafa – um brinde ao meu novo inquilino

– um brinde – JoãoDevagar encheu e ergueu o copo

– sempre vai manter a sua ideia?

– mantenho sim, mas é melhor ser meio secreto

– meio secreto, como assim?

– bem, em termos técnicos é o que se chama uma sociedade anónima, eu, você e os meus fiéis

– sempre vai abrir uma igreja então?

– claro, está a dar muito dinheiro, senhor Noé, muito dinheiro

– já tem nome a igreja?

– pensei em chamar-lhe BarcaSagrada, mas já sei que o senhor não vai gostar

– ou bem que é uma sociedade anónima, ou bem que não é... não faça isso, o meu bar já me dá tantas chatices com os fiscais, agora mais essa, não pode ser

– sim, eu compreendo, estive a fazer umas investigações, e recebi uma mensagem dos céus – ironizava JoãoDevagar

– ah sim?

– foi, estive a preparar as citações bíblicas que defendem a minha igreja, e há um animal que me chamou muita atenção

– qual? – além de Noé, todos pareciam curiosos

– a ovelha! acho que posso estar perto de uma certa revelação, senhor Noé, e tenho sonhado muito com a imagem de uma ovelha

– interessante animal, de facto

– em breve os fiéis saberão, e vão querer conhecer a IgrejaDaOvelhaSagrada

– ámen – brincou o Esquerdista

– aí reside uma das grandes diferenças da minha paróquia, senhor Esquerdista, e aqui cito mateus, 25:31: «quando, pois, vier o filho do homem na sua glória, e todos os anjos com ele, então se assentará no trono da sua glória; e diante dele serão reunidas todas as nações; e ele separará uns dos outros, como o pastor separa as ovelhas dos cabritos; e porá as ovelhas à sua direita, mas os cabritos à esquerda»

– pois mais ainda prefiro os cabritos – afirmou o Esquerdista –, e cito génesis 27:16: «com as peles dos cabritos cobriu-lhe as mãos e a parte lisa do pescoço»!

– então remeto-lhe para mateus, 25:41: «então dirá também aos que estiverem à sua esquerda: apartai-vos de mim, malditos, para o fogo eterno, preparado para o diabo e seus anjos...»

– então remeto-te para a puta que te pariu!, seu aldrabão de merda, porque a esquerda será sempre melhor e o teu mateus, lá nos céus, poderia ter as coordenadas equivocadas – berrou o Esquerdista

– calma aí, camarada, o JoãoDevagar é nosso amigo, e estas citações são só uma preparação lá da igreja
dele...

– e não pode escolher outras citações? os que estavam do lado esquerdo são malditos e vão pro inferno,
é assim?

– tenha calma... eu só queria citar parte das minhas
investigações bíblicas, para lhe mostrar algum preparo... era para lhe dizer que a nossa palavra de celebração será outra, não será «ámen»

– qual será? – Noé quis desviar a conversa

– améééé! – fez o som sério de uma ovelha que
respondesse aos chamados religiosos – em homenagem a esse bicho tão sacrificado... proponho um brinde à IgrejaDaOvelhinhaSagrada!

– améééé! – responderam em coro os presentes

Noé serviu mais vinho, JoãoDevagar despediu-se
dos demais, enquanto o Esquerdista resmungava novamente

– isso, vai andando lá para a tua igreja da ovelhinha,
senão ainda levas com o génesis 29:7: «é ainda pleno
dia, tornou Jacob, e não é hora de se recolherem os
rebanhos. dai de beber às ovelhas e levai-as de novo ao
pasto»... dai de beber às ovelhas, senhor Noé!

a sessão estava marcada para as sete horas com des-
conto de quarenta e cinco minutos para o crónico atra-

so dos luandenses, JoãoDevagar sorriu quando chegou
ao terraço mais conhecido por cinema GaloCamões
e encontrou tudo arrumado, limpo e quase perfuma-
do, flores nos cantos, o fogo das grelhas a dar início
às avermelhadas fagulhas, MariaComForça com um
vestido bonito e discreto, Paizinho nas derradeiras arrumações da disposição das cadeiras, na parte traseira,
junto à segunda entrada estava um nicho de assentos
mais confortáveis para a área vip, o projetor emprestado-
do já lá estava e no terraço vizinho até o galo parecia
ter a crista menos descaída e o olhar ligeiramente mais
viçoso, reacordado
 — estou a pensar, Maria
 — diz, filho
 — se não devíamos ir lá naquele terraço dar de comer àquele nosso galo
 — ainda os vizinhos perguntam porquê e vais ter de
explicar tudo
 — tens razão, não vale a pena, atira só qualquer coisa
mesmo desta distância, o que chegar, chegou, ele vai
compreender
 — tá bem
 — a qualquer momento podem chegar os convidados
 — tá tudo pronto, já tou a preparar o carvão
 — isto é que vai ser cá uma noite
 — e o filme, tá contigo?
 — tá guardado... ó Paizinho — chamou JoãoDevagar
 — tio?
 — depois vai lá abaixo ajudar o Edú a subir e traz o
banco dele para não ocupar mais cadeiras

– tá bem, tio

quando o filme começou a sessão estava concorrida, com gente sentada nas cadeiras previstas e outra tanta que ficara de pé pelos cantos ou mesmo junto à entrada, dificultando o trajeto de Paizinho que fazia a vez de um garçom generalizado, descia para ir buscar cervejas ou whisky a fim de abastecer as enormes arcas isotérmicas de MariaComForça, servia pinchos grelhados em pratos de plástico com ou sem guardanapo, carregava baldes de gelo comprados à última hora e ainda atendia a eventuais pedidos especiais provenientes da zona vip

tudo correu como planificado, os membros mais jovens da assistência começaram a representar auditivamente as cenas do filme, sobrepondo-se mesmo a alguns diálogos, criando outros, numa caótica maneira de dar lugar a quem ainda não se tivesse expressado para que o fizesse, o que incluiu, sem preconceito ou gozo, as falas e os gemidos das mulheres loiras que, munidas de uma pornográfica e nórdica volúpia, se ocuparam do canalizador africano durante mais de quarenta e cinco minutos,

JoãoDevagar abria os olhos em êxtase, piscava o olho à sua mulher na zona dos grelhados, observava, hipnotizado, as reações da multidão em riso e aberto contentamento, celebrava as certezas da sua premonição que, recuando um pouco no tempo, imitava agora no futuro o cinema mudo do passado

usando a ausência do som, provocando a multidão com essa intencional falta de sincronia, JoãoDevagar

tornava-se o orquestrador de um teatro que se provo-
cava e se alimentava a si mesmo, a multidão encarre-
gava-se de ativar os conceitos que ele antes anunciara
nos campos da «experimentação teatrológica, cinematografal e performática», em suma, os pretendidos ecos
da sua oitava arte
– é bonito... é bonito...
JoãoDevagar vertia uma lágrima
e olhava os movimentos verticais do pescoço do
GaloCamões.

– onde está a garrafa? escondeste ou quê?
perguntou o CoronelHoffman
– tá no sítio do costume
respondeu PauloPausado, preocupado em receber
bem o americano que parecia incomodado com a confusão do apartamento
a televisão passava uma telenovela brasileira onde
todo o mundo discutia, o rádio estava ligado a dar notícias, e ainda a horas tardias trabalhavam os escavado-
res cipelinos em função de hora extra mal paga
conforme combinado, mas com hora e meia de atraso, DavideAirosa passara no hotel para apanhar o americano que parecia desgostoso e um pouco assustado com
as ameaças verbais de DomCristalino e a concordância
silenciosa do próprio Ministro, tudo coadjuvado pela
anuência do senhor Assessor e as sobrancelhas em riste

de DonaCreusa, tudo falado entre as línguas portuguesa
e americana, com detalhes, de modo que DavideAirosa
se sentiu na obrigação de apaziguar o jovem americano
— tem só calma, isso são só bocas, enquanto estive-
res aqui fica só calado
— sim, calado já estou
— então é assim mesmo, fizeste o teu trabalho, deste
a tua opinião, o resto é com eles
— tenho medo que tudo dá errado
— tudo dá errado há muito tempo, Raago, não te
preocupes, depois a gente dá um jeito, este é o modo
angolano de ir fazendo as coisas, se fizéssemos logo
tudo bem havia inúmeras desvantagens, primeiro parecia que o trabalho era fácil e rápido, depois não tínhamos hipótese de brilhar com as correções, entendes?
— mais ou menos
— mais ou menos é good enough, não te preocupes, quando saíres escreves os teus artigos, tiras as tuas
conclusões
— mesmo sair vai ser problema, ou não?
— como assim?
— no outro dia quem me leva a hotel foi DomCristalino
— e então?
— ele me disse que posso ser... how do you say? ar-
rested?
— preso? mas porquê?
— isso, preso, de jail
— não, não podem prender um cidadão americano,
muito menos nesta fase, não te preocupes, foi um bluff

– não, ele disse que eu estar casado

– tu és casado?

– mas eu não saber antes

– não tou a entender nada

– ele diz que eu já ser casado com uma angolana, e possa ser preso na jail como citizen da Angola

– mas tu casaste com uma angolana?

– ele que me casou

– tás a brincar?

– ele que disse, realmente ministéria tinha minha passaporte, eles podem ter feito outras documentos, mas eu nem conhece minha esposa angolana, pode ser bonita – Raago brincou também

– e ainda nem pagaste alembamento, vai sair caro

Clara havia preparado imensos e deliciosos aperitivos, desligou a televisão para não perturbar o americano, foi e veio da cozinha inúmeras vezes até estar tudo bonito e farto sobre a mesa, mais a comida que a empregada da sua mãe havia preparado, uma entrada especial de um supercaril de mariscos com molho especial, ao que se seguiu um brutal empadão de carne com chouriço e ovos estaladiços na cobertura

– chouriço que veio da ÁfricaDoSul – apresentou

– esta minha comadre é a minha salvação – comentou, de boca cheia, o CoronelHoffman

– já não aguento comer mais – disse Paulo

– eu também estar satisfeito – confessou o americano

– muito bom mesmo – resumiu DavideAirosa

– olhem que eu levo a mal – ripostou a anfitriã

Ondjaki

– olha para esses finórios! – o CoronelHoffman fez voz grossa e séria – tanta gente sem ter o que comer a esta hora e os palermas a dar uma de repletos, sinceramente – bateu com o punho forte na mesa – toca a comer!, desculpa lá, comadre, se não for assim com um berro esta juventude não aprende, deviam masé ter combatido no KuandoKubango para ver como ficavam com fome crónica

– o senhor de facto era coronel de forças «amadas»?

os convivas riram suavemente do americano

– desculpa, Raago, não é forças «amadas», são forças «armadas», like armed, you were saying «beloved army»

– ah, desculpe, por vezes falta de letras pode causar confusion... quis dizer de forças armadas, era tempo de faplas, no?

– sim – respondeu, sério, Hoffman – mais ou menos isso – e voltou à comida para evitar mais explicações

– grande batalha, de KuandoKubango, vi bom documentary sobre isso, presença dos cubanos em Angola, muito bom filme

– si, si, los compañeros... – Hoffman voltou a descontrair, sorrindo, lembrando-se dos seus companheiros cubanos, militares, mas que haviam trabalhado com ele na RádioNacional durante as campanhas de gravação de música tradicional feita nos anos da guerra – sabe, ó... ó rambo...

– é Raago, o nome dele é Raago – corrigiu Paulo

– bom, sabe, Raago... os cubanos, los cubanos... eram gente muito engraçada, só que tudo em Cuba era melhor que aqui, isso deu origem a muitas estórias

310

– como assim?

– tudo era melhor lá, las playas, las chicas, la comida... tudo... e também tinham a mania que conheciam Angola melhor que nós, porque como eram soldados, realmente, já tinham percorrido muitas terras que nós nem sempre tínhamos acesso

– entendo

– lembro-me bem, uma vez, na frente de combate – fez uma pausa no seu teatro luandense, momento profissional de qualquer luandense quando se entrega a uma estória mais ou menos inverosímil, estudando se alguns dos presentes o vai desmascarar – uma vez, no Moxico, estava com um cubano, e comecei a contar estórias de alguns lugares onde eu tinha estado

– sim

– e eu tou a contar ao gajo que já tinha gravado músicas em Luambala, e o cabrão diz «Luambala, como no, aí mismo estuve yo con mi unidad», e eu tudo bem, era possível, depois recordei quando estive no Chiume e o gajo «oye, Chiume, como no?, muy cerca de KuandoKubango, aí mismo combati los sudafricanos», e eu já a ver o filme do gajo, falo da minha infância no Lumeje e o cabrão logo a reagir «oye, compañero, Lumeje, como no, si aí mismo hemos estado la semana pasada», e eu já irritado com aquela merda, comento assim baixo *sundu ya manhenu*[1], e não é que o cabrón se vira para mim, na maior lata e diz: «oye, *sunda manhenu*, como nó? aí mismo comimos ayer!»

---

[1] Em kimbundu: «cona da tua mãe!»

Paulo e Clara rebentaram numa gargalhada desacompanhada pelo americano, que sorriu por simpatia, com o garfo suspenso no ar, mas sem entender a piada até que recebeu a explicação, em inglês, mais as partes teatrais aumentadas pelo CoronelHoffman que quase se engasgava ao rir da sua própria piada

– ai, mãe, aqueles cubanos eram de mais! cada estória, cum caraças...

depois de bem comidos e bebidos, o Coronel orientou a sua tropa internacionalista a comparecer a um boda pesado para o qual ele também não fora convidado

– fazemos como antigamente, cada pato leva mais três consigo

– pato? like duck? – perguntou o americano

– pato, like «non invited person» – explicou PauloPausado

– ok

– confiem só em mim, têm é de fazer um ar importante, aqui em Luanda é assim, se você quer entrar nalgum lugar tem que dar uma de arrogante

puseram-se a caminho, a pé, porque a festa era perto, evitaram os buracos dos passeios, contornaram as zonas mais perigosas e finalmente chegaram ao destino orientados sempre pelo ruído ensurdecedor da kizomba pesada que a festa emitia

na entrada, como de costume, estavam os controladores da porta, vestidos a rigor, fato escuro e sapatos bem engraxados

Hoffman procedeu a uma inspeção visual rápida, deu uma curta volta pelas laterais da casa, «para o caso de alguma emergência», explicou e, segurando o braço do americano, fez a derradeira investida

– você fica só calado e não fala português, se for para falar, mete logo uma de shakespeare

– ok – riu o americano

– comé jovem, tudo em prontidão combativa? – falou, grosso, o Coronel com o segurança

– tudo bem, sim

– viemos bodar, somos convidados, só trouxemos este americano de pato para conhecer as nossas festas nacionais, tão a compreender? – fez um gesto com o braço e meteu logo no recinto PauloPausado e DavideAirosa

– mas então os senhores...?

– ché, os senhores?! que dica é essa? você não viu este cavalheiro nos jornais ontem? convidado especial do nosso camarada Presidente para vir explicar as escavações todas do petróleo?

– até não vi, kota

– «kota» não!, que não andámos na mesma escola, hum!, eu sou o CoronelHoffman, mas podem ficar à vontade, vocês foram tropas? – aproveitou para dar uma forte pancada no braço do segurança

– não, kota, não fomos chamados

– mas cuidado, posso vos chamar a qualquer momento, não é assim?

– sim, kota, mas a festa aqui...

– pronto, já chega de parlapiê, agora os kotas vão ensaiar uns passos de kizomba à moda antiga, se houver alguma complicação aqui na porta sou o CoronelHoffman, vocês podem me chamar

313

– ok, kota, obrigado

entraram em grande na festa, Hoffman sorria e gabava-se da sua manobra vocal, dirigiu-se diretamente ao bar, trouxe bebidas para todos, propôs um brinde, e deixou o olhar passear pela festa, apreciando as madamas mamalhudas, os mais-velhos reservados com o copo de whisky na mão, alguns fumando outros não, as jovens de corpos bamboleantes sorrindo com a boca e o olhar

e então viu, num palco improvisado a um canto, uma banda tocava ao vivo e era o próprio PauloFlores que ali estava, também de copo na mão, descontraidamente, cantando para a multidão dançante

o CoronelHoffman, verdadeiramente emocionado, fez um sinal com a mão, cumprimentou, e PauloFlores respondeu com uma ligeira vénia e o seu sorriso aberto, estava assim controlada a situação, os donos da festa não deixaram de notar a intimidade do coronel com Paulo, e Hoffman apressou-se a abraçar os amigos para que entendessem, os demais, que eles eram seus acompanhantes, o americano batia a perna num ritmo incerto e suspeito, PauloPausado foi cumprimentar alguns políticos e gentes da comunicação social, depois o grupo voltou a reunir-se para mais bebidas, DavideAirosa ainda descobriu, na mesa, restos de uma gigantesca cachupa e trouxe um prato bem servido, Hoffman agradeceu e comeu à pressa para depois ir dançar com uma jovem que parecia sorrir para ele

PauloFlores, já sobre o som da guitarra e da bateria, começou a cantar «fim do dia», fazendo uma curta introdução

– essa vai para o meu kota aqui presente, ArturArriscado, o ManRiscas, mais conhecido no Moxico e
arredores por CoronelHoffman...!

o grupo de amigos assobiou e bateu palmas, a jovem ficou impressionada e juntou as mãos no pescoço
do coronel

– a jovem está preparada para dançar com um caluanda do Moxico? – Hoffman brincou

– a jovem está preparada para tudo – ela falou no
ouvido do coronel

que chegou o corpo feminino mais para si, dando
duas reviengas para a esquerda e puxando a moça para
trás numa manobra repentina, para medir o nível de
dança da moça

– muito bem, vamos lá

– ainda não viu nada, senhor coronel

– trata-me por Artur, como é que te chamas?

– Manucha

– prazer... Manucha...

– o prazer é todo meu, Artur

o coronel estava nas suas sete quintas, já não larga-
va o osso, fez algumas pausas entre a dança para reabastecer o copo de whisky com muito gelo

– comé, tás a brincar ou quê? – reclamou com o
jovem barman – a me dares desse JotaBê aguado, falsi-
ficado aqui no RoqueSanteiro?!

– não, kota, desculpa

– desculpa, não, passa masé o bléque leibel que tens
aí escondido, pensas que eu não vi? eu também sou de
casa, ala porra

– sim, kota

– «kota» não, que nunca estudámos juntos nem nos sujámos no mesmo campo de futebol, é «senhor Coronel», não ouviste o PauloFlores me anunciar no microfone?

– aqui está o whisky, senhor coronel

– ché, tás a gozar ou quê? duas pedras de gelo? por acaso sou filho de gato para ter medo de água?

– desculpe, senhor coronel

PauloPausado e DavideAirosa iam explicando ao americano os comportamentos dos luandenses nas festas, de como os procedimentos masculinos se processavam no que se referia à bebida, à comida, às mulheres e aos mais-velhos, quem é que ali estava e era casado, quem estava já investindo em conversas de paquera, os que se posicionavam em zonas menos iluminadas, os que tinham confiança para arrastar alguém para dentro de casa ou atrás de um arbusto, quem tinha vindo comer, quem havia vindo mais para dançar e de modo jocoso apostavam entre si quem, além deles, seria também um pato naquela festa,

foi quando, entusiasmado pelo sétimo whisky e embalado nos braços de Manucha, o CoronelHoffman viu a sua dança interrompida pelo corte súbito da música, a primeira reação das pessoas foi olhar para a luz, poderia ser falta de energia, mas não

– camaradas, desculpem esta interrupção aqui na vossa dança – falou um homem em estado de duvidosa sobriedade – mas é que esta festa acumulou já um excessivo número de patos, vamos lá organizar as coisas

os transparentes

ouviram-se murmúrios, queixumes e risotas, DavideAirosa ficou nervoso e não conseguiu disfarçar,
Hoffman rapidamente fez um sinal de código que
PauloPausado não entendeu, o coronel pediu desculpa
à moça e foi falar com eles
    – vamos assumir posições preventivas, mas nin-
guém abandona o recinto
    – o quê? – Paulo não o conseguia ouvir muito bem
porque o homem seguia o seu discurso ao microfone
    – nós já fomos autorizados pelo puto PauloFlores,
é só aguentar a bronca, os patos vão bater em retirada
e nós mantemos a pausa, não me envergonhem – Hoffman ajeitou a camisa e ainda foi buscar outro whisky
    – vê lá o gelo, puto...
    algumas pessoas retiraram-se voluntariamente da
festa, os seguranças deixaram-nos sair sem confusão,
tudo parecia que ia voltar ao normal, se o homem ao
microfone não estivesse inspirado
    – vão-me desculpar, mas mesmo assim tão dema-
siados patos ainda, vamos fazer assim... – demorava
na sua pausa alcoólica – os convidados da noiva ficam
do lado direito do quintal, fashôvor... isto não demora
nada
    a multidão comentava a baixa voz a estranheza da
situação
    – os convidados do noivo todos para o lado esquer-
do, vamos lá...
    mas eram poucos os que obedeciam à sua ordem
    – isto está a ficar esquisito – comentou DavideAi-
rosa

317

– agarra só a tua calma, vocês são jovens, eu conheço esse truque de há muito tempo, já vais ver – o CoronelHoffman ria num gozo antecipado de sabedoria de
mais-velho e grande profissional da arte de patar nas
festas de Luanda

– agora, todos os que estão à direita... e todos os
que estão à esquerda... – o homem fazia um esforço
para manter os olhos abertos e a voz forte – fora da
festa, caralhos!, esta merda não é um casamento, é o
batizado da minha filha!

a multidão caiu numa gargalhada descontraída, os
patos, tanto os da esquerda como os da direita, foram
conduzidos à saída, a festa recomeçou em bom ritmo,
bateram palmas

ao abandonar o microfone o homem foi abraçado
e cumprimentado por Hoffman, este mostrou-se muito satisfeito com aquela manobra cultural que dava a
oportunidade de mostrar ao americano um pouco da
realidade local

– ó rambo, vocês lá nas américas não têm essas técnicas, né?

– muito bom técnica, verdadeiramente...

– ah pois!, se fosse lá no texas vocês chamavam éfe
bi ái para investigar os patos – riu Hoffman – aqui só
uma lábia bem improvisada fez logo saltar a pataria
toda... e nós aqui na boa, ó duvidas? hum?

– é verdade

– aprende e leva essa para a tua terra!

passaram-se horas e muita dança, para não referir as incontáveis garrafas e latas de cerveja que foram

consumidas, as garrafas de JotaBê que foram abatidas pelos mais jovens e as de bléque label reservadas aos mais-velhos ali presentes, as mulheres dançavam numa alegre roda sob os ritmos de música brasileira,

já deviam ser perto das duas da manhã quando os mais-velhos deram o ar da sua graça na roda, espantando assim as dores de coluna e a lassidão dos joelhos, aproveitando para sacudir a bebedeira e agradar as suas esposas numa rebita improvisada mesmo ao som do samba,

era gente de todas as idades, incluindo velhos e crianças de braços dados, à roda, entoando com os corpos sobre a madrugada os passes de uma antiquada rebita, o próprio CoronelHoffman, mais à vontade do que nunca, dava a voz de comando, «damas para um lado, cavalheiros para o outro... prepara...», os corpos seguindo o ritmo das bundas avantajadas e dos lábios em aberto sorriso de celebração

«fogope!» gritou Hoffman

com voz grossa e o olho atento à jovem Manucha cada vez mais impressionada com a performance do enorme coronel, jovens, adultos e velhos chocaram as suas zonas pélvicas, rodaram o corpo sobre si mesmo e insistiram no gesto corporal

«fogope!», repetiu Hoffman

rindo e abrindo os braços para o abraço que a jovem lhe impelia a dar, deixou as suas mãos percorrem as costas nuas dela, pela força da gravidade as mãos escorregaram até às nádegas de Manucha, num gesto que era de avaliação da permissividade da moça, ela

319

sorriu, fingindo não entender, e nesse momento Hoffman sentiu que o segurança se aproximava dele
    – algum problema, jovem? não vê que o coronel
está aqui numa manobra por de mais feminina?
    – um problema com um gatuno lá fora, mô kota, já
lhe neutralizámos, agora viemos chamar o kota
    – fizeram bem, deixa-me só acabar esta dança, já
compareço
    o jovem segurança, com um ar demasiado sério
para o clima que o circundava, bateu continência e
voltou ao portão, de onde vinha o som de uma esca-
ramuça que já não dava para disfarçar, o dono da festa
fez menção de se aproximar novamente do microfone
para interromper a festa, mas Hoffman falou-lhe ao
ouvido e prometeu resolver a situação
    – você garanta só que o bléque label não acaba, esta
festa ainda tem muito para dar
    pediu licença a Manucha, fez passo gingão ao atra-
vessar o salão, ajeitou a blusa novamente e saiu pela
porta com ar triunfante
    – o quê que se passa? quem veio interromper o ba-
tizado da minha sobrinha?
    – foi esse que lhe apanhámos a gamar os carros dos
kotas
    o jovem já tinha a cara um pouco inchada, a camisa
rasgada, o rosto abatido pelos socos e bofetadas iniciais, já inauguradas pelos seguranças da festa, e Hoffman, devido à influência do whisky no seu sangue, não
reconheceu que se tratava de ZéMesmo, um dos mais
afamados e azarados gatunos da cidade de Luanda

– ó jovem... então você vem assim interromper a festa alheia?

– não, kota, não é isso, eu tava mesmo só a passar, ainda ia limpar os rucas

– limpar? mas limpar de quê? de lavar?

– sim, kota, ia lavar, então tava a desmontar os espelhos para limpar puramente bem

– a esta hora? você veio se azarar, jovem

– não diz isso, kota, já me bateram bué

– bem, primeiro aqui não há porque «kota», eu então sou militar de patentes também noturnas

– ih, kota, não diz isso

– cala masé a boca, porra, vem aqui interromper a minha festa, ainda dás uma de espertinho? a limpar carros a esta hora? hum!... – Hoffman parecia pensativo, tinha de voltar à festa mas havia que manter a sua postura e fama de coronel – vamos fazer assim – disse para os seguranças – se ele fizer cara de limão, pode ir embora

– como assim, coronel? – perguntou o segurança, confuso

– cara de limão, se ele conseguir fazer mesmo cara de limão, vocês soltam o gajo. se não, dão-lhe mais bofas. faz lá cara de limão! – ordenou Hoffman com a voz grossa olhando para ZéMesmo como se aquilo fosse de facto possível

– kota, não sei

– faz cara de limão, porra – Hoffman aplicou-lhe a primeira galheta

– é assim? – ZéMesmo tentou uma careta feia e ridícula

– não, não é essa, podem lhe bater

os seguranças davam-lhe fortes chapadas, imitando a desconhecida e estranha frase do coronel – faz lá cara de limão para te soltarmos

– é assim? – fez outra careta

– não, essa não é a cara de limão – os seguranças olhavam com cuidado como se avaliassem minuciosamente a careta

o coronel entrou na festa, dançou mais duas músicas, ficou com o número do telefone da jovem de costas nuas e aconselhou a sua tropa a bater em retirada porque aquela festa poderia acabar mal,

despediram-se, entenderam finalmente quem era a criança batizada, Hoffman foi dar um abraço a PauloFlores agradecendo o gesto ao microfone, deu um grande abraço ao dono da festa e foi apresentado à família, à mãe da criança, à avó e até à bisavó, que estava presente e bem acordada, acompanhada do seu grosso copo de whisky, cumprimentou os cunhados e as sobrinhas, os irmãos da mulher e os primos do dono da festa, depois foi a vez dos padrinhos, do irmão mais velho do padrinho e do primo que tinha vindo de Portugal, mais o vizinho que era imigrante de CaboVerde e as respetivas filhas, despediu-se por fim do marido das filhas do cabo-verdiano, bem como das suas irmãs e foi acompanhado à porta pelo próprio dono da festa que, no trajeto, fez questão que o Coronel conhecesse o seu primo como irmão, a mulher e os quatro filhos

– foi um prazer, senhor Coronel

– sempre às ordens, meu amigo

– então e este meliante?

– castigo rigoroso, além do limão!

– como assim? – perguntou o segurança já cansado de tanto bater em ZéMesmo

– todos que saírem da festa, têm que dar uma bofa nesse miúdo, tem que aprender, roubar é muito feio – Hoffman deu uma estrondosa bofetada ao gatuno – agora vocês, a minha tropa

DavideAirosa pôs-se no fim, realmente não queria bater em ninguém, não achava bem, nem necessário, o mesmo disse PauloPausado tentando acalmar o americano que fez uma cara de horror

– olhem que o dono da festa, aqui o meu compadre, pode levar a mal, isso não se faz, sobretudo você, ó americano, convidado de última hora para não dizer outro nome

Hoffman insistiu, empurrou-os para junto do gatuno, e tiveram que dar uma chapada mais ou menos forte ao gatuno, que suportava calado as porradas que lhe davam, de vez em quando limpando o suor e as lágrimas do rosto

– ouçam bem – falou para os seguranças – todos da festa têm que bater no gatuno, ordens do CoronelHoffman, incluindo a aniversariante!

– eh, kota, o kota primeiro falou que era batizado – o gatuno disse baixinho

– filha da puta, ainda queres gozar a esta hora?... arreiem bem o gajo...

caminharam pela escuridão das ruas de Luanda

DavideAirosa sorria timidamente, embalado pelos vapores do álcool, já o americano não conseguia disfarçar o ar da sua estupefação pelo modo de os angolanos resolverem as questões que foram surgindo durante a festa

— está entregue, meu senhor, gud naite, suíte drims! — Hoffman despediu-se de Raago junto à porta do hotel

— muito obrigado, foi um experiência muito... como dizer... muito interessante

— falamos amanhã — despediu-se DavideAirosa — sorry about all this...

— durma bem — disse PauloPausado

os três caminharam ainda de volta à Maianga, para a casa de Paulo, e Hoffman estava disposto a entrar não fosse o jornalista explicar que para a sua mulher, àquela hora, entrarem naquele estado de alegria, seria de mais, e que isso poderia trazer-lhe problemas conjugais sérios

— problemas conjugais é o caralho, ainda não aprendeste?

— o quê?

— se a gaja te chatear, fazes uma cara de limão e tá tudo resolvido

abraçaram-se, riram, ficaram mais quarenta e cinco minutos nesse modo de despedir que é uma extensão da noite, incluindo lembranças mais imediatas da festa

ArturArriscado, o ManRiscas, depois de deixar pessoalmente DavideAirosa à porta de casa, foi caminhar, como fazia há anos, dando ao seu corpo a oportunidade de se livrar dos efeitos indesejados do álcool e presenteando os olhos com o espetáculo quente do nascer do sol em Luanda.

– um caldo de muzonguê... com bom jindungo, faça o favor

pediu o coronel, sob um sol já amarelo, num bar que acabara de abrir as portas.

— mas quem manda em tudo isto?
— gente muito superior.
— superior... como deus?
— não. superior mesmo! aqui em Angola há pessoas que estão a mandar mais que deus.

[da voz do povo]

é sabido que as más notícias voam

e não houve mãos ou meios a medir, antes de ser oficial já todo o país sabia, uma onda de tristeza e melancolia invadiu sobretudo o rosto dos mais-velhos, os mais novos não ficaram indiferentes mas pouco alteraram o seu dia a dia, embora fosse conveniente adotar uma postura mais recolhida,

houve pronunciamento oficial logo depois, primeiro na RádioNacional e depois na televisão, sucederam-se as condolências e as pré-cerimónias, a cidade como que diminuiu o som da sua musicalidade coletiva e mesmo nos candongueiros o ritmo foi reduzido, as batucadas quiseram-se mais discretas

nos bairros houve mobilização cívica e política para que o evento não passasse despercebido, as carpideiras passaram óleo nos seus calcanhares ressequidos e prepararam unguentos para acariciar as gargantas, as meninas foram penteadas a preceito, aos kimbandas foram encomendadas cerimónias de despedida para que o outro mundo recebesse em paz a alma da falecida

as bandeiras foram postas a meia haste e o Presidente declarou dois dias de pausa para reflexão com direito a salva de tiros nas dezoito províncias angolanas precisamente às dezoito horas de cada um dos dias,

os padres intensificaram a produção de hóstias, os altares foram limpos e os santos ganharam prazer de lustro pelas mãos de freiras e crianças ao serviço da igreja, o interior das catedrais foi varrido e os quintais foram cuidados

nas zonas mais recônditas do país, aí onde as ordens militares são mais rápidas que as notícias civis, houve quem julgasse tratar-se do reacender do conflito armado, ideia logo dissipada pelo isolamento dos tiros e pela sua exagerada pontualidade,

bebeu-se com aquela fúria de conflito interno que a morte acarreta, misto de inquietude e revolta, saudade e indignação, o país embebedou-se lentamente ao som de música baixa e de imparáveis cânticos de resignação

– a morte vem para todos

comentava AvóTeta

– e é como a chuva: quando chega, molha todo mundo

as meninas do BairroOperário cessaram a função nesses dias, encerrando os pobres cortinados de cada cubículo, mudaram a naftalina dos baús, limparam o chão com veemência, deixando em todos os musseques o cheiro intrigante da creolina todas as igrejas se pronunciaram pela densa voz dos sinos, nas igrejas foram rezadas longas missas em latim, umbundu, kimbundu, kikongo, tchokwe

cercado pelo gigantesco batalhão de GuardaAs-Costas, o Presidente compareceria à cerimónia por breves instantes, deixando após a sua passagem um vasto trilho de flores que haviam chegado, horas antes, das melhores floristas da Namíbia e da ÁfricaDoSul

a família recebeu ainda, soube-se depois, uma avultada quantia monetária e a promessa de pensões vitalícias para os familiares mais chegados, sobretudo os jovens que ficavam assim órfãos de mãe, muitos deles já também órfãos de pai,

as matérias publicadas nos periódicos oficiais falaram de um pacto de silêncio, ninguém mais se pronunciou sobre o assunto, nem instigado nem voluntariosamente, sendo que desses dias, além das bebidas vertidas, das festas havidas, das caladas celebrações e das enclausuradas despedidas, sobrou apenas, para os que não se esquecem do que leem, o título, a negro, da enorme manchete no JornalDeAngola

«faleceu, oficialmente, a senhora Ideologia».

na BarcaDoNoé não se falava de outra coisa, o velho recortara alguns títulos de jornais que colara na parede, olhando para eles e relendo-os em voz alta, visivelmente triste e abatido pela repentina notícia

– conhecia a senhora? – perguntou o Esquerdista

– muito bem mesmo, desde criança. nem era assim tão velha

– mas conhecia nalgum sentido bíblico? – brincou alguém já mais ébrio

– dê-se ao respeito, camarada, o corpo ainda nem arrefeceu e já começaram as piadas? veja lá se quer receber um cartão vermelho e ser expulso do bar antes do segundo tempo

– desculpe, mais-velho

– era uma senhora de respeito, conheço bem a família... realmente, são tempos de mudança, não sei o que vai ser de nós... – Noé olhava de longe para os recortes de obituários que colecionara na parede perto da sua arca

– vamos de Mao a pior, já dizia o chinês

– isso é verdade – concordava o Esquerdista, pedindo mais uma cerveja –, é por isso que é preciso escrever, deixar um legado! – voltava às suas notas escritas –, é preciso que os mais novos saibam do passado e tenham outras referências, hoje é só telenovelas, parabólicas e discotecas, mas é preciso deixar um manifesto do nosso desagrado!

o luto pela morte da senhora Ideologia foi brando para os trabalhadores da CIPEL, tanto que as escavações continuavam a bom ritmo como se, numa missão derradeira, os políticos de Angola tivessem decidido furar incansavelmente a cidade até que vissem jorrar a primeira fonte de petróleo luandense.

carregado por Paizinho, Odonato decidiu uma vez mais dirigir-se à esquadra para encontrar o agente Belo, levando consigo o enorme taparuére com os deliciosos bifes, a gordurosa batata frita, a inchada cebola crua e os molhinhos de mostarda que Paizinho descobrira na loja dos chineses

— o agente Belo, por favor?

— foi a um enterro, posso ajudar?

— não sei... sinceramente, não sei

— mas diga, homem, se há algo que podemos fazer, eu sou a pessoa certa, você não me está a conhecer?

— assim de repente, desculpe, mas não

— eu é que sou o subintendente aqui da esquadra, e correm mesmo boatos que a qualquer momento posso ser promovido, aproveite agora

— vim saber notícias do meu filho

— o cujo nome?

— é conhecido pelo nome de CienteDoGrã, chegou aqui ferido...

— então veio saber notícias do corpo?

— como, do corpo? — a voz de Odonato ficou tão transparente quanto o seu corpo

— o seu filho já foi despachado para o cemitério do Catorze há três dias, pensei que você soubesse... pensei que vinha buscar alguma declaração

uma brusca tontura derrubou Odonato que com uma mão se apoiou no subintendente e com a outra buscou o ombro forte de Paizinho, o sol incomodava-o rompendo pelas vistas adentro, a cidade rodou na sua cabeça, mas não desmaiou, procurou respirar fundo,

anunciando dentro de si uma notícia que há muito já
intuíra

imagens do seu filho invadiram-lhe a mente e, depois de beber alguns copos de água, fingiu sentir-se
melhor, agradeceu ao subintendente a informação

– quantos dias o corpo pode ficar lá no Catorze?

– bem, aquilo é um entreposto, o senhor sabe..., se
ninguém reclamar o corpo, ele segue para a vala comum, acho melhor o senhor se apressar

– obrigado

Paizinho não conseguiu convencer Odonato a passar por casa para buscar ajuda, seguiram imediatamente para o Catorze

apanharam um candongueiro, depois outro, andaram
a pé sob o sol abrasivo e as pessoas com espanto e medo
olhavam para o homem que caminhava apressado exibindo a sua translúcida aparência

quando chegaram ao portão do cemitério Catorze,
o chão já não fazia quase ruído ao ser pisado pelos pés
de Odonato, nem as folhas absorviam a maior parte
do seu peso

– você tem de ficar atento, Paizinho

– está bem

– parece que estou a ficar também mais leve, se ouvir algum vento, você tem que me segurar

– sim, tio

– agora fazemos como, com esta porta fechada a
cadeado?

– fazemos como antigamente, tio, batemos palmas
a ver se vem alguém

assobiaram, bateram palmas, gritaram, mas como resposta obtinham um silêncio duro e horizontal

ouviram o som dos pássaros que circulavam entre a busca de migalhas e a construção de ninhos, um cão magro passeava dentro do recinto e olhava para eles, pelas grades, como que apelando à atenção dos dois mirantes, solitários e descabidos do poder de um gesto que resolvesse aquela repentina aflição

– vamos entrar pelo muro, como antigamente

– como assim?

– vamos dar a volta e encontrar um lugar de subir, onde há um muro há um homem para o transpôr, já dizia o poeta

– como?

– nada... somos dois, vamos conseguir

buscando com os olhos e as mãos, encontraram uma zona da parede externa com falhas e tijolos expostos onde o pé encontrava apoio de suspensão e impulso, primeiro Odonato ajudou Paizinho que, sentado sobre a mureta, puxou o consternado pai, convidando-o assim a penetrar no grande quintal

– e agora? – Paizinho olhava para a vasta imensidão de campas em repouso, com os seus pássaros esvoaçantes e as flores secas de decoração mórbida, passageira, necessária

– agora vamos procurar o corpo do meu filho

– vamos lhe encontrar? – caminhavam ambos, orientados por Odonato, que parecia imbuído de um faro sanguíneo mais forte que todas as lógicas

– temos de o encontrar, olha ali – um casebre minúsculo, como uma cabana mal acabada de tijolos ainda por pintar, libertava um fumo minúsculo afetado
por cheiros de carne grelhada

aproximaram-se, bateram palmas novamente, mas
ninguém apareceu, dois banquinhos repousavam cá fora,
pratos sujos, e as brasas em decadência cinzenta dos seus
fogos desanimados anunciavam o fim de uma refeição

– vamos – continuou, resoluto, Odonato

há nos cemitérios uma surda cantoria, ali onde as
flores recentes se contrapõem pela força da vida exala-
da nas suas cores

– ali

Odonato vislumbrara uma clareira sem campas, re-
mexida zona de terras avermelhadas onde um amontoado de corpos repousava num fedor fétido, Paizinho
teve um acesso de convulsões que conduziriam a um
vómito

– para lá com isso – disse Odonato, sério, intiman-
do-o a controlar-se – você que ainda nem comeu hoje
já quer vomitar?

passaram uma rápida revista aos corpos, Odonato
caminhava inquieto de um lado para o outro, quase de
olhos fechados, mais deixando-se seguir pelo instinto
paternal do que pela confirmação visual, um grito chegou de longe

– ché, tão aqui a fazer o quê? – o coveiro aproximava-se com uma pá decadente na mão

o corpo de Odonato reagiu de acordo com a sua
desacertada respiração

– vim buscar o meu filho, porra, que andam há não sei quantos dias a dizer que estava preso e parece que está aqui

– e vocês entram assim no cemitério fechado, nem já autorização das autoridades?

– eu sou a autoridade do meu filho – Odonato falava com uma voz estranha, embargada pelos tremores de uma cansada emoção – eu vim buscar o meu filho para cuidar dele, eu vou levar o meu filho – percorria os corpos, remexia braços, revolvia as cabeças

– isto não funciona assim, camarada

– deixe-me em paz, porra – Odonato empurrou o coveiro que tropeçou numa perna morta e caiu – e este país funciona? ahn? por acaso este país funciona, senhor coveiro dos cemitérios abertos e dos documentos das autoridades?

Odonato não olhava para ninguém, nem já para os corpos que o rodeavam, o seu corpo era uma entidade cega, chorosa e transparente, em busca não de um corpo mas de uma necessidade urgente

o coveiro levantou-se, recuperou a pá enferrujada e fez menção de o atingir pelas costas, Paizinho aproximou-se rapidamente mas não chegou a tempo, pela sombra o enfurecido pai observara os movimentos do coveiro e, antes de ser atingido pela pá, foi assaltado por uma rapidez marcial que neutralizou o coveiro, Odonato baixou-se, rodopiou sobre si mesmo, esticou a perna e, num volteio de capoeira, retirou o chão dos pés do coveiro

– está ali, Paizinho, está ali o corpo do meu filho

337

na margem extrema daquele mar de corpos fedorentos, abraçado em moscas, o seu filho repousava sobre as raízes de uma gigantesca figueira

o coveiro tentou levantar-se mas não mais se aproximou da pá, doíam-lhe os ossos das costas e de um arranhão da nuca saía um fio de sangue

– você tá ma provocar – procurou reagir

mas Paizinho, veloz, investiu na parte lateral do seu estômago com um pontapé forte, terminando com uma cotovelada nas costas sofridas do coveiro, fazendo um som agudo e longo que havia visto num filme de BruceLi

já Odonato estava de bruços, afagando o rosto do seu filho, libertando das maçãs do rosto uma película de barro avermelhado que ali se formara, chorava a pranto solto o homem, no chão gemia o neutralizado coveiro, no céu um alvoroço de pássaros anunciava em voo acelerado a dor resumida dos homens naquele nauseabundo cenário

– vamos levar o corpo – disse Odonato –, ajuda-me a levar o corpo do meu filho

– mas, tio Odonato, desculpa só, vamos levar pra onde?

– para casa

dificultados pelo peso absurdo do corpo, os dois homens, o jovem e o transparente suavam os corpos e tropeçavam em si mesmos, ao longo do caminho, para conseguir chegar à entrada do cemitério, Paizinho havia tirado as chaves do coveiro e abrira o cadeado enferrujado quando finalmente se deu conta da estranheza da situação, ali, no portão principal do cemitério Catorze, com um corpo em duvidoso estado de conservação e um homem sem muita densidade dérmica, cujo desenho corporal era afinal definido pelos contornos pouco coloridos das suas vestimentas soltas e danificadas pela luta

– e agora?

– tudo se resolve – Odonato emitiu pela primeira vez, no tom de voz, um sinal de esperança

um gira-bairro derrapou no parque do cemitério e veio a grande velocidade na direção deles

– ZéMesmo? – espantou-se Paizinho

– afinal era mesmo verdade – ZéMesmo, perturbado, mirava o corpo do seu amigo

– esse carro é teu?

– não é hora de perguntas! – falou Odonato – Zé-Mesmo, vamos levar o corpo do Ciente para casa – pediu Odonato

– vamos sim

no preciso instante em que a palavra «casa» foi proferida, o corpo de CienteDoGrã, já de si pesado, tombou com força no chão, escorregando das mãos sujas de Odonato e de Paizinho, os três puseram-se a olhar entre si, como quem espreita a gruta do mistério, cada um com o leve pressentimento sabido e a desconfiança oca de que o corpo pudesse ter estremecido por vontade própria, esperaram alguns instantes, deixando o corpo inerte no chão, aguardando um movimento que não aconteceria

a morte é dura e, o mais das vezes, duradoura, disso sabem os homens há milénios, embora teimem em alimentar uma qualquer esperança de retorno

ZéMesmo, lentamente, juntou-se a eles, baixou-se e segurou novamente o corpo, convidando assim os outros a fazerem o mesmo

assustados escutaram um ruído vindo do portão

– calma, só vim ajudar para levarem o corpo – disse o coveiro

juntando-se aos demais, com muita dificuldade, elevaram o corpo depositando-o no pouco espaçoso porta-bagagens da viatura

– podem só me devolver a chave do cadeado?

– aqui está – disse Odonato fitando o homem

– mas você... você não tem cor de corpo... – o coveiro tremia

– desculpe pelo modo de levar o corpo do meu filho, mas é que tenho de preparar o enterro

o dolorido coveiro trancou o cadeado do portão principal com as mãos trémulas, recolheu-se no seu pobre casebre fumegante, e a viatura com o corpo extremamente pesado, de porta-bagagens aberto, foi assim mesmo, a circular pelas esburacadas ruas de Luanda, em direção ao prédio, antigo lar de CienteDoGrã

– mas um corpo pode pesar assim ou quê? – perguntou ZéMesmo

– acho que sei o que foi

– é o quê, então, tio Odonato? – Paizinho ia atrás, enjoado com a figura e o cheiro do cadáver

– ele tinha me dito um dia, «nem morto volto para a tua casa», só pode ser isso

– só pode ser isso – confirmou, sério, ZéMesmo.

invadida por um torpor, com a exceção dos trabalhadores cipelinos, a cidade parecia evacuada, o silêncio
nas casas era interrompido pelos rádios ou aparelhagens
tristes, as crianças pareciam inibidas nas suas vontades
de brincar, os cães encheram os olhos de uma tristeza
mais aguda em homenagem ao falecimento prematuro
da senhora Ideologia

ajudados por mais cinco homens, quando chegaram ao prédio, já eram oito pessoas tentando retirar
o corpo do carro, e conseguiram executar a missão a
muito custo

ao passar pelo primeiro andar o defunto tornou-
-se ainda mais pesado, «é feitiço ou quê?» perguntou o
CamaradaMudo que também havia descido para ajudar, no terceiro andar pararam e tiveram que pousar
o corpo, MariaComForça desatara num pranto que
acompanhava cada degrau com uma nova cantoria
chorada, por respeito ninguém lhe mandou calar mas o
som irritava, preenchia o silêncio que os homens queriam assim isolado para dar solenidade à ascendente
procissão fedorenta

lá em cima AvóKunjikise e Xilisbaba preparavam a
sala para receber o corpo do falecido

Amarelinha chorava quieta no sofá gasto da sala,
o saco do VendedorDeConchas havia sido deixado no
primeiro andar, junto ao elevador com as águas imparáveis onde o Cego se refrescava esperando a demorada missão terminar,

ao chegar à entrada de casa, no sexto andar, Edú e
as mulheres tiveram que ajudar porque o peso se tor-

nava verdadeiramente incomportável, AvóKunjikise afastou os objetos do lugar e recolheu a carpete para deixar passar o morto

— *pesado na vida e pesado na morte* — murmurou a velha

o morto foi pousado com brusquidão sobre a enorme mesa que havia sido deslocada para a cozinha, o chão cedeu ao receber o peso, uma fenda evoluiu desde o canto inferior da principal janela, passou debaixo da mesa, traçou uma linha paralela à zona do lavatório e dirigiu-se à sala como uma cobra que fugisse da luz da cozinha

— cuidado — alguém gritou

todos viram a mesa rachar lentamente, Xilisbaba levou as mãos à boca e iniciou o seu choro calado abraçada por Odonato, Edú abandonou o apartamento porque há muitos anos que tinha medo de estórias que se relacionassem com feitiços, AvóKunjikise elevou as mãos ao ar como se o céu ficasse mais perto e olhou a mesa partir-se por completo, o corpo cair sobre os pedaços incertos de madeira, a fenda no chão abriu-se aos poucos e todo o mundo entendeu que o inevitável estava prestes a acontecer

o chão engoliu CienteDoGrã como se a gravidade se concentrasse num grito que o ordenava a descer

todos viram o corpo desaparecer do sexto andar, abrindo um buraco do tamanho estrito do corpo deitado, espreitaram e viram o chão do quinto andar ceder sob um ruído intenso

o quarto andar quebrou-se com mais violência e rapidez, seguindo o corpo como um peso morto, passe o termo, quebrando tudo o que encontrou pelo caminho, teto ou chão, cozinha ou sala, divisão ou a zona molhada do primeiro andar até tombar, estrepitoso, na zona aberta do que seria a entrada principal do prédio

— era verdade então — Odonato espreitava, triste, da cozinha do seu sexto andar — ele não queria voltar para casa... temos de encontrar um lugar para o enterrar ainda hoje

dividiram-se em dois grupos, o que trataria imediatamente de consertar os estragos do prédio e os que haveriam de dar um destino rápido e eficaz ao corpo, até para evitar a rapidez dos mujimbos que haveriam de atrair a polícia ou alguém da morgue

JoãoDevagar rapidamente sugeriu que levassem o corpo para a IgrejaDaOvelhinhaSagrada que, além de ser um lugar normal para se manter um defunto, era um ambiente calmo onde a família e os amigos poderiam proceder ao velório

Odonato acedeu, triste e demasiado transparente para pensar noutra coisa, e providências foram tomadas para dar início ao restauro dos sucessivos buracos

— mas o último... o último buraco fica como recordação do meu filho — pediu Odonato

outro grupo trataria de conseguir uma «contribuição» para as flores, as roupas e os sapatos do morto, mas, sobretudo, falou alguém com explícita franqueza, era preciso comprar e organizar a parte gastronómica do comba, o que compreendia obviamente quilos e quilos de boa comida, inúmeros litros de vinho, cerveja e whisky, tudo isto numa provisão que aguentasse pelo menos três dias seguidos sem tréguas.

quase na rua, o morto foi vestido com roupa dada, um pouco larga mas digna da sua última condição, MariaComForça e Xilisbaba, ajudadas pelas águas cartadas por Paizinho, lavaram o corpo e cortaram-lhe o cabelo e as unhas

numa carrinha emprestada, já mais leve, o corpo foi finalmente levado para as traseiras da BarcaDoNoé, onde um quintal decorado com flores secas já esperava o finado, JoãoDevagar fez questão de acompanhar pessoalmente a situação, e embora não assumisse por completo a gestão da IgrejaDaOvelhinhaSagrada, interrompeu o culto que ali decorria e pediu ao pastor brasileiro recém-contratado para preparar a cerimónia

– mas assim de improviso? nem deus ainda deve saber que ele faleceu – queixou-se o brasileiro

– homem, não se ponha com coisas, isto é um caso de vida ou morte

– de morte mesmo, quer você dizer

– ainda se põe com gracinhas? veja lá se quer ser despedido! – ameaçou JoãoDevagar

– despedido, mas já? você falou que eu estava num período de experiência, que o primeiro mês era de estágio, olha, temos bons resultados, muitos fiéis já entenderam a nossa filosofia e já sabem o «Amééé Maria» completo

– bom trabalho, continue assim, que você será o meu único pastor, quem sabe um dia chega a Bispo

– você acha mesmo que eu consigo?

– começa hoje a sua grande prova, quero que esta cerimónia seja lembrada para sempre, vem aí o pai da vítima, a família, e sou capaz de conseguir a presença de alguns políticos, homem, vá preparar a cerimónia, quero esta missa com um discurso quase apocalíptico!...

– cruz credo, homem, na igreja não fazemos discursos, apenas pregamos aos fiéis – falava seriamente o brasileiro

– pregai, pregai, pastor, mas quero isto pronto ao fim da tarde, olhe que o finado é filho do meu compadre Odonato

– muito bem

– outra coisa

– diga

– você não o conhece... – disse JoãoDevagar

– quem, o morto?

– não, o pai

– o que tem?

– não se espante quando ele chegar, não se ponha a fazer caretas, tente ficar num estado normal e, aconteça o que acontecer, faça a missa e deixe tudo andar normalmente

– irmão JoãoDevagar, o senhor jesus falou «não discriminarás o próximo nem o distante, pois que a falha desse poderá ser a tua amanhã, seja de cariz físico ou moral, amééé!»

– amééé!

ainda com as mãos trémulas, perto do buraco na sua cozinha, Edú sorvia o chá de caxinde que NgaNe-lucha havia preparado para o acalmar

a mulher, depois do chá servido, colocou vários objetos para fazer uma barreira que anunciasse o perigo do penhasco recém-criado na sua cozinha

sentado no seu minúsculo banco, Edú ouviu o telefone tocar mas não teve vontade de se levantar, bebericava o seu chá com os lábios murchos, num rosto onde apenas os olhos esbugalhados revelavam o seu espanto pela movimentação corpórea que o finado havia executado

— ó filho, bebe, o chá vai te acalmar

— mas tu já não sabes?

— o quê?

— que os homens não devem abusar do chá de caxinde?

— afinal?

— é chá de caxinde e abacate, acalma demasiado os homens

— mas precisas de te acalmar mesmo, estás nervoso, filho, olha a tensão

— acalmar é uma coisa, mas chá de caxinde nos homens é perigoso mesmo

— para lá com isso

— dizes isso porque és mulher, chá de caxinde acalma as coisas cá em baixo — apontava na direção do seu inchado entrepernas

— não me faças rir a esta hora, tu não precisas de te preocupar com isso

– nunca se sabe

o telefone tocava com insistência, NgaNelucha enxugou as mãos e foi atender

– é da tpa, querem falar contigo, pode ser alguma novidade da nossa digressão, já deve haver interessados, pode ser de alguma embaixada

– deixa-me então atender

a custo o homem movimentou-se, trouxe consigo o banquinho, voltou a sentar-se nele, endireitou o botões da camisa e fez menção de arranjar o cabelo antes de atender

– sim, diga...

mas não se tratava de algo que se relacionasse com a sua pessoa ou até com as popularidades do seu gigantesco inchaço testicular, um relações públicas do programa NaçãoCoragem procurava por um rapaz de nome Paizinho

– ele não está aqui, mas diga, posso dar o recado, o que é?

pela expressão no rosto de Edú, NgaNelucha sentiu que se tratava de uma boa notícia, o homem respirava mais forte, ofegava, suava, parecia contente e triste a um tempo só, a sua língua passava rapidamente pelos lábios

– não tenho onde anotar, pode ligar de noite? hoje à noite, sim, ele deve estar aqui, está bem? obrigado, sim...

desligou o telefone e deixou-se estar num silêncio aflitivo que tanto podia acarretar uma boa como uma má notícia, NgaNelucha sentou-se perto dele, no sofá,

e afagou o pano da cozinha como se fosse um boneco
de estimação, não querendo irromper no silêncio do
marido como uma intrusa, o vento empurrou a janela abrindo-a um pouco mais, deixando entrar o som
leve e respeitoso da aparelhagem do CamaradaMudo,
o GaloCamões no prédio ao lado emitia murmúrios de
uma tosse errática
 – diz, Edú, o que foi?
 – encontraram a mãe do Paizinho, aquela do Huambo.... – o homem tapava a boca como se escondesse
uma verdade perturbadora – encontraram a mãe do
Paizinho!
 no meio de sentimentos confusos, MariaComForça, ao saber da novidade sorriu e apressou-se a ir contar aos demais, ficara também incumbida de encontrar
Paizinho e de lhe dar a boa nova, disseram também
que o interessado devia contactar rapidamente os serviços de relações públicas do programa televisivo a fim
de ultimar os detalhes, pois a mãe já tinha sido contac-
tada e os trâmites da sua deslocação a Luanda para o
reencontro televisivo já estavam adiantados
 no Huambo, presume-se, à mesma hora, a senhora
teria sido prevenida e já contara a vizinhos e amigos
não só o paradeiro do seu filho desaparecido desde
os anos da guerra como também da sua ida a Luanda
num avião especialmente fretado pelo MinistérioDa-
ReinserçãoSocial, com direito a um ou uma acompa-
nhante, como fosse da vontade da feliz contemplada
 os melhores panos estariam já a ser preparados, a
senhora, nessa tarde, teria mesmo visitado uma habili-

dosa jovem para que lhe fizesse nos cabelos um pentea-
do de tranças lindas, afinal, após tantos anos evitando
pensar nisso, alguém da televisão do Huambo lhe viera
prevenir, assim, tão repentinamente quanto se pode
dar uma notícia, que o seu filho estava vivo
— deus é grande — terá dito, em lágrimas
— e o Partido também, minha senhora, não se esqueça, tudo isto faz parte de um quadro de ações e
esforços do Partido
MariaComForça, depois de bem procurar, concluiu
que Paizinho não estava no prédio, teria sido enviado
por JoãoDevagar numa missão de busca de flores e na-
perons para o altar religioso onde mais tarde a cerimónia iria acontecer
— e o João? — perguntou MariaComForça
— o tio João também saiu, disse que tinha de ir até
no aeroporto — respondeu uma das crianças que brincava ali junto à entrada do prédio.

quando chegou ao aeroporto, atrasado
JoãoDevagar não teve dúvidas em reconhecer
as senhoras que esperava com tanta ansiedade, duas
verdadeiras louras, como confirmou imediatamente,
beijando-as ruidosamente, mirando-as no rosto para
celebrar com um sorriso interno o facto de até as sobrancelhas e os ligeiros pelos no buço serem absolutamente louros, amarelos, por assim dizer

– tudo bem? tudo ok? – perguntou

– yes, very nice, tudo «ótchimo» – respondeu uma loura

– tudo very good, we are oficially «cientistas»! – sorriu a outra

inspirado pelo filme pornográfico que havia exibido, mas sobretudo motivado pela reação generalizada da multidão masculina, JoãoDevagar, que se considerava um empresário multifacetado, com vários negócios não declarados em curso, o que incluía o cinema GaloCamões e a recentemente formada IgrejaDaOvelhinhaSagrada, decidira num rompante importar duas prostitutas louras diretamente da Suécia, havia ativado antigos contactos que iam desde a ex-Jugoslávia à Bulgária, no esforço de localizar exatamente aquelas duas mulheres com o espírito aberto, e de preferência com o corpo em igual abertura, dispostas, disseram elas por email, a evoluir rapidamente na carreira num país que todo o mundo dizia crescer a um ritmo absolutamente invulgar, fosse em que campo fosse, quanto mais no campo experimental dos contactos multirraciais

– very welcome bem-vindas, very nice cabelo – JoãoDevagar parecia radiante –, chegam num belo dia, vésperas de um acontecimento internacional

– we know, that's why we are «cientistas»...

– Angola está prestes a apresentar ao mundo um eclipse de qualidades inéditas, nunca visto, entendem? nunca visto

– eu pensar que eclipse era internacional na mundo – comentou uma das sorridentes suecas

– sim, mas nós é que estamos a coordenar o evento, a NASA aqui pia baixinho, tá a entender? vamos lá conhecer o espaço... vocês já dormiram numa igreja?

– «igreza»? like church?

– igreja... de deus, que é «god» também, ngana zambi

– ámen! – brincou a prostituta, fazendo o sinal da cruz sobre os volumosos seios

– yes, good, mas na minha igreja é «amééé»

– amééé?

– yes, like ovelha: IgrejaDaOvelhinhaSagrada!

JoãoDevagar tentava ligar para o telemóvel de Paizinho para confirmar que este teria sido bem sucedido na missão incumbida, mas um estranho sinal parecia indicar que o telefone estaria fora de uma área com rede ou mesmo desligado

seguiu no candongueiro alugado para a igreja, pois Odonato queria que a cerimónia acontecesse o mais rapidamente possível, o IntendenteGadinho já havia providenciado, junto de amigos, a abertura de uma campa num cemitério longínquo e até os papéis do óbito haviam sido providenciados para que a cena da luta não se repetisse, ou o preço da «gasosa» não fosse aumentado por razões de «última hora»,

tudo parecia a postos quando, depois de estarem prontas Amarelinha e AvóKunjikise, Odonato chamou Xilisbaba ao quarto num tom de voz que mais se assemelhava a uma súplica

– Nato? Nato? – Xilisbaba insistia não vendo o marido nas curtas dimensões do seu quarto

— tou aqui, Baba, aqui em cima

sem sapatos, já com as meias calçadas e o obsoleto fato castanho vestido, de gravata bem atada e até de chapéu na cabeça, Odonato flutuava junto ao teto do quarto

— Nato! — suspirou Xilisbaba temendo pelo seu coração, mesmo que durante aqueles dias nenhum susto parecia atingi-la a este ponto

— tou aqui, Xilisbaba, já não consegui calçar os sapatos

Odonato, quase totalmente transparente, de mãos praticamente invisíveis, flutuava junto ao teto numa mansidão que imitava a parca densidade das nuvens, rodava sobre o seu corpo apoiando as mãos no teto e segurava-se ao fio de luz que pendia do alto, evitando tocar na lâmpada quente

— estou demasiado leve

— e agora?

— tira os cordões dos meus sapatos, ata um no outro e passa-me a ponta

Xilisbaba, escondendo as lágrimas, procurou acalmar-se, retirou os atacadores dos sapatos, amarrou-os, descalçou os seus sapatos, subiu na cama e passou-lhe a ponta do fio semicomprido, Odonato movia-se a custo na sua nova densidade, mas rapidamente atou o fio ao seu tornozelo num gesto resoluto

— pronto, podemos ir!

do apartamento no sexto andar do prédio saiu AvóKunjikise seguida de Amarelinha que usava um vestido igualmente obsoleto de flores gastas pelas inúmeras lavagens e, finalmente, Xilisbaba, movendo-se com algum cuidado, segurando o fio e o suspenso marido que se esforçava por manter o rosto sereno perante a sua condição flutuante

– vamos, devem estar à nossa espera na igreja

o cortejo, ao abandonar o prédio, foi engrossado pelo CamaradaMudo, vestido num rigoroso fato preto com sapatos bem engraxados, NgaNelucha e o seu esposo de andar dificultado, Edú, que havia recusado deixar em casa o seu minúsculo banco de madeira e MariaComForça com imensas flores nos braços, aos quais se juntaram o Cego e o VendedorDeConchas com o respetivo saco, o barulho e o cheiro das belas conchas contrapondo as passadas surdas com um ruído de maresia que mais se assemelhava a uma canção chorosa

– o senhor não vem connosco?

perguntou MariaComForça ao Carteiro que se aproximava

– aonde?

– encontraram o corpo, finalmente, vamos enterrar o filho do senhor Odonato

– então vou, sim

a igreja estava «composta», como se usa dizer em Luanda, com as flores de última hora e alguns quitutes servidos discretamente na entrada, o corpo repousava no caixão aberto comprado à pressa, de tamanho desadequado, o pastor estava nervoso mas tentava disfarçar,

a família chegou e foi recebida em lágrimas e choro, Odonato foi puxado pela mulher e atado a um can-
teiro metálico ainda sem flores e ali se deixou estar
por extensos minutos, suspenso, etéreo e transparente
como era de sua atual condição
   – está tudo do vosso agrado, comadre? – JoãoDevagar perguntou a Xilisbaba enquanto procurava maximizar os olhares curiosos em torno das duas louraças
que o acompanhavam
   – tudo bem, obrigado
   – e tu, compadre, bem estacionado? – ainda brincou com Odonato
   – como se pode – respondeu Odonato
   – como deus manda – murmurou o pastor
   as louras foram acomodadas no fim da fileira de
bancos de plástico, esforçaram-se por fazer uma expressão mais séria e digna para o evento, pensaram
que a condição de Odonato se devesse a um qualquer
truque nacional, tiveram dúvidas quanto à natureza da
cerimónia mas rapidamente se inteiraram, pela sin-
ceridade do sofrimento, que aquela morte não fazia
parte de algum truque circense, provaram os aperitivos nacionais com agrado e mais sorriram ao receber
nas mãos delicadas os copos cheios de whisky com
muito gelo
   – o cabrão do Paizinho é que não aparece – comentou JoãoDevagar
   – é verdade – MariaComForça segredou –, não te
contei ainda, ligaram da TelevisãoNacional, já encontraram a mãe dele

– o gajo vai ficar contente, que maravilha... este país é uma maravilha! – acenava com o copo às duas suecas

– e essas quem são? vieram assim vestidas para um enterro?

– acabaram de chegar, Maria, fui buscá-las ao aeroporto

– mas quem são?

– são duas suecas que vêm diretamente das europas para maximizar o negócio

– mas qual negócio? o da igreja? são as «ovelhinhas sagradas»?

– vêm para potencializar o mais antigo negócio do mundo, imagina o sucesso, já viste como todo mundo olha para elas...

– também, com as mamas quase de fora, vê lá se arranjas uns xailes, há que ter um pouco mais de respeito, mesmo que seja na IgrejaDaOvelhinhaSagrada

– já trato disso... – olhou para o portão e viu os fiscais entrarem – olha quem vem lá, só me faltava essa

os fiscais vinham vestidos a rigor e com a devida expressão fúnebre nos rostos, dirigiram-se primeiro a Xilisbaba e ao flutuante marido para prestar os seus elevados sentimentos e depois passaram um olhar de avaliação às instalações, conversaram brevemente com o pastor brasileiro e só depois se dirigiram a JoãoDevagar

– belas instalações, chão novo, cadeiras de plástico muito bonitas

– obrigado, vocês conheciam o falecido?

– de certo modo – disse DestaVez

– sim, de certo modo – concordou DaOutra

– então ficam, de certo modo, para a cerimónia?

– sim, e depois queremos falar consigo, sobre negócios

– entendo

– e as duas louraças, novas aquisições ou amigas da família?

– novas propostas, digamos assim

– em que ramo? cinematográfico?

– pode ser, pode ser, nunca se sabe... tudo depende de quanto estamos a falar

– ah, quer dizer que já se pode falar de quanto

– sempre se pode falar de «quanto», meus amigos, estamos em Luanda

– é verdade – os fiscais sorriram para as louras que respondiam sempre com um riso aberto e um toque específico de rearrumação dos seus volumosos sutiãs

– depois falamos que agora vai começar a cerimónia

– está bem, e que som é este?

– música clássica, linguajar dos anjos, apropriado para uma cerimónia deste relevo – explicou JoãoDevagar

– sim senhor, esta igreja vai dar que falar

– oxalá

– som estéreo, várias colunas, muito agradável, deus está em dolby sorround, muito bem

– é uma ligação direta à aparelhagem do meu amigo Noé, aquele do bar, mas no futuro teremos a nossa própria instalação sonora

MariaComForça distribuiu guardanapos a todos os convidados, menos às suecas, e depois de limpas as mãos e as bocas alguns convivas mantiveram o copo de whisky na mão enquanto o pastor começava a cerimónia

– meus irmãos... angolanos e de outras nacionalidades – o pastor piscou o olho a uma das louras – tamos aqui pra celebrá...

JoãoDevagar tossiu intencionalmente, olhando para o pastor

– quer dizê, pra amenizá o espírito do nosso irmão CienteDoGrão

– é CienteDoGrã – corrigiu Odonato flutuando acima dos olhos do pastor, agora preso ao apoio de braço de uma das cadeiras

– sim, o nosso querido irmão CienteDoGrã, agora ido até às portas do jardim do nosso senhor deus... aqui e agora invocamos o seu nome, quer dizer, o nome dos dois, de deus, nosso senhor das alturas, e o nome de nosso querido irmão, cuja família tá aqui reunida, e também amigos seus, nacionais e de outras geografias – o pastor piscou o olho à outra loura – prestando esta singela homenagem a mais um espírito que sobe às alturas

o pastor fitou Odonato nos olhos, arrependeu-se da sua frase, tossiu

– ainda que saibamos que a casa do senhor deus, e a do seu filho o senhor jesus, está em toda a parte, em tudo o que é espaço físico e psicológico deste mundo, em todos os lugares, o que inclui nossos corações – fez uma pausa intencional

– amééé – JoãoDevagar disse alto, convidando os presentes a repetirem consigo e com o pastor

– amééé! – repetiu a multidão

– assim sendo, nesta homenagem religiosa, aproveitando o espaço da nossa recém-inaugurada IgrejaDaOvelhinhaSagrada, nos vemos reunidos em torno do corpo e do espírito... não de um santo... mas de um homem bom, bom nas suas infâncias pelas ruas de Luanda – hesitou – e pouco mais... sua carreira evoluiu para alguns equívocos morais e até físicos, optando ele por uma carreira que é uma via pouco aprovada pelo nosso senhor deus e pelo seu filho o senhor jesus, fruto da inseminação artifici... digo, da inseminação imaculada da senhora sua mãe, a senhora Maria, que deus a guarda e livra do pecado

– amééé – disse JoãoDevagar, bem forte, mirando o pastor com ar ameaçador

– mas deus escolhe as veredas e os atalhos, deus coloca as pedras onde iremos tropeçá, deus é quem sabe a dor de nossas quedas e os inchaços de nossos corpos – o pastor olhava para as suecas que ajeitavam os sutiãs com volúpia – deus é quem apalpa... digo, quem aplaca os nossos corpos e as nossas dores, deus é quem fala por nossas bocas pecaminosas, agora e na hora da nossa morte

– amééé – disseram todos

– e nosso querido CienteDoGrã agora está sentado perto do senhor deus, falando com ele... se acertando com ele, prestando as contas dos seus dias e das suas ações... quem sabe?, quem aqui poderá dizer do que falam eles neste momento? CienteDoGrã cresceu e nasceu em Luanda, aqui foi criança, aqui se fez jovem, com as suas atividades muito próprias, em seus descaminhos, e como se diz aqui em Luanda, quem pode saber que mujimbos Ciente conta ao senhor deus neste momento?

a multidão quase se deixou cair em riso ao ouvir tamanha especulação religiosa de índole supostamente cultural mas JoãoDevagar, fazendo uso de uma estranha sinalética, impeliu o pastor a prosseguir com a cerimónia sem fazer uso de tantas divagações, fosse de que índole fossem

– é grande o poder e a vontade do senhor deus, e também a do seu filho imaculado, o senhor jesus... portanto, oremos, irmãos, oremos pelo nosso irmão que subiu aos céus, na hora e no momento que deus o chamou para junto de si... oremos... em nome do pai, do filho e do espírito santo...

– amééé – disseram todos

– em nome da nossa abençoada OvelhinhaSagrada, que deus a tem com ele bem perto de seus pés...

– amééé

– irmãos... oremos em silêncio as nossas preces de aceitação do nosso irmão Ciente na casa do senhor deus... oremos para que as suas feridas morais sejam saradas, e para que deus não perceba com excessiva clareza as feridas do nosso irmão... não falo, é claro, da ferida na zona nadegal, mas das feridas morais... que são as mais profundas, e que deus perdoa a quem já tenha perdoado aos outros, e a si mesmo... assim como nós um dia perdoaremos àqueles que nos ofendem – mirava fixamente os peitos das suecas – nos ofendem com as suas visões... com os seus corpos... com os seus olhares cheios de fogo... oremos em silêncio, irmãos... amééé!

– amééé – murmuraram os fiéis e os demais

sobre os cochichos que arredondavam as rezas de cada um, jazia o ritmo triste de uma sonata de Beethoven, aqui e ali espicaçado pelas mãos céleres do pianista que a interpretava

Noé estava à porta, não entrava em recintos destes há muitos anos, e fazia um esforço forçado para não se rir com a homilia do pastor brasileiro, as pessoas fecharam os olhos, com exceção de Odonato que, feito uma criança distraída, rodopiava o corpo suspenso sobre si mesmo, de braços ligeiramente afastados como que abraçando o ar, fazendo do fio que o atava ao banco o seu eixo de lenta rotação, enrolando o corpo, girando para a esquerda e deixando-se estar muito quieto, esperando o movimento inverso que o próprio fio se encarregava de motivar, olhando o rosto do seu filho com brandura e tristeza, e apreciando, pela visão integral que o seu volteio oferecia, os rostos e os gestos dos demais presentes, até que o movimento estancou e ele olhou para a mulher quando esta, sentindo-se observada, abriu os olhos

– fecha o caixão, Baba, já chega desta estória

o que pareceu encenado poderia ser atribuído, segundo a versão dos mais crentes, a uma qualquer vontade divina ou, como diria o pastor brasileiro

«ao senhor deus que tudo sabe e tudo planeja»

quando Xilisbaba fechou o caixão o pastor apagou algumas das velas no improvisado altar e inventou uma cerimónia de distribuição progressiva de flores, uma para cada indivíduo presente, numa movimentação que tinha início junto ao altar e se alastrava, pela passagem das flores, à parte traseira dos bancos, ali onde repousavam quietas as louras e, quando a multidão estava toda de pé em respeitoso silêncio, a sonata foi abruptamente interrompida e ouviu-se a voz do locutor da RádioNacional anunciar

«passamos de imediato a transmitir, para o território nacional da RepúblicaDeAngola, uma mensagem, em direto, de sua excelência, o engenheiro, Presidente da RepúblicaDeAngola»

as pessoas entreolharam-se, depois miraram o pastor, que por sua vez se virou para JoãoDevagar que, apanhado de surpresa, virou o olhar para cima, na direção de Odonato

– vamos escutar, pode ser algo importante...

quem estava do lado de fora procurou entrar para melhor entender a mensagem que a qualquer momento a RádioNacional haveria de transmitir, alguns momentos de suspensão aconteceram, acertos radiofónicos estariam a ser processados, duas pancadas no microfone precederam a tosse do camarada Presidente, e então a voz fez-se sentir grave e contínua

«caros cidadãos da RepúblicaDeAngola, demais representantes de outras nações acreditados no nosso país, entidades religiosas e cívicas: em nome do governo nacional de Angola e segundo um encontro extraordinário do birô político do Partido, cumpro o dever de informar uma decisão que terá implicações na vida social, política e cultural de cada um de nós. analisados os mais recentes acontecimentos nacionais, tendo em conta a relevância da sua estatura moral e do seu papel político desde os dias da nossa independência, tendo também em conta o estado de profunda consternação de toda a população da RepúblicaDeAngola, muito se ponderou sobre os acontecimentos e fenómenos que aconteceriam em solo nacional, perpetrando nas nossas vidas alguns eventos de magnitude incomensurável. ainda assim, o Partido no poder entende que, em Angola, não se vive o momento apropriado para as fulminantes celebrações que se avizinham – o Presidente tossiu levemente – assim sendo, e dado o recente passamento da camarada Ideologia, um dos pilares morais e cívicos da nossa nação, o Partido no poder decidiu cancelar quaisquer celebrações coletivas, propondo um período de três dias de luto nacional. nesse quadro, e imbuído dos poderes que me assistem, venho por este comunicado afirmar que Angola anuncia ao país e ao mundo o cancelamento, repito, o cancelamento total do eclipse anunciado para os dias próximos. serão envidados esforços para minimizar os danos económicos que esta decisão possa causar, mas a partir deste momento o Partido declara inteiramente cancelado o tão esperado eclipse total!»

– era o que faltava

– ora porra, se eu soubesse não tinha vindo

lamentavam-se os estrangeiros

era frustrante assistir, assim, à alteração do curso das coisas, e das expectativas coletivas, não por força da natureza mas sim por vontade humana, ainda que esse curso seja intencionalmente apresentado como o fruto de uma decisão sábia e ponderada por um coletivo de pessoas, no presente caso, um coletivo político

– será mesmo verdade?

disseram as vozes expressando abertamente o espanto geral e a incredulidade que felizmente o uso da palavra, pelo menos em círculos mais restritos, ainda não fora vítima de controlo

a jovem jornalista da BBC fizera um direto usando o seu telefone colado ao som da RádioNacional, a que se seguiu a sua esforçada mas resumida tradução, o que primeiro originou risos e comentários de escárnio nos principais noticiários mundiais, mas logo de seguida a informação foi confirmada cientificamente pela NASA e outras agências congéneres, algo no movimento planetário se havia já alterado

e de facto o eclipse, anulado pelo país angolano, não iria mais acontecer, conforme o anúncio feito pela voz de nossa excelência o engenheiro e camarada Presidente

– o Partido vai ter que repensar a situação – comentou DomCristalino

– bom, reagendar um eclipse é coisa complicada, mesmo para o Partido... – disse o assessor Santos-Prancha

– terão que pensar em algo

– sim, a população já se armazenou de cerveja e comida...

– caramba, deve haver alguma jogada por detrás que nos está a escapar

– acha mesmo?

– claro, homem, o Partido não dá nó sem ponto

– é assim que se diz?

– é! não dá nó sem depois marcar um ponto

ao comentário do Presidente, para dar à cerimónia um ar de maior agravo, a RádioNacional adicionou uma versão bem ensaiada do HinoNacional, pelo que os presentes ao funeral do CienteDoGrã, as madamas e os seus vestidos, os homens de sapatos bem engraxados e os seus copos de whisky na mão, o pastor brasileiro sorridente, os não convidados ao enterro e Odonato seguro pela mão firme da sua esposa e flutuando sob um vento repentino, abandonaram a IgrejaDaOvelhinhaSagrada ao som compassado do HinoNacional, o que deu ao funeral um tom absolutamente inesquecível e muito apropriado

– avançamos? – perguntara JoãoDevagar

– claro que sim – respondera Odonato –, olha que bonito, João, a RádioNacional a tocar o hino no enterro do meu filho!

com a exceção das suecas, todos voltaram ao prédio

com as mãos carregadas dos restos de comida que viriam a ser usados nos três dias seguintes, os estômagos bem recheados de álcool, os olhos brilhando ora de lágrimas ora sob os escorregadios efeitos das cervejas e vinhos e whiskys ingeridos o cortejo fez uma pausa simbólica e silenciosa ao chegar à entrada do prédio, Odonato pediu para ser descido ao nível das outras pessoas e assim, de baixo para cima, pôs-se a contemplar o estranho buraco que o corpo do filho fizera até ao rés do chão do prédio

AvóKunjikise murmurou algo inaudível em umbundu e olhou para os seus pés cansados, Amarelinha esfregava os braços afastando um arrepio que lhe chegara repentinamente

no primeiro andar, junto às águas, a temperatura era de um agrado tão sobre-humano que se tornava custoso resistir ao lugar,

Edú pousou o seu minúsculo banco e largou o peso das costas de encontro à parede, NgaNelucha ficou de pé, junto a ele, fazendo carinhos na sua cabeça, o marido fechou os olhos fingindo um precoce adormecimento e usando nos lábios um sorriso infantil, AvóKunjikise dobrou um dos seus panos e sentou-se no chão, o fio que atava Odonato ao mundo dos que andam junto ao solo foi amarrado num corrimão, Xilisbaba sentou-se a seu lado, na sua diagonal direção, cruzou as pernas para o lado e respirou fundo, Amarelinha pediu licença e subiu, o CamaradaMudo fez o mesmo e perguntou à família do morto se os ofendia o som de uma música «leve e apropriada» porque era seu costume adormecer ao som de alguns sopros de jazz, JoãoDevagar já sentado puxou a mulher pela mão e MariaComForça agachou-se junto do seu corpo, o Cego foi trazido a um canto e também usava no rosto o crónico sorriso indecifrável daqueles que não podem

ver o mundo por via da luz, o VendedorDeConchas
saiu sem que ninguém notasse, subiu, e foi então que
suavemente a voz da velha se fez sentir, primeiro leve
e doce, murmúrio nenhum sob o afago de um intenso
luar, depois cadenciada aos poucos com leves batidas
das suas mãos na água que invadia o chão fazendo-
-lhes companhia, as cabeças acompanharam o ritmo
doce que AvóKunjikise imprimia à sua canção antiga, dentro da sua cantoria cabiam vários instrumentos
imaginários, a água pareceu escorrer das paredes em
contraponto ao seu ritmo vocal, e pareciam hipnotiza-
dos quando foram interrompidos pelos inusitados sons
que o GaloCamões emitiu àquela hora tardia, sendo
que a interrupção foi seguida da música menos acús-
tica que o CamaradaMudo havia escolhido para ser
tocada

    – ó Paizinho, vai lá acima dizer que a avó está a
cantar melhor que esse jazz

    – tás a falar com quem? – perguntou Maria-
ComForça

    – ai, é o hábito, esse rapaz desapareceu-me hoje,
nem atende o telefone

    – eu vou lá – NgaNelucha ofereceu-se –, mas já não
desço, doem-me as pernas

    – você, tão jovem – brincou Edú, coçando devaga-
rinho o seu gigantesco mbumbi

    – os jovens trabalham muito, não sabias?

    – os jovens foram feitos para dançar – suspirou Edú

    lá em cima, em poucos momentos, a aparelhagem
do CamaradaMudo cessou a cantoria e a triste voz de

Odonato fez-se sentir entre os goticulares momentos da água

– cante, mãe, a sua voz é tão bonita

AvóKunjikise, de olhos fechados, iniciou um murmúrio cantado numa surdina que continha em si um ritmo triste, nas breves pausas batia com as mãos na água, movia a cabeça para os lados e tremia os olhos fechados

– *vou cantar uma canção triste...*

lá em cima, no terraço, sob as cadeiras solitárias do cinema GaloCamões, os pés descalços de Amarelinha acalmavam o soalho e a noite, a lua esperava pela sua voz em outras cantorias, o seu olhar quieto deu uma mirada direta ao galo que se acalmou e pôs-se a mirar o corpo da moça e o corpo do moço por detrás dela

– não te assustes – murmurou o VendedorDeConchas abraçando-a devagarinho –, eu sou o mar a chegar perto duma concha...

– não me assustei – sorriu Amarelinha –, estou a olhar a lua

– e eu tou a olhar para ti

– não me podes ver

– vejo todas noites, quando penso em você

– pensas em mim todas as noites? – Amarelinha virou-se para ele deixando o rosto e a boca perto dele

– quase todas noites – ele quis beijá-la

– para me dares um beijo tens que pedir ao meu pai ou à minha avó

– depois peço – o VendedorDeConchas deu um beijo desajeitado ela riu o seu riso aberto, para depois compor o rosto e o vestido, apertando os braços magros e fortes do Vendedor, tirando-lhe o saco do ombro, abraçando-o com força e beijando-o novamente

– tem de ser devagar, os beijos têm de ser devagar

– tá bem

o corpo do VendedorDeConchas estremeceu e ele sentiu-se nu, buscava com as mãos, no ar, um gesto que o pudesse acalmar, com o pé certificou-se de que o saco estava perto, ouviu o ruído das conchas dentro do saco ao ser tocado e baixaram-se para se deitarem no chão, pelos seus corpos passeava a luz branca do luar, poucas estrelas podiam ser vistas no céu

– gosto de estrelas – ele disse

– gosto das tuas conchas e das tuas mãos – ela disse

o vento passava pelo primeiro andar, AvóKunjikise abriu os olhos por momentos, passou o olhar por cada um dos presentes, cantava, entoava sons de imitação de instrumentos e de bichos, deixava que o eco a ajudasse num som que precisava de mais vozes, e falava aos poucos para verter as suas verdades em umbundu

– *é a canção de uma mulher mais-velha... o marido partiu para a guerra... já foi para a guerra muitas vezes, foram muitas guerras... ela chora agora a morte do marido... há muita gente à volta dela...*

o corpo de Odonato balança, perde o eixo aos poucos, ele revira-se sobre si mesmo tentando não só escutar mas olhar a boca da velha que vai cantando e falando, incorporando no ritmo da sua voz o ritmo da estória contada, dita e cantada ao mesmo tempo

– *só ela pode cantar ou falar... esta velha tem um nome, e o nome dela é aquela-que-não-dança... que não sabe dançar... ela chora, levanta-se devagar, conta a estória... de quantas vezes preparou as armas do marido para ir à guerra, quantas vezes ele prometeu que voltava... e daquela vez saiu de manhã cedo, muito cedo, não disse nada... foi embora sem dizer nada... a velha chora, canta e começa a dançar... as crianças estão espantadas... «a velha está a dançar!», dizem em coro... «a velha que não sabe dançar está a dançar»... só as crianças e a velha podem falar... a velha começa a dançar devagarinho, um ritmo só do corpo dela... ela chora... o meu marido foi na guerra para morrer.... o meu marido foi na guerra para morrer... o meu marido não me disse palavras de adeus... eu não limpei as armas do meu marido... ela chora e dança pela primeira vez na vida... a velha dança devagar e chora... olha as crianças... o meu marido foi na guerra para morrer e hoje eu danço... eu danço porque o meu marido morreu na guerra... e as crianças gritam em coro... «a velha que não sabia dançar está a dançar»... está a dançar de tristeza... na morte do marido dela..., «a velha está a dançar...», cantam as crianças... a velha dança devagar e, sozinha, entra na cubata... só as crianças ficam perto do fogo a cantar... «a velha dançou!», «a velha dançou!...»*

Xilisbaba pega no fio, puxa pelo marido, sobe em silêncio pelas escadas

mais tarde chegará AvóKunjikise à sua cama, afastará do corpo os seus panos e dormirá, após tantos anos, de corpo nu, AvóKunjikise dormirá de corpo nu com o vento a passear-lhe pelo corpo, sorrindo, está nua porque sente que a neta esteve nua no terraço com o vento a passear-lhe pelo corpo, Amarelinha chegará bem mais tarde, entrará em casa com o sorriso escondido entre as mãos, vai deitar-se perto da velha, vai deitar-se de corpo nu, em segredo de coração inquieto, vai afagar devagarinho os seus seios ainda duros, vai acariciar o seu ventre

o VendedorDeConchas vai descer as escadas lentamente, vai encontrar o Cego sentado a um canto, com um riso desenhado nos lábios, o Cego calado e acordado vai deixar-se levar até à longínqua praia sem dizer uma palavra, sem fazer uma pergunta, celebrando o respeito que os mais-velhos sabem ter pelos mais novos, vai sorrir calado, para dentro, como sorriem os que têm a certeza de um segredo,

Edú vai chegar a casa e despertar a mulher, NgaNelucha vai fingir que já dorme e que quer dormir, está nua, está suada e sabe-lhe bem o vento que finta a janela para se fazer presente, Edú vai despir-se e chegar nu à cama, vai deixar as mãos acordarem o corpo da jovem mulher, vai beijar-lhe os seios e dizer-lhe palavras antigas ao ouvido, NgaNelucha vai tocar-lhe o sexo com a sua mão certeira e húmida, vai dizer em tom sério «hoje, dia de enterro, já queres começar com essas brincadeiras», vai deixar a voz sair lânguida e provocatória, «o amor não ofende o morto», vai responder Edú, ajeitando-se em acrobacias para tentar afastar o seu inchaço lateral e penetrar a mulher de modo lento, «assim não consigo adormecer...», ela vai dizer, a mão dele vai acariciar-lhe as costas ao longo da coluna, os seus dedos vão tocar a boca dela, a sua língua vai vibrar e as suas ancas farão novos movimentos, «deixa-me dormir... deixa--me dormir», ela vai dizer a cada movimento feito em recuo e avanço minimalista de modo a provocar mais prazer, «dorme... dorme, mulher», ele vai murmurar no seu ouvido, cada vez mais lento e erótico, em contraste com os movimentos rápidos e ondulatórios que ela faz, «ai!», ele vai gritar quando ela intencionalmente bater no seu mbumbi inchado, «ah, desculpa», ela dirá irónica batendo de novo, «deixa-me dormir», a voz dela vai dizer, ofegante, esperando e estendendo o seu orgasmo adiado, «dorme... dorme...», ele dirá, deixando que os corpos falem em quentura e adormecimento, nus, felizes, à espera de sonhos calmos ou sonhos nenhuns,

MariaComForça estará em casa a arrumar a cozinha, sempre fora de sua preferência deixar essa missão para horas mais tardias, vai sorrir ao ouvir gemidos vindos dos andares de baixo, guardará restos de comida que no dia seguinte pedirá a Paizinho para ir levar ao galo, escutará o ruído de JoãoDevagar a entrar em casa, sentar-se na sala, descalçar os sapatos, o rádio será ligado para as últimas notícias do dia, a comunidade internacional está incomodada, para não dizer revoltada, com a decisão do GovernoAngolano de anular o eclipse como se o fenómeno fosse restrito ao país, JoãoDevagar, sorrindo, lembrar-se-á outra vez de ligar para Paizinho

e vai ligar, e MariaComForça estará na cozinha ouvindo a voz incrédula do seu companheiro

– alô, Paizinho? até que enfim

– não é o Paizinho!, qual Paizinho é esse?

– desculpe, deve ser linhas trocadas, estes telefones andam doidos

MariaComForça sentirá um arrepio na espinha

uma outra mulher, muito mais velha, no Sul do país, na cidade do Huambo, sentada no seu quintal olhando a lua tão branca, sentirá outro arrepio na espinha, uma lágrima dividida chegará aos olhos das duas mulheres, o vento as incomodará por instantes, os lábios inferiores sentirão um estranho tremor e ambas pensarão que não se trata de nada em especial, MariaComForça sentirá depois um arrepio mais concreto escutando a voz do marido, de novo, ligando para o mesmo número

– alô, Paizinho?

– já disse que aqui não tem nenhum Paizinho

– mas quem fala?

– é o gatuno!

– como?

– daqui fala o gatuno, comé?

– mas qual gatuno?

– o gatuno mesmo! roubei esse telemóvel, daqui fala o gatuno, porra, qual é o problema?

– para lá com essa brincadeira, passa masé o telefone ao Paizinho

– ah, era esse o nome? ouve lá, já te falei, aqui fala o gatuno, vais querer negociar ou quê?

– fala o gatuno mesmo, ai é? – JoãoDevagar irrita-se

– sim, pode dizer, quanto é que vais dar pelo telemóvel?

– vou te dar uma carga de porrada, isso sim!

– não adianta, kota, já furei o gajo, agora é só você lucrar com este nokia

– ouve bem, seu filho da puta, tu sabes com quem é que tás a falar?

– qual filho da puta é esse? vais pagar ou não? porra, tás a me fazer gastar a bateria do telefone, ainda por cima nem tenho aqui carregador! epá, vou desligar então...

MariaComForça deixou cair o pano no chão, sentou-se perto, muito perto do marido, apertou-lhe a mão com força, a sua mão estava fria, a de JoãoDevagar estava quente, tremia, a sua respiração ofegava de nervosismo e raiva, o homem hesitou antes de marcar o número novamente, olhou para a mulher como quem faz uma pergunta decisiva mas MariaComForça fez como fazem as mulheres, deixou-se estar quieta

um espelho inerte devolvendo a pergunta ao marido

– alô?

– sim, diga então, quanto é que vai ser?

– depois falamos do preço... – fez uma pausa, desviou o olhar para a janela, buscando talvez a lua – mas aconteceu o quê? onde é que tá o Paizinho?

– já te disse, furei o gajo, tava armado que não me dava o telefone, furei o gajo com um tiro nas costas!

– onde é que foi isso? você tá a brincar ou quê?

– não tou nada a brincar, porra, você pensa o quê? gamei mesmo, o gajo ficou lá

– caído aonde?

– na VilaAlice, sei lá

– ouve bem, seu filha da puta, caralho de merda e a cona da tua mãe...

– ché, você pensa que tá a falar com quem?

– cala a boca, porra! – JoãoDevagar gritou com olhos inchados –, só quero saber onde está o miúdo

– eu sei lá, já te disse, ficou no chão, não sou ambulância

– onde está o miúdo, porra? onde é que está o miúdo, seu filha da puta?! – JoãoDevagar gritava e gesticulava, MariaComForça segurava o seu corpo pelas costas, abraçava-o

– vais pro caralho, ligas a essa hora e ainda queres conversa?

– onde é que tá o miúdo, seu filho da puta? onde é que tá o miúdo?!

o gatuno desligou o telefone, JoãoDevagar ficou preso ao seu choro, deixou-se cair ao chão, chorando compulsivamente e repetindo «aonde é que está o miúdo... aonde é que tá esse miúdo...», vezes sem conta, com a mulher colada ao seu corpo, envolvendo-o com quantos braços podia, procurando entrar no ritmo respiratório dele, acelerados os dois, chorosos os dois, «aonde é que está o miúdo, Maria... aonde é que tá esse miúdo?», para depois, aos poucos, trazê-lo a um ritmo mais calmo, em choro surdo, para poder deixar de o apertar com tanta força, para poder também ela, finalmente, iniciar o seu choro vagaroso

– o que foi? – Xilisbaba entrara, assustada, no apartamento

o casal demorou o tempo de um olhar e a extensão de uma dor para poder dizer a uma só voz apagada

– mataram o miúdo

– quem? – tremia Xilisbaba

– o Paizinho

JoãoDevagar abraçou-se a Xilisbaba e à sua mulher como se não tivesse mais força no corpo nem na voz

– mataram o miúdo..., mataram o miúdo, Xilisbaba!

quando soube do sucedido, Odonato foi acometido de uma tristeza tão grave que Xilisbaba teve medo

teve medo que o seu estado se agravasse e não soube pressentir em que direção se materializaria esse agravar, preparou um chá de caxinde mas o marido continuava num silêncio absoluto onde só os seus olhos tristes falavam, bebeu o chá levando quase uma hora para o terminar

– leva-me para o terraço, Baba, preciso de estar só

– para o terraço?

– sim, fico lá esta noite, para olhar a cidade... para pensar na vida. podes me levar?

era tão de madrugada – e era tão de madrugada dentro de si – que Xilisbaba tinha já dificuldade em discernir o que sentia entre as verdades emocionais que o seu corpo absorvera durante o dia, pegou no fio, subiu as escadas, chegou com o marido ao terraço, o GaloCamões acordou e veio espreitar curioso, mas como ninguém lhe desse atenção ou sequer olhasse para ele, evitou fazer ruído e voltou ao seu canto

– deixa-me aqui, por favor

– aqui aonde?, não te posso largar assim

– amarra-me aqui nestas antenas, fico aqui na berma, a olhar a cidade

Xilisbaba atou-o a uma antena, deu três nós e sentiu medo por aceder àquele pedido

e se o marido se soltasse?, e se um vento mais forte o visitasse durante a noite?, e se os nós na antena ou mesmo no tornozelo não fossem suficientemente fortes e o marido desatasse a esvoaçar pelos céus de Luanda?

– ficas bem? tenho medo de te deixar assim, Nato

– fico bem

– tás bem amarrado?

– estou, sim, Baba: é a saudade que me amarra a esta cidade...

Xilisbaba, arrastando os pés, voltou a casa, à sua cozinha, encontrou AvóKunjikise toda nua na cozinha

– mãe!, que susto

– *vim aquecer água*

a velha, arrastando os pés e as peles do corpo, voltou à sua cama, beijou Amarelinha na testa e cobriu-se com um dos seus panos

na enluarada escuridão, Xilisbaba preparou o seu chá, buscou na gaveta da cozinha o resto de uma vela que gostava de acender para meditar ou rezar, acendeu a vela, e ficou mais descansada porque em frente ao seu prédio, numa parede extensa, conseguia ver a sombra oscilante do seu alado marido, não via o desenho do fio que o atava ao prédio mas sim o seu corpo bailando lento, girando, variando nas consoantes murmuradas pelo vento noturno

como um modo de pensar, a sua mão entornava gotas de cera na palma da outra mão, a mulher trocava de mão, imitava o seu próprio gesto, em transe

a breve dor da solidificação da cera

na sua solidão

uma mulher com uma vela acesa na mão precisava de não estar ali, ou de não ser ela, ou de estar numa outra vida

uma mulher com uma vela na mão há muito que havia aceitado o seu corpo, o seu destino, de vez em quando virava o olhar para a porta, depois verificava quantas gotas lhe tinham escapado da mão e se haviam solidificado na mesa

a janela foi aberta, lentamente, por uma brisa improvável e ela sorriu, como se acedesse

se a mulher não tivesse sorrido, a janela voltava a fechar-se?

a mesma brisa quase lhe extinguiu a luz da chama, eram sinais como este que traziam a mulher de volta à sua realidade, sentada na cozinha, a mulher viajava tão longe no seu pensamento que era difícil lembrar-se onde havia estado

uma mulher precisa de estar quieta para ir tão longe

e vai

regressa de lá com uma lágrima que não chega à boca, interceta a lágrima antes que o sabor do sal lhe

tinja o paladar, pois isso seria conhecer uma lágrima
duas vezes

vinda de tão longe, basta-lhe ter provado a lágrima
uma só vez

e pensa

«a vela deve permanecer na cozinha, para que outros, na escuridão, se possam servir da luz.»

conheceu então
um fino frio nas costas
   e viu desenhado no chão o mapa do seu próprio
sangue — sentindo que morria assim, empapado na
saudade da sua mãe

[das sensações de Paizinho]

eram milhares de balões, pretos, amarelos e vermelhos, distribuídos massivamente por todos os bairros,
assim eram misturadas as cores com os sorrisos das
crianças mais o som dos carros do Partido anunciando
a festa para essa noite

as pessoas reagiam com furor de alívio pela tristeza vivida e remoída nos últimos tempos, passavam
entrevistas na rádio e na televisão de pessoas que com
convicção afirmavam ter encontrado resíduos olfativos
ou visuais de uma escura sinalética que em tudo in-
dicava a presença do ouro negro na parte traseira das
suas casas

«o governo tem de vir urgentemente à minha casa,
o futuro passa pelo meu quintal, estou positivo quanto
a isso», gritava um homem de meia-idade, vagueando
na rua, empunhando a sua sétima garrafa de cerveja
logo pela manhã

«há mais petróleo que petroleiros», bradava um jovem poeta, «escrevi a minha obra sobre os tempos presentes que vivemos na nossa cidade, faltam-me apenas algumas páginas para a conclusão fatal desta obra-prima», continuava, entusiasmado, abraçando uma jovem tão bêbada quanto ele, «portantos... vai aqui um alerta máximo às editoras nacionais de poesia e outros géneros em geral... estou a chegar à literatura angolana vindo diretamente do meu bairro que será o mais petroleiro de todos... a minha obra baseia-se em factos reais, o petróleo será real...»

as pessoas reagiam com um furor oco

em Luanda assim acontece frequentemente, há sim o sentimento generalizado de que a fantasia e a celebração são obrigações e deveres morais de cada luandense, o cidadão está geneticamente preparado para aderir à festa, não importando tanto os seus precedentes explicativos nem as suas futuras consequências, mas sim a intensa homenagem ao torpor humano dessa hora chamada presente

poucos sabiam, nas primeiras horas do dia, e apesar das notícias nos principais órgãos, que a festa a acontecer nessa noite devia-se, justamente, ao primeiro jorro de petróleo descoberto na madrugada anterior, num bairro que ficou por divulgar

e que o evento, anunciado de manhã pela distribuição de balões, blusas coloridas, bandeiras e grades de cerveja, iria contemplar, durante o fim de tarde e toda a noite, um monumental concerto com direito a volumosas exibições de luzes, colunas de som das mais modernas do planeta, uma gama de músicos nacionais de luxo convocados à última hora e pagos em dólares de cabeça grande, um show de misses seminuas motivadas a resolverem as suas vidas num par de horas e ainda um megalómano espetáculo de pirotecnia simultânea em vários bairros da cidade que culminaria, precisamente, com uma brutal explosão de cores sobre a sinuosa BaíaDeLuanda

– viva o nosso jorrinho inicial, a materialização do nosso sonho angolano – disse o Ministro abrindo a garrafa de champanhe francês encomendada para a ocasião

– você é um homem prevenido, ó Ministro – brincou DomCristalino

– eu sabia que o grande dia haveria de chegar... DonaCreusa, traga as taças próprias para este líquido

– sim, senhor Ministro

– você vai de champanhe ou quê, Assessor?

– vou de quê, senhor Ministro, não leve a mal, mas esta nossa bebida nacional é o melhor remédio para intimidar os micróbios corporais – disse o Assessor abrindo a sua garrafa de whisky de trinta anos – este whisky... para dizer a verdade, deixa-me emocionado

– emocionado? – perguntou DomCristalino

– perfeitamente emocionado, senhor Cristalino, olhe bem esta maravilha – e pegava na caixa, tirando de dentro dela a garrafa e vários conteúdos impressos – você já viu bem um whisky que vem até com dicionário? epá, os brancos inventam cada uma!

riram, os convivas, chegaram as taças de champanhe, foi aberta a garrafa

– ao nosso jorrinho nacional, o mais difícil de todos
os petróleos!

– ao mais difícil – brindou o Ministro

foram chamados à celebração os dois fiscais do
Assessor, DestaVez e DaOutra, mais a pacata Dona-
Creusa, sob o olhar reprovador do Assessor, que não
tinha o costume de dividir bebidas ou brindes com os
seus subalternos

– seja feita a exceção, em nome do evento – murmurou o Assessor, depois falando baixinho – Dona-
Creusa, este gelo está uma miséria, estou há cinco
minutos à espera que o whisky fique um pouco mais
fresco

– não quer provar o champagne, senhor Assessor?
tá bem gelado

– não se intrometa nas questões políticas de teor
líquido, senhora funcionária, lá porque apanhou uma
boleia do DomCristalino já pensa que pode opinar sobre as temperaturas do whisky dos dirigentes?

– desculpe, senhor Assessor, foi só uma suges-
tão

– pois sugira masé a providência de um gelo mais
bem gelado, que isto é uma vergonha para o gabinete
do senhor Ministro

– sim, senhor Assessor

os fiscais aceitaram e repetiram do bom champanhe, também não entendendo a que se devia a celebração mas seguindo a lógica dos luandenses quanto

a brindes que, sobretudo envolvendo bebida francesa
e na presença de um Ministro, não precisavam de ser
indagados
— e aquela missão que vos passei, foi cumprida com
êxito? — o Assessor sentia-se bem falando alto sobre o
trabalho na presença do Ministro
— sim, senhor Assessor, foi devidamente concluída
— quais são os resultados práticos?
— reunimos até ao momento quinze novas datas
— só quinze?
— só estivemos nas principais embaixadas, senhor
Assessor, ainda faltam as visitas aos consulados e outras representações diplomáticas
— vejam lá se despacham isso, a reunião do ConselhoDeMinistros é para a semana
— sim, senhor Assessor
— que missão foi essa? — perguntou, curioso, Dom-
Cristalino
— dados pragmáticos para uma nova proposta em
ConselhoDeMinistros, aconselhei pessoalmente o senhor Ministro
— sobre o quê?
— a adoção nacional de «feriados por solidariedade»
— como?
— é que Angola deve assumir uma postura de maior
solidariedade tanto para os países de alta envergadura
como os chamados países emergentes
— onde é que entram os feriados?
— pedi aqui aos camaradas fiscais para fazerem uma

listagem dos feriados mais proeminentes em outras nações, e vamos tentar que o ConselhoDeMinistros aprove um plano de adoção das referidas datas

— para ser feriado aqui?

— justamente, senhor Cristalino, justamente!, aqui em Angola trabalhamos de mais

— compreendo — desconversou DomCristalino

— assim sendo, vamos ter novos feriados a considerar, ou mesmo, pelo menos, ver se introduzimos novas datas para tolerância de ponto, mantendo sempre a perspetiva do fim de semana

— a perspetiva do fim de semana?!

— sim, mantendo a postura oficial de adiar para segunda-feira qualquer feriado que coincida com um domingo e, também, no âmbito da reconstrução nacional do país, uma nova filosofia de pontes

— pontes? — o Ministro também desconhecia o rigor da ideia do Assessor

— pontes obrigatórias, isto é, feriado cai à quinta--feira, é ponte!, ponte até segunda, se for um feriado muitíssimo importante, digamos assim, por exemplo, o dia da independência de um país amigo, Moçambique, imaginemos, se cai numa quarta-feira, fazemos ponte elevadiça, anula-se imediatamente, por despacho automático, os dias laborais de quinta e sexta, e só se volta ao trabalho na segunda-feira, ou mesmo, com alguma tolerância respeitosa, segunda-feira à tardinha, isto é, praticamente na terça de manhã! — o Assessor serviu-se de whisky novamente — mas quinze feriados parecem-me pouco, porque afinal o ano ainda tem trezentos e sessenta e cinco dias, isto sem falar dos anos bissextos

— posso provar desse whisky, senhor Assessor? — pediu DestaVez

— tá maluco ou quê? — pôs-se sério, o Assessor, enrugando as sobrancelhas numa manobra quase impossível —, você pensa que tem idade para beber whisky que vem com dicionário? você tem estatuto? vocês, miúdos, gostam de abusar

— desculpe, senhor Assessor

— ainda se tivesses conseguido mais feriados... vocês têm que ficar espertos, não é só pegar grandes países tipo EstadosUnidos, é também ver os outros, por exemplo, a Birmânia, o Cambodja, os kosovos, as tchetchénias, esses que têm muitos massacres e datas complicadas, esses é que podem render bons feriados, tão a entender?

— sim, senhor Assessor

— é preciso levar em conta os feriados religiosos, as datas históricas, mortes relevantes dos líderes históricos, os ghandis e os líderes africanos mesmo que seja de séculos passados, tão a ouvir bem?

— sim, senhor Assessor

— ler, rapazes, investigar, mesmo que seja na internet... quando é que faleceu o grande ShakaZulu? não há datas? mas há um mês? se não houver datas, Angola pode mesmo vir a dar um contributo como sendo o primeiro país a celebrar, claro, com um feriado, essas efemérides da Humanidade, tão a ver a coisa, rapazes?

— sim, senhor Assessor

– vocês fiquem espertos... temos as irlandas com makas de bombas, as espanhas com makas separatistas, as palestinas, olhe só a Palestina é uma mina de ouro para o nosso mapa de feriados... os índios, massacrados pelos espanhóis... os índios dos americanos também, os outros... ai, como é?... aqueles dos maias, toda essa gente deve ser contemplada, a primeira guerra mundial, a segunda guerra mundial, a guerra-fria, idas à lua, primeira ida, segunda ida, e as tentativas frustradas? porquê que ninguém fala nisso? a questão não é somente quem conseguiu lá chegar... e quem não conseguiu? morreu como? são todas essas datas que nós queremos

– sim, senhor Assessor, vamos já tratar disso

– então, vão!, já deviam ter ido... usem a cabeça, rapazes, a cabeça, não se esqueçam também do médio e do pequeno oriente, e até dos tempos mais recuados, as romas e as grécias... a europa está cheia de massacres, é preciso relembrar esses gajos que eles eram bárbaros!, vão lá resolver isso... isto sem falar das questões papais...

– vocês vão ao discurso hoje, ao fim da tarde? – interrompeu DomCristalino contendo o seu riso

– hoje? – o Assessor serviu-se de mais whisky e ficou irritado porque não tinha mais gelo

– sim, o Presidente vai falar, vai dar um discurso

– pela rádio?

– ao vivo

– é por isso que estava tanta segurança na rua, hoje...

– é por isso. vai falar, acho que destes últimos eventos, deve dar também uma explicação à comunidade
internacional, parece que ficaram furiosos com a anulação do eclipse
    – que exagerados, esses da comunidade internacio-
nal – comentou o Ministro.

quando abriu a caixa, as mãos do homem dançavam sob a luz das inúmeras lamparinas instaladas na
sala, leu primeiro as instruções, minuciosamente, apesar de já as ter lido no computador
    eram mãos delicadas, dedilhando páginas, mexen-
do nas folhas, verificando os pequenos sacos plásticos
que as caixas abertas continham, os dedos afinavam a
intensidade da luz, depois buscavam o copo
    o copo próximo aos lábios, a respiração do whisky
seco, o pousar do copo
    havia um intenso silêncio, algo que havia vindo de
longe, mais longe que as fronteiras da cidade, um silêncio esquisito – manto quente, para que dentro de
cada um, perseguindo a frequência certa, as pessoas
pudessem buscar e encontrar segredos inscritos no
epicentro daquele silêncio espesso
    o silêncio
    as mãos abrindo a caixa
    os dedos não acusavam os dias de espera, a última
caixa havia finalmente chegado para completar o puzzle

decidira há muito só montar a arma quando chegasse a última parte do seu segredo, fizera toda a pesquisa, aguardara chegada das peças a improváveis endereços e nomes falsos

o cheiro a novo, o brilho fraco, sob a fraca luz alimentada a azeite, o cheiro do azeite junto aos catos do seu apartamento, os livros, as carpetes, a poeira insistente, os dedos limpos, não trémulos, não acusavam a impaciência do gesto e a ansiedade da espera

doze caixas, doze meses, agora não tinha como escapar ao destino

cada encomenda fora uma carta, escrita ao destino, ou a si mesmo, anunciando pedaços de um prazo e de uma missão por fazer

as horas, a pesquisa, os sonhos, os receios, as certezas: um homem é feito do que planifica

«um homem é feito de verdade e de urgência», pensou

– Paulo! – gritou Clara com uma voz chorosa do lado de fora da porta – abre a porta, Paulo, por favor, eu sei que estás aí

mas o jornalista atuava numa outra dimensão, não deixava que o som da rua o perturbasse, fechara as janelas ao início da tarde, acendera as lamparinas depois de as alimentar com azeite, deixara apenas uma fresta calculada para o espaço do cano da sua arma e da sua linha de visão, durante a tarde acompanhara a segurança excessiva nas ruas, observara toda a operação de montagem do palco onde o Presidente falaria ao país, e tivera o cuidado de deixar, numa outra janela, um rasgo de luz idêntico àquele para o caso de o trajeto das viaturas ser outro

– Paulo, abre a porta, só quero conversar contigo... só quero falar contigo, Paulo... fala comigo, o que estás a fazer aí trancado?

um pano de veludo foi levado à boca, tocou a língua e conheceu o odor do whisky, depois as mãos levaram o pano ao cano longo, limparam vezes sem conta o metal oblongo restando no ar os cheiros de whisky e do azeite queimado pelas lamparinas, com a parte seca do pano o jornalista limpou o vidro frontal da mira telescópica, pousou o pano na mesa da cozinha

junto à janela, limpou a mão direita, suada, na calça jeans, olhou os seus pés descalços, moveu os dedos estalando alguns ossos e respirou fundo, ouviam-se ao longe as sirenes da comitiva presidencial, respirou fundo, preparou a arma, chegou o seu queixo ao frio do metal e da madeira, sentiu-se calmo mas continuou respirando fundo, incomodava-lhe a voz chorosa da mulher do lado de fora, milhares de bandeiras eram agitadas no largo que esperava a chegada do camarada Presidente, alguns balões, amarelos, pretos, encarnados, soltavam-se das mãos de quem os agarrava e voavam em direção aos céus

– a porta está trancada? – perguntou Hoffman, ofegante, após a subida dos cinco andares

– Arriscado, ele está lá dentro, eu sei que ele está lá dentro – chorava Clara

– vim o mais rápido que pude, o que se passa? já ligaste para ele?

– ele não atende, não abre a porta, não fala comigo... hoje de manhã tava tão estranho, com aquele olhar distante

– e que cheiro é este?

– não sei, podem ser candeeiros

– mas há luz no prédio – Hoffman afastou a mulher da porta e bateu com força – Paulo, Paulo, tás aí?

as sirenes tornaram-se mais fortes, chegaram as motas que antecedem a viatura presidencial, a população estava num alvoroço de euforia alcoólica, os guardas apressaram-se a fazer um corredor de segurança, aproximaram-se as viaturas com vidros fumados de onde rapidamente saiu a figura de sua excelência e engenheiro camarada Presidente, que acenou à população, sorriu, da outra porta saiu a esposa, que acenou à população, sorriu

o Presidente deu os primeiros passos em direção à tribuna ornamentada com fitas, bandeiras e flores, dirigindo-se, depois de cumprimentar alguns dirigentes, ao lugar onde estavam posicionados, aguardando por ele, um confuso conjunto de microfones

a multidão gritava, o som chegava ao prédio do jornalista num formato mesclado de vozes, cânticos e urros humanos

– Paulo, porra, abre a porta – ManRiscas, irritado, dava pontapés na porta

o jornalista tombou o corpo sobre a arma e o seu peso sobre a mesa, observou outros dirigentes pela

mira da sua arma, passava de rosto em rosto distrain-
do-se com a possibilidade efetiva de os atingir, tocava
muito de leve com o dedo no gatilho, sentia o suor
escorrer do rosto para o braço, não se movia, não se
emocionava, não se perturbava com os gritos ou os
pontapés na porta da sua casa, o Presidente sorriu
ao chegar perto dos microfones, choveram flashes fo-
tográficos e a música diminuiu quando o Presidente
acenou à população num gesto que anunciava o início
da sua fala

— afasta-te, vou arrombar a porta — disse Hoffman

um grupo espesso de balões foi solto das laterais
do palco e a população caiu em ovação novamente, o
Presidente sorriu, os ministros sorriram, DomCristalino sorriu olhando os balões coloridos subindo
aos céus, e o silêncio foi naturalmente reposto por
aqueles que ali estavam para escutar o chefe da nação

— caros cidadãos, como já foi noticiado pelos órgãos de informação nacional — começou o Presidente — na madrugada de ontem, finalmente, Luanda foi
testemunha do primeiro jorro do petróleo encontrado
sob o solo desta cidade

a multidão gritou, bateu palmas

a ponta do cano da arma tremeu ligeiramente, batendo na janela, o jornalista refez a posição de ambas
as mãos, encostou o dedo ao gatilho deixando à mercê
do seu gesto a decisão e o instante do tiro

— todos os camaradas da comissão do petróleo
encontrável em Luanda, também conhecidos entre

vós como os «cipelinos», estão de parabéns... está de parabéns o governo pelo trabalho desempenhado até ao momento, está de parabéns a nossa cidade... viva o petróleo já encontrado em Luan...

uma escuridão repentina, precedida de um som surdo, intensamente abafado – é essa a sensação de receber um tiro no centro da testa

sob gritos descontrolados e uma caótica movimentação humana, os pés pisaram outros pés e corpos por perto, o tiro anunciava o início da confusão generalizada mas a tropa estava bem treinada e a evacuação foi rápida, a primeira dama foi bruscamente carregada para uma viatura por detrás do palco, a cabeça do Presidente foi imediatamente coberta pelas mãos e corpos de inúmeros GuardaAsCostas

e ele foi levado numa viatura separada

sem que se ouvisse mais nenhum tiro.

Hoffman aleijou-se no ombro mas a porta cedeu à terceira tentativa

o coronel parou ali mesmo, na sala, abriu bruscamente o seu braço impedindo a passagem de Clara, abraçou a mulher do jornalista e esta deixou-se afundar no peito do amigo, da cozinha corria um fio de sangue espesso que havia saído da testa de Paulo, passado pela lateral da arma, usado o seu próprio braço apontando ao chão, tocando a parede e vindo, lento, na direção do coronel que não teve tempo de afastar o pé

– vamos sair daqui – disse Hoffman

– não! – gritou Clara – eu quero ver o Paulo

– vamos sair daqui, Clara!

desceram apressados dois vãos da escada e foram intercetados pela segurança do Presidente que, fortemente armada, tinha invadido o prédio e detido, no caminho, os moradores que gostavam de grelhar peixe nas escadas mais um médico que dizia ter sido convocado de emergência por uma mulher chamada Clara

– doutor... o Paulo... o Paulo está lá em cima, na cozinha

– cala a boca – um dos guardas, com modos brutos, arrastava-a escadas abaixo

– o que houve? – gritou o médico

– não sabemos bem – disse ManRiscas

foram levados para uma unidade especial, a RádioNacional começou de imediato a transmitir música sem ter passado o direto do noticiário das seis

em londres a BBC noticiava um atentado ao Presidente da RepúblicaDeAngola, confirmando em simultâneo que o alto mandatário estava vivo e que tudo não passara de uma grande confusão, aliás, comentava a jornalista em direto do local do interrompido comício, o único disparo saíra de muito perto dela e fora feito por um *sniper* da guarda presidencial, pelo que não estavam ainda claros os contornos do se tinha realmente passado

– Clara – sussurrou o médico –, ele tem tomado os comprimidos?

– acho que não... – chorava Clara, com os pulsos doloridos pelas algemas e os olhos ardentes de lágrimas –, acho que não...

– quais comprimidos? – perguntou Hoffman

Clara olhava as ruas da cidade, os buracos, as bandeiras, os balões presos às mãos das crianças que fugiam à passagem rápida dos carros da segurança presidencial, pensando talvez que ali dentro iria, bem sentado e confortável, o camarada Presidente

– vocês viram o Paulo? – segredou o médico

– vi, tava na cozinha, caído

– caído?! desmaiado?

– não... morto mesmo, foi atingido na cabeça... tava na cozinha com uma arma

– meu deus, que confusão

– deve ter sido um erro – ManRiscas levantou o rosto para que o médico não lhe visse as lágrimas –, era uma Diana

– uma quê?

– uma arma de chumbos... para matar passarinhos

o médico também desviou o rosto, tentou alargar um pouco as algemas que lhe maceravam a pele, respirou fundo

olhando, inconfessadamente deslumbrado, o colorido dos balões que invadiam o céu, murmurou ainda

– para quê que inventam armas para matar passarinhos?

«o nome», pensou nisso, o Carteiro, no nome

nos nomes que já tivera e que acumulara na vida, o nome que os pais dão e que escolhem pelas razões mais sérias ou mais absurdas, o nome de família, «o que nos é imposto por um tio ou um primo e depois o nome de rua, que às vezes acasala com esse mais familiar» que se vai designar nome-de-casa, e depois os nomes que a vida nos atribui

parou o seu corpo cansado para mirar com assombro a enorme montanha de lixo que o separava da sua casa, há anos que o trajeto era este, os seus pés conduziam-no automaticamente a casa, no escuro ou sob a luz de tantos luares, o Carteiro entrava no seu musseque, cruzava várias casas, curvava por becos de chão irregular e molhado por águas imundas, e antes de chegar a casa atravessava a enorme montanha de lixo que dividia, na realidade, dois musseques, um riozinho de água escura desenhava no chão curvas que imitavam, com muito boa vontade, um enorme mapa de Angola, o Carteiro confirmava as curvas sinuosas do perigoso riacho, dava um passo mais largo e atravessava-o, descobrindo nas laterais da lixeira sempre uma passagem de lixo compato que o conduzia, cento e tal metros depois, à porta da sua pobre casa, mas

o Carteiro parou o seu corpo cansado e usou os olhos para confirmar que essa passagem havia desaparecido, tudo era ocupado pelas extensões altas da montanha de detritos acumulados durante anos, deu a volta, olhou, não conseguia passar, tentou subir, escorregou sem se magoar, apanhou o seu saco de cartas e tentou por outro lado, mas a impossibilidade do acesso configurava-se cada vez mais perentória, sorriu, julgando estar a interpretar de modo errado o caminho para a sua própria casa, olhou as árvores que serviam de orientação e viu estar no lugar certo da passagem para a sua casa

respirou fundo interpretando todos os odores, deixou-se invadir por uma estranha tristeza, uma dor que era ao mesmo tempo uma profunda saudade de casa e um medo de nunca chegar até ela, poderia dar a volta, era uma volta enorme, mas não era tanto a impossibilidade de se reencontrar com o seu lar, era mais uma ofensa que a cidade e o lixo proferiam contra a sua pessoa, impedindo-o de usar o mesmo caminho de sempre, a mesma via térrea, suja e estranha, mas um trilho que era também um pouco seu, e assim triste, mudo por dentro, sentou-se num tronco cambuta, pousou o saco perto dos pés e pôs-se a ler a única carta oficial que lhe haviam endereçado

«uma carta para o Carteiro», pensou

abriu-a lentamente, olhou de novo para todas as laterais da lixeira sem vislumbrar caminho de passagem, deixou-se estar assim, como se a mesma entidade do tempo que ali depositara o lixo viesse a encarregar-se de lhe abrir passagem

a carta vinha escrita em termos oficiais e cerimoniosos, com introdução vasta sobre a receção das suas cartas deixadas com diversas pessoas em alguns dos principais ministérios do país, alguém se tinha dado

ao trabalho de as juntar, de as considerar como provenientes de um mesmo emissor, o Carteiro, o homem
que fizera à mão, em papel de vinte e cinco linhas, cartas em tom sério e oficial, pedindo que lhe cedessem
uma motorizada para a melhoria do cumprimento da
sua função,

explicava a carta que tendo as entidades competentes analisado o curioso pedido tinham decidido negar
a cedência do veículo, em nome da realidade que assistia outros carteiros nacionais que, esses sim, até em
províncias muito mais sofridas de declives e inclina-
ções, continuavam o normal exercício das suas funções
sem nunca, até ao momento, terem perdido tempo e
gastado papel com pedidos que poderiam vir a ser considerados como absurdos senão mesmo, dependendo
de quem os recebia e interpretava, ofensivos

o Carteiro leu incrédulo a continuação das justi-
ficações e pensou, também ele, no tempo gasto por
quem tinha reunido todas as cartas que no envelope
se encontravam, e quem se tinha dado ao trabalho de
responder com tanto afinco e esmero uma negação re-
digida num português exigente e castigador, escrita, a
carta de resposta, a computador, carimbada em todas
as páginas por algum cretino que não se tinha dado ao
trabalho de o chamar para uma audiência onde ele se
pudesse explicar,

deixou cair a carta no chão, sobre as lamas que os
seus pés pisavam, quietos, e com as duas mãos sob o
queixo pôs-se o homem a olhar a lixeira como nunca
a tinha olhado, devagar, vagueando pela instalação

de restos nos seus contornos inacreditáveis e sua extensão em altura e largura, a diversidade das suas cores, o equilíbrio sujo dos seus odores, as formas que pôde imaginar, ora lhe parecia ver um dinossauro adormecido, ora um gigante de pernas cruzadas ora uma flor torta, ou uma árvore tombada, figuras mais ou menos humanas, ou de seres mais ou menos vivos, naquela que era uma espantosa acumulação do que as pessoas deitam fora, ou porque não querem, ou por não ter utilidade, ou por simplesmente cheirar mal

esse amontoado de coisas inúteis e putrefactas impedia, fisicamente, o Carteiro de chegar a casa

e embalado pelos ritmos mais calmos da sua respiração suada, o homem decidiu ficar quieto, adormecido em si, esperando por uma ação explícita dessa entidade conhecida como tempo.

– por quanto tempo? – perguntou JoãoDevagar
– não inclua essa cláusula, fica assim mesmo, o dito pelo não escrito
– isso vai aumentar o preço
– dinheiro não é problema, diga lá quanto é que sai – respondeu o fiscal DestaVez
– vocês conseguem pôr esse dinheiro lá fora?
– aonde? – perguntou o fiscal DaOutra
– pode ser em Portugal

os transparentes

– podemos, dependendo da quantia

– então tá fechado o negócio. vão manter o nome do empreendimento?

– sim, é um bom nome, tem resultado bem, as pessoas já se habituaram à IgrejaDaOvelhinhaSagrada

– e ao pastor, digo o quê?

– não diga nada, apenas anuncie uma mudança de gestão, a igreja terá novos donos, mas por enquanto a postura dele deve manter-se, mais para a frente devemos fazer algumas retificações de serviços

– novos serviços?

– sim, serviço de funeral, encomenda de almas, anulação de pecados cinco minutos antes de morrer, essas coisas, aqui em Luanda tudo tem que envolver dinheiro, senão as pessoas pensam que o negócio não é sério

– é verdade

– vamos também incluir pacotes comerciais nos combas, os funerais agora andam muito rápidos, é preciso voltarmos às tradições, combas à moda antiga, bebidas, comidas, e as choradeiras profissionais como antigamente

– vejo que vocês têm jeito para isto

– obrigado, João, se precisarmos de algumas consultas você vai estar disponível?

– sabe que tudo tem um preço

– claro, claro

concluíram o negócio, parte do dinheiro havia sido trazido pelos irmãos, os dólares foram contados e novamente depositados dentro do enorme saco, foi combinado então que no dia seguinte os fiscais poderiam

proceder à instalação do novo escritório na sala contí-
gua à sacristia

– agora deixem-me aqui com as minhas amigas,
tenho que fazer uma despedida, vou sentir saudades
desta igreja

– precisa de ajuda? – DestaVez piscou o olho a
JoãoDevagar, passando a língua pelos lábios, mirando
as suecas com um ar entusiasmado

– não, obrigado, dou conta do recado

João acompanhou os fiscais até à saída, voltou ao
interior da igreja e trancou a porta

as suecas caminhavam lentamente pelas laterais da
igreja, mudavam a disposição das cadeiras abrindo no
centro um clarão vasto, JoãoDevagar retirou das pra-
teleiras inúmeras velas que as suecas iam acendendo
formando um círculo de fogo que inventava sombras
dançantes nas paredes

– sempre quis fazer amor numa igreja

as suecas começaram a tirar a roupa

JoãoDevagar fez o mesmo, imitava os gestos femininos e elas rapidamente entenderam o jogo, tiraram
as blusas, ele desabotoou os seus botões deixando no
corpo a camisa aberta, elas descalçaram os sapatos altos, ele tirou os seus, num gesto quase simétrico as suecas aproximaram-se e tiraram os soutiãs uma da outra,
logo de seguida as cuecas e JoãoDevagar sorriu, deixou
cair as calças e passou a mão devagar sobre o seu sexo
duro, as suecas quase do outro lado da circunferência
de fogo tocaram os seus próprios seios para depois tocarem os seios alheios, ostensivamente, apertando os

mamilos com força sem deixarem de olhar para ele que não se aproximava, beijaram-se as mulheres, lentamente, mas de um modo lascivo que permitisse ao empresário ver as suas línguas e os seus dedos atrevidos alternado o percurso entre as suas bocas molhadas, os seios e os seus sexos com pelos rasos e louros

– ave Maria, tens cá uma graça... – murmurou JoãoDevagar

o homem fechou os olhos e deixou-se perder no ritmo enérgico das suecas, as velas foram-se apagando, as ceras deixaram o seu cheiro no interior da igreja misturado aos suores e odores do sexo

os fiscais espreitavam a cena pela fresta de uma janela

na outra porta, o pastor brasileiro segurava o sexo na mão, dando ao seu corpo um ritmo mais ou menos intenso de acordo com a ação no interior da casa do seu senhor jesus

– viva a Suécia e toda a Escandinávia!

no seu minúsculo cubículo, o homem olhava incessantemente o coto de vela encarnada que era um tronco esculpido por si mesmo

o Esquerdista não se deu conta disso, nem mesmo imaginou algo parecido, mas a imagem daquela vela existia, de verdade: era exatamente o corpo de uma árvore muito antiga, num quintal abandonado no LargoDaMaianga, e em breve esta vela iria desintegrar-se, a árvore talvez não

o homem não pensou nisso, acendeu a vela e acariciou a única caneta que usava para escrever, as folhas ficaram mais amareladas sob o contraste errante da vela que parecia uma árvore, o homem resvalou o seu pensamento para a poesia da imagem, mas rapidamente voltou ao eixo do seu raciocínio, o importante manuscrito que se propusera redigir

ao lado, o copo de água, um copo magro, com uma água duvidosa, o calor da noite, o grito longínquo dos morcegos e depois o intenso silêncio

tentou ligar o rádio enorme da sala, o rádio recusou-se, a luz da vela tremeu e o homem mirou a chama

«não te apagues agora, luz de mim... és a luz de que disponho para criar, não te apagues agora»

e sentou-se

à espera, como sempre, que as palavras viessem de dentro, lhe invadissem o sangue e lhe fizessem escrever

a vela encarnada projetava sombras dançantes sobre a mão e o rosto do homem debruçado sobre os seus papéis amarelecidos

quieto, com a sua extremidade oscilante, o homem terminou pacificamente o que havia levado todos aqueles anos a redigir

depois caminhou até à BarcaDoNoé onde

Noé matou uma barata e estranhou que fosse a terceira que encontrava naquela noite

os bichos pareciam-lhe mais atarantados que o
normal e julgou tratar-se de algum produto que o pastor brasileiro tivesse aplicado na igreja

– filhas da puta, vocês comigo não têm hipótese,
querem entrar na minha arca, mas eu não deixo – resmungava o velhote

cumpria o seu ritual de varrer todo o bar três vezes,
depois o de limpar o chão com água misturada com
creolina e só depois deixar-se estar à porta, fumando
o seu cigarro curto e forte, à espera, assim, de quem se
mostrasse disposto a aparecer

– boa noite, senhor Esquerdista

– boa noite, Noé

– vem carregado de anotações, como sempre?

– o habitual... sai um vinho tinto para sacudir a noite

– sai, sim

Noé dirigiu-se à arca, retirou dois copos longos,
para ocasiões especiais, serviu-os até ao topo, bebericou do seu, deu um estalido, aprovou com um curto
aceno de cabeça

– vamos brindar a alguma ocasião especial? – perguntou o Esquerdista

– vamos brindar a uma desocasião

– virou poeta, senhor Noé?

– somos todos poetas, é uma questão de deixar a
coisa acontecer

– não poderia estar mais de acordo... mas vamos
brindar a que desocasião?

– uma que nos aconteça... que desfaça a tristeza
destes dias, que os sopre para longe... às vezes, sabe,

acontece-me sentir coisas daquele género que o senhor Odonato está sempre a falar

– que coisas são essas?

– são as coisas da cidade... os sentimentos e as tristezas que sentimos dentro de nós quando alguma coisa acontece nesta cidade

– compreendo

– os mundos confundem-se todos, desculpe lá o discurso poético, mas todos somos água do mesmo rio

– noves fora a terceira margem, como diria o kota Guimarães

– noves fora a margem de cada um – elevou o copo, propôs o brinde, o mais-velho Noé, antes de ir fazer chichi segurando a bexiga com a sua mão esquerda

– vá lá, homem, que mijar é um direito fundamental

Noé acendeu a luz da casa de banho, deparou-se com outra barata, não conseguiu tocá-la antes da sua fuga ziguezagueada e veloz

– filha da puta, apanho-te outro dia, dou-te um banho de creolina e queimo-te a couraça – começou a aliviar-se –, pensam que estão em casa ou quê!

veloz, o Esquerdista tirou da mala as suas desorganizadas anotações, deu-lhes uma última mirada de despedida, enfiou-as dentro de um saco opaco e abriu a arca, procurando em seguida um lugar lateral e fundo onde pudesse esconder os papéis

«um dos lugares mais seguros de Luanda», pensou

depositou por cima dos papéis um saco com três garoupas mais algumas caixas pequenas que sabia serem de pouco uso

– a garrafa de vinho está aí no balcão, homem

– ah, desculpe, não tinha visto.

quase escorregou na falha de um falso degrau, a jovem jornalista da BBC, e teria mesmo batido com a cabeça numa parte pontiaguda da parede se Davide-Airosa não a tivesse amparado

– ah, não o tinha visto – disse, aliviada, a jornalista

– nem sempre vemos o que buscamos – disse Davide

– já vi que a entrevista vai ser séria

– aproveitei para fazer uma citação, mas é só por brincadeira

– e são palavras de quem?

– não me lembro

– não serão suas?

– não, não são. às vezes acontece-me isso, não me lembro de quem são as frases, peço desculpa, deveria ter ficado calado

– você sempre me diz isso

– eu?

– sim, sempre que nos encontramos você acaba por dizer isso mesmo ou algo parecido

– não nos encontrámos tantas vezes assim – sentou-se DavideAirosa convidando-a a fazer o mesmo

– mais uma razão para ser importante – a jornalista ajeitou-se e tirou um gravador do bolso

– já está a gravar?

– estou sempre a gravar... na minha memória estou sempre a gravar, Davide

– que perigo

– ou que sorte. já pensou? as coisas importantes que vi e vivi nesta cidade, posso um dia contar a alguém

– os luandenses não fazem outra coisa, não se preocupe

– o quê?

– cada caluanda é um inventor da sua própria estória, cuidado para você não apanhar esse hábito também

– acho bonito isso, inventar, dar uma outra versão à própria vida

– pode é haver o perigo de você esquecer a versão original

– pois é

– ou pior

– está triste, Davide?

– um bocadinho... tive uma notícia complicada, a morte de um jornalista, grande amigo meu

– era seu amigo?

– sabe quem era? o Paulo?

– praticamente vi tudo acontecer

– o que houve? como foi?

– acho que foi um reflexo, um reflexo na janela do teu amigo

– ele estava à janela?

– ele estava à janela com uma arma, Davide...

– ele não andava bem – Davide esfregou o rosto, disfarçou as lágrimas, procurou na respiração a calma que lhe faltava no peito

– não fique assim

as águas do prédio pareciam falar, jorravam com novas e rítmicas intermitências, ecoavam escorrendo pelos corredores do elevador ou das escadas que as levavam até zonas escondidas do prédio ou à rua, o vento dava curvas naquele recinto que a própria água e o seu estranho fluxo permitia, assobios de vento confundiam-se assim com vozes antigas que dissessem coisas a quem as soubesse escutar

a jornalista passou-lhe a mão no rosto

por um ouvido escutava a orquestra da água elevar--se um pouco imitando ou provocando o vento, com o outro ouvido sentia a respiração inquieta de Davide, o pulsar da sua dor pelos ares que inalava, deixou a sua mão descer um pouco, junto ao pescoço sentiu o tremer da sua veia, e gostou, a jornalista gostou de sentir que podia fazer caber naquela aproximação a dor de um homem, a sua perda, o seu choro por acalmar, e gostou, gostou de sentir que lhe chegava, subindo pelos pés, passando pelos joelhos e pelo seu sexo, uma súbita e quente vontade de beijar o desajeitado cientista

Davide não abriu os olhos

viu, de olhos fechados, dentro de uma forçada escuridão, imagens isoladas de risos e brindes feitos com PauloPausado, depois vozes da infância

a língua da jornalista tocava, leve e húmida, a parte lateral do seu pescoço suado, as imagens aceleraram, quis acalmar o seu coração

ela gostou de apreciar as mínimas reações que o homem sofria ao toque da sua língua, circundando a orelha, adentrando aos poucos, voltando ao lóbulo, e depois, repentina, tocando-lhe o olho fechado, atacando-o nesse lugar sensível que, mais do que excitar, o emocionava

— sempre acho... — dizia DavideAirosa numa voz muito baixinha — que fazer amor começa antes de os corpos se tocarem

— hummm — ela, de olhos fechados, deixava a língua progredir lentamente

— fazer amor é quando os corpos sabem que se vão tocar

a mão do cientista entrou pelas costas da jornalista, subindo firme ao encontro da sua nuca, levantando a blusa, confirmando, para sorriso do homem, que a mulher não usava sutiã, a outra mão percorreu as frentes do corpo dela, sentiu na ponta do dedo o brinco no seu umbigo, roçou a ponta acesa do seu seio esquerdo, tocou o pescoço

beijaram-se de bocas abertas, desajeitadas, estreando nos seus ventres um fogo que assim se autorizava a chegar.

o fogo

começou num curto-circuito no coração do Largo-DaMaianga, onde já se haviam instalado muitos quilos de explosivos que mais tarde, programados, fariam o prometido espetáculo de fogos de artifício que o Partido pagara e promovera

– ouviste isso?

– não ouço nada – respondeu a mulher

– parecia uma explosão

faíscas velozes acenderam o fogo, os túneis escavados, as horas de trabalho, os canos já instalados, a perigosa mistura de gases explosivos, todos estes materiais formavam um perfeito labirinto para os caminhos e a vontade do fogo

em poucos minutos o oxigénio foi conduzindo a chama e o calor foi descobrindo vias para se expressar

as explosões sucederam-se, os ruídos misturavam-se às memórias das gentes de Luanda

– ai, meu deus, começou outra guerra – gritou uma mais-velha que se havia cruzado na vida com todas as guerras da cidade

– calma, mãe... calma – gritou, amedrontada, uma voz de mulher –, às vezes não é isso!

no rosto do menino

brilhavam gotas ásperas quase secas pela temperatura do fogo próximo, brilhavam na baba que a sua
boca trémula deixava escorrer, ou ainda, porque tudo
no seu rosto negro eram rastros amarelos, um ranho
calmo brotava do seu nariz

o seu choro era calmo e doce porque cansado,

perdido da sua casa desde os primeiros instantes
do fogo, buscou primeiro referências visuais que o fumo
impediu, entregou-se ao tato e queimou a ponta dos
dedos, e caminhou, forçando a sua coragem de menino
gigante que recusava entregar-se à morte, caminhou,
buscando os irmãos ou uma voz conhecida, buscando
a vida ou o que fosse uma saída, caminhou como se
as ruas menos queimadas fossem a saída do labirinto,

molhou o corpo e o cabelo e a boca com a primeira
água que encontrou e, no meio dos estranhos ruídos,
o menino, no seu choro cansado, começou por descobrir uma espécie de silêncio, uma cama de tons não
musicais que nasciam dos ruídos vindos das árvores e
das casas em queda

os líquidos todos no seu rosto – o que era baba e
ranho, o que era lágrima e medo, tudo isso se esvaiu
numa sensação repentina em que o incrível monstro

da solidão gemeu e se desfez – o menino viu um peixe arfante saltitando, cheirando, se fosse isso, mínimas gotículas de água onde ela houvesse, para saber, também ele, da possível salvação,

do outro lado, como se de duas criaturas salvadoras se tratasse, um pássaro branco, chamuscado e manco, compunha o cenário que, repentinamente, como um poder renovador do mundo, fazia o menino, no meio do fogo, começar a sorrir,

não hesitando, a criança, em transportar consigo o seu sorriso, os seus dedos queimados, as unhas doloridas, levando a fome no seu estômago em ardência, trazia de um lado do peito, por segurança, restos de um sólido medo, do outro, meio apagada, uma intensa saudade da mãe e

acometido de súbita sabedoria, pegou no peixe trémulo e deu de comer ao pássaro – como se aquele gesto resolvesse o mundo.

[das anotações do autor]

a cidade estremecia a cada curva do fogo

os vapores do petróleo alimentavam as chamas e inventavam vulcões que exalavam línguas de fogo, a noite primeiro quis ser escura devido à falta de luz, depois reinventou-se num tom amarelo demasiado quente para ser vivido pela espécie humana, fugiram os seres que sabiam voar

tremiam todas as fundações da cidade, os mais antigos edifícios começaram a ruir, outros inclinavam-se para uma iminente implosão, botijas de gás e bombas de gasolina acenderam a noite de Luanda envenenando a cidade de fumos e odores

– oh my god! – gritou o americano Raago, trancado no seu quarto, sentindo-se cercado pelo fumo e pelas acesas temperaturas vindas dos corredores do hotel mas também das árvores que ardiam em redor do edifício baixou-se, rastejou até à casa de banho, molhou a toalha numa bacia que estava no chão, procurou re-descobrir um ritmo dentro da sua cansada respiração e nos azulejos rasos da banheira viu a barata, estranha-mente calma, acenando-lhe com as manobráveis antenas, quis pensar o americano que aquela seria a sua última visão e deixou-se estar, à mistura com as rezas que improvisava, a olhar para o inseto albino agora de aspeto mais reluzente

a barata caminhava um pouco e cessava o movi-mento, olhava para trás, virava o corpo, Raago pensou que estava a ser vítima de uma alucinação mas, vendo o fogo cuspir-se janelas adentro, resolveu que, visão por visão, preferia seguir a barata no seu trajeto enviesado, pôs outra toalha sobre as costas e, rastejando como um inseto maior, pôs-se a seguir a barata

pela varanda uma porta comunicava com um quarto maior, a barata corria e ele seguia-a de perto, passaram por uma porta, tudo em fumo cinzento e su-focante, passaram por outra e foram dar a um corredor mínimo que terminava numas escadas apertadas

a última coisa que conseguiu vislumbrar foi a barata albina a esgueirar-se pela fresta de uma porta trancada, ergueu-se, com força quebrou a fechadura, vinha de fora mais fumo, desta vez com um cheiro forte a borra-cha queimada e, quando ia tombar desistindo de salvar o seu próprio corpo, viu um tanque de água e con-seguiu afastar a tampa de madeira e mergulhar nele, sentiu-se mal, bebeu um pouco de água e deixou-se estar quieto, imergindo de quando em vez se assaltado por alguma labareda mais explosiva, respirando como podia, começando a apreciar o silêncio que se vivia no tanque quando mergulhava por completo a cabeça

e pensou, finalmente, pensou na barata albina, mas não a viu.

ao primeiro andar, em corrida de procissão coletiva e atabalhoado empurrar de corpos, chegou o grupo todo

Edú trazia na mão o seu banco minúsculo e pousou-o de imediato para se sentar perto da mulher, NgaNelucha, que chorava compulsivamente e punha as mãos nos ouvidos para não escutar as explosões que se sucediam, o CamaradaMudo trazia um saco cheio de discos, alguns com capa outros sem nada e deixou o seu corpo cair sobre a água

Amarelinha chegou com AvóKunjikise, de pés descalços, embrulhada em vários panos húmidos, chorando sem conseguir falar nem mesmo em umbundu

– o que foi? – gritou o CamaradaMudo

– a minha mãe tá lá em cima

entre as golfadas de fumo que saíam do elevador, DavideAirosa só teve tempo de vestir apressadamente as calças e subir descalço, já com um ataque de asma, guiando-se mais pelo toque das mãos do que pela visão

quando alcançou o sexto andar, chocou com o corpo perdido de Xilisbaba tentando subir as escadas que dariam para o terraço

– onde estão as escadas?, mas onde estão as escadas? – berrava como uma louca

– venha comigo, dona

– não... o meu marido

quis resistir, mas Davide segurou-a com força

– venha comigo, dona

como se o fumo fosse realmente muito denso, a mulher perdeu as forças e quase desmaiou nos braços do cientista

– não desmaie agora, dona, senão vamos morrer aqui os dois, por favor, eu ainda não quero morrer

– eu também não – a voz de Xilisbaba já mortiça

– então acorde um bocadinho

desceram sem tocar em nada, escutaram os objetos que dentro das casas se desfaziam ou tombavam no chão, estalavam os vidros, explodiam as botijas, e ao chegarem ao segundo andar ambos pensaram que vislumbravam a imagem quieta de um assustador fantasma, um corpo repousava quieto, no centro do corredor, como se se entregasse à vontade do fogo e quisesse ser levado para longe por via da iminente desintegração

– você está a ver o mesmo que eu? – perguntou Davide

– é uma pessoa?

um choro gritava como um apelo, Xilisbaba reconheceu o murmúrio como sendo de MariaComForça, os três desciam agora em perfeita cegueira, guiados por uma espécie de ruído salvador que as águas, agora mais fortes, transmitiam a quem procurasse por elas sentaram-se perto dos outros, já encolhidos e quietos no que lhes parecia ser o centro do corredor, ali onde um maior fluxo de águas acontecia e janelas de oxigénio se pareciam abrir

Xilisbaba, com o corpo encharcado de água, respirava com dificuldade e tossia devagar como se não quisesse tossir

na mão apertava um pequeno pedaço de sisal, imitando o que o marido tinha atado ao seu tornozelo esquerdo, o seu suor e o movimento frenético dos dedos desfaziam a corda em fiapos empapados que depois lhe cobriram os pés, os outros olhavam para ela guiando-se pelos ruídos e pela imagem ondulante dos seus cabelos

lá fora gritavam vozes humanas

as mãos das mulheres atraíram-se, gesto delicado, quase secreto, mais para dividir receios que temperaturas, MariaComForça sentiu que devia invocar outras forças para aplacar as lágrimas da comadre, buscou com o olhar o rosto de Xilisbaba, adivinhou-lhe os traços, pressentiu-lhe a tristeza pelo ar libertado pelas narinas, quis tomar-lhe o pulso mas o bombear do coração de Xilisbaba, pensando no marido isolado no topo do prédio, não era outra coisa que um silencioso murmúrio de veias

– Maria... quero ver o meu marido uma última vez... para lhe falar as coisas que uma pessoa cala a vida toda

a mão de Maria fez pressão de conforto e Xilisbaba deixou-se escorregar encostada à parede, quase deitada sobre o colo da amiga as suas roupas, os seus sapatos, os seus cabelos e a sua alma, tudo ensopado pela água que as protegia do fogo

– calma só, comadre... o fogo é como o vento, grita muito, mas tem voz pequenina.

o único que emitia o som de um riso calmo era o Carteiro

sentado na mesma posição há muitas horas, deixou-se estar quieto, confiante de que o fogo não lhe chegaria ao corpo, deixou-se estar quieto imitando a serenidade de um imbondeiro que não soubesse iniciar uma fuga, reconheceu a progressão do fogo vindo das laterais, viu adultos e crianças perderem-se por entre gigantes labaredas, ouviu as explosões mais longínquas, oscilou levemente a cabeça para ver de longe o aeroporto criar os sucessivos brilhos que o combustível alimentou, procurou no céu alguma estrela que brilhasse e voltou a dirigir a sua atenção para o fogo que chegava à enorme lixeira à sua frente, riu como um louco que espera o momento da vingança e ainda quieto, dançou

inventou para si uma dança sentada, bateu os pés em compasso com a música que julgava imaginar, ria as suas quentes gargalhadas e com as mãos fazia movimentos circulares que eram parte da sua agitação mas eram sobretudo incitações às invasivas labaredas que consumiam a lixeira para que

horas mais tarde, com os cabelos e as roupas cha-
muscadas, ainda rindo

chegasse a abrir a porta da sua casa, desfeita ao seu
toque, e pudesse olhar as cinzas em brasa de tudo o
que se havia queimado no seu lar, inspirando profundamente os ares da desgraça para afirmar a pulmões
abertos

– finalmente posso dizer que cheguei a casa.

primeiro preocupado, depois conscientemente mais
calmo

Odonato viu o alvoroço do galo, de corpo cercado
pelo fogo que finalmente invadia o seu terraço, viu os
pés do galo e os seus saltos hesitantes

mesmo louco e cercado de calor, o GaloCamões
não teve o ímpeto de saltar, várias vezes esteve nas
bordas menos quentes e mirou a cidade desde o alto
da sua derradeira moradia, corria desenfreadamente e
mirava Odonato já mais calmo, flutuando sobre o seu
pé atado à antena mais alta, o homem desviou o olhar
do galo e olhou ao seu redor

todos os horizontes eram um mar de chamas ama-
relas e fumos confusos, diminuíam os ruídos para
depois se voltarem a alimentar de explosões outras,
reduziam-se as labaredas vindas das esquinas escava-
das para logo de seguida se reacenderem em verticais e
oblongas chamas cuspidas por ventos que as atiçavam

do bolso esquerdo Odonato retirou um minúsculo papel e, sob um olhar seco de despedida e ternura, escrevinhou umas linhas rápidas para depois se debruçar sobre si mesmo e roer com os dentes caninos o pedaço de corda que o atava ao prédio

o galo viu Odonato progredir nos céus, solto, livre, abanando o corpo conforme o vento, primeiro para os lados, sobrevoando o prédio onde o galo espantado e quieto se encontrava, depois subindo repentinamente, deixando no ar, descaído como uma bola imperfeita, o amarrotado bilhete que o galo, por falta do que mais fazer, aliada a um certo apetite, debicou, abriu, e visto que a matéria empapada se revelava mole e tragável, acabou por ingerir

letra por letra, palavra por palavra.

segurando o Cego pelo pulso, esforçando-se por correr sem o largar, o VendedorDeConchas gritou

– não vai falar nada, mais-velho?

mentindo com receio de dizer a verdade, sentindo demasiado próximo da pele as temperaturas do fogo, o velho preferiu estar calado

para não ter que dizer do seu medo

mas cedeu ao pedido de quem generosamente ainda não o tinha abandonado

– não é minha vez de falar. entre nós dois, quem é o mais-velho, num é sou eu?

– é mesmo

– então tenho só que aguentar...

vagueavam com base no instinto de ambos, corriam, paravam, esperavam as aberturas do fogo para inventar passagens, molhavam os corpos onde havia algum charco, e numa pausa mais extensa, o Cego entendeu que o miúdo respirava com o ritmo de quem atentamente olha para alguma coisa

– o que foi? – perguntou o Cego – tás a olhar o fogo?

– não, é o céu...

– é o quê então?

– o céu está cheio de balões, mais-velho

o Cego mexia as mãos de modo repentino e o VendedorDeConchas defendia-se do gesto como se não entendesse o objetivo daquela agitação, deixou-se estar de pescoço quase esticado a espreitar o céu através dos rios de fumo, as mãos do Cego finalmente chegaram--lhe à boca, o Cego pretendia ler o sorriso do outro

– balões amarelos, vermelhos, pretos

o VendedorDeConchas olhou mas não viu, no meio dos milhares de balões subia um corpo leve afastando-se finalmente das pontas perigosas do fogo

ainda aconteciam explosões e alguns balões rebentavam com a intensidade do calor, voltaram a caminhar de modo errante, a mão do Vendedor firme e suada no pulso do Cego

– vamos correr, aqui tem muito fogo

– deixa-me sozinho, os velhos têm mesmo que morrer – disse o Cego numa voz chorosa e fez menção de parar a corrida

– os velhos!, mas os cegos também têm que morrer hoje? – brincou o VendedorDeConchas – vem comigo, mais-velho, estamos perto daquele bar

correram, sentiram que o fogo lhes queimava as costas e os pés, o saco de conchas do vendedor caiu ao chão e por momentos o jovem largou o Cego para regressar, metros atrás, e recuperar o saco com a sua mais preciosa coleção de conchas, correram juntos e entraram pela porta da BarcaDoNoé

a noite era uma trança sem negrume ou clausura, a pele de um bicho noturno pingando lama pelo corpo, já havia estrelas em brilho tímido no céu, torpor de certa maresia e as conchas estalavam num calor excessivo, corpos de pessoas em cremação involuntária e a cidade, sonâmbula, chorava sem que a lua a aconchegasse

o Cego tremendo os lábios num sorriso triste pousou a mão sobre a perna do VendedorDeConchas

– me diz só...

a cidade transpirava sob uma luz encarniçada, preparando-se para viver na pele e nos corpos oscilantes, uma profunda noite escura, como só o fogo pode ensinar

– mais-velho, qual é mesmo a pergunta?

– a cor desse fogo – o Cego parecia implorar

o VendedorDeConchas sentiu que era falta de respeito não responder

– se eu soubesse explicar a cor do fogo, mais-velho, eu era um poeta

mas, com a voz hipnotizada, o VendedorDeConchas acompanhava as tendências da temperatura, os círculos descontrolados daquela selva de labaredas que o vento açoitava em provocação contínua

– não me deixa morrer sem saber a cor dessa luz

falou o Cego sobre o grito das labaredas que bramiam com força

– mais-velho, estou a esperar uma voz de criança dentro de mim

o VendedorDeConchas levantou-se, abriu a arca que continuava a funcionar, encontrou dentro dela tantos objetos que teve dificuldade em escolher o que agarrar, apanhou num canto duas garrafas de água, passou uma ao Cego

– água? – provou o velho, cuspindo de seguida –, vê lá se essa arca não tem masé uma cerveja bem gelada ou mesmo whisky

o VendedorDeConchas voltou a enfiar as mãos sem perder de vista as investidas do fogo, a cidade ensanguentada era forçada a inclinar-se para a morte

– ainda me diz qual é a cor desse fogo

repetiu baixinho

para que o VendedorDeConchas, afagando a mão do Cego, pudesse então dizer

– é um vermelho devagarinho, mais-velho... é isso: um vermelho devagarinho...

o bilhete de Odonato foi extraído dos seguintes versos:

[...]
nada resta desse tempo
quieto de dias plácidos
e noites longas
flechas de veneno
moram no coração dos vivos
acabou o tempo de lembrar
choro no dia seguinte
as coisas que devia chorar hoje.

Paula Tavares,
in como veias finas na terra

obrigado ao manuel rui que um dia me passou a estória verídica de uma criança que tinha inventado essa cor:
«vermelho-devagarinho»;

agradeço a paciência, a revisão e as palavras de
r. figueiredo, l. apa, z. coelho, i. garcez, a. muraro,
e. coelho, j. campino;

estas páginas foram escritas e vividas com a música
de wim mertens, paulo flores, cat power, joaquin sabina,
keith jarrett, ruy mingas, antony and the johnsons, thomas
feiner & anywhen, lavoura arcaica soundtrack, sigur rós,
lhasa, bon iver, beethoven, mozart, entre outros.

michel laban diá kimuezo: desde Luuanda, te abra-
çamos.

Luanda, Lubango, Lisboa|2001|2009|2012|Laranjeiras (RJ), Luanda

Glossário

Baba: pistola; revólver.
Baicar: morrer.
Banga: estilo.
Bassula: antiga arte marcial ou «conjunto de movimentos marciais» de Angola. Também pode designar uma «rasteira», golpe que provoca queda, em luta corpo a corpo.
Bazar: ir embora; partir.
Bizno: negócio (corruptela de «business»).
Boda: festa.
Boelo: fraco, parvo; estúpido; parado; lento.
Bungula: dança de Angola.

Camba: amigo.
Cambaia: de pernas arqueadas.
Capurroto: aguardente muito forte, com destilação incompleta, de fabrico caseiro ou clandestino
Carcamanos: sul-africanos.
Catolotolo: doença que provoca sonolência e febre; torpor. É também a malária que ataca o mesmo paciente consecutivamente.
Cuia: agrada; é bom.
Cumbú: dinheiro.

Dikota (kimbundu): mais-velho; velho.
Dipanda: independência.

Estigar: gozar.

Gingongos: gémeos.

Kilape: venda a crédito.
Kimbanda: curandeiro.

Kínguilas(os): mulheres ou homens que praticam câmbio financeiro, não oficial, nas ruas.
Kitaba: pasta de amendoim.
Kizaca: comida feita de folhas do pé de mandioca maceradas, cozidas e temperadas.
Kota: o mesmo que «dikota».

Maiuiado: alterado.
Maka: problema, dilema.
Male: «dói male» (dói muito); «vejo male» (vejo muito bem).
Mambo: coisa, objeto.
Matako: traseiro; rabo.
Mbumbi: inchaço; hérnia.
Muatas: chefes.
Mujimbo: fofoca, boato.
Muxoxou («dar um muxoxo»): fazer estalido com a boca em sinal de desdém ou desafio; chio de boca, produzido por compressão de ar, em sinal de desprezo.
Muzonguê: caldo de peixe preparado com óleo de palma.

Ngala: garrafa.

Quitetas: espécie de amêijoa pequena.

Revienga: esquiva; finta, pirueta, manobra.
Rucas: carros.

Tundem: desapareçam!

Vijús: vivaços, espertalhões.
Vuzumunados: mortos; abatidos.

Zungar: andar a vender na rua.